LIEBESZAUBER MIT NEBENWIRKUNGEN

DIE EASTWIND-HEXEN

BUCH VII

NOVA NELSON

*Für meinen traumhaften Ehemann, der nie den geringsten Zweifel
aufkommen lässt, dass es die beste Entscheidung meines Lebens war,
ihn mit einem kleinen Trick zur Hochzeit zu bewegen:
Ich weiß, du würdest mir, ohne zu zögern, durch mehrere Leben
folgen, wenn ich dich darum bitten würde – aber das ist wirklich
nicht nötig. Eins reicht völlig. Du bist aus dem Schneider.*

Kapitel Eins

Irgendwas war anders an Tanner.

Und ich beschwerte mich nicht darüber.

Ich starrte ihn über unseren Tisch hinweg an und versuchte herauszufinden, was es war.

Waren die Winde der Veränderung dafür verantwortlich? War es eine Lebensdrittel-Krise, jetzt, da er auf die Dreißig zusteuerte? Oder war es sein neuer Job als Deputy, der eine selbstbewusste und entschlossene Seite an ihm hervorgebracht hatte, eine, die in einer Umgebung wie dem Medium Rare nicht sonderlich nützlich gewesen wäre?

Aber wen kümmerte der Grund schon? Mich sicher nicht. Solange er mich behalten wollte, war ich bereit, mitzuspielen.

„Wenn du zu dem Schluss kommst, dass sie nicht gut ist, stell sie einfach nicht ein", sagte Tanner und spießte eine Tomate in seinem Abendessensalat im *Stew and Brew* auf. „Du bist jetzt der Boss, Nora. Die Entscheidung liegt bei dir."

„Du bist immer noch Mitinhaber", sagte ich und hielt einen Moment inne, um auf meine Tomaten-Basilikum-Bisque zu pusten. „Und ich schätze, ich will einfach nicht in den Ruf geraten, ein Boss zu sein, den man unmöglich zufriedenstellen kann."

Tanner hielt im Kauen inne und schob, was auch immer er im Mund hatte, in die Wange, damit er sagen konnte: „Mir gefällt zufällig, dass du schwer zufriedenzustellen bist. Und außerdem, wen interessiert's, wenn die Leute das von dir denken?"

Ich neigte den Kopf zur Seite. „Kurze Frage: Gibt's hier Körperfresser?"

Tanner runzelte die Stirn und schüttelte den Kopf. „Nicht mehr. Hexen haben sie ziemlich sofort ausgelöscht, als sie nach Eastwind gekommen sind."

Ich kniff die Augen zusammen. „Sicher? Ich glaube, sie haben einen übersehen, denn der Tanner, den ich kenne, ist verschwunden." Er verdrehte spielerisch die Augen. „Du hast ganz schön Nerven, mir zu sagen, ich soll mich nicht darum kümmern, was die Leute denken, wenn ich vom ersten Tag an als Vorbotin des Todes angesehen werde und du" – ich deutete mit meinem Löffel in seine Richtung – „jedermanns Lieblings-hexenmeister bist."

„War", korrigierte er. „Vergangenheitsform. Erstaunlich, wie schnell sich Dinge ändern können, wenn man versucht, zu schützen und zu dienen."

Ich kicherte. „Klingt nach einer ziemlichen kalten Dusche für einen Menschenfreund wie dich."

Tanner nickte, ein verschmitztes Grinsen breitete sich auf seinem Gesicht aus. „Ich würde es für nichts in der Welt eintauschen."

Ich auch nicht.

Während es schön war, ein Date mit meinem Freund zu haben, hatte ich ihn aus einem bestimmten Grund eingeladen. Wir hatten die Donovan-Sache überstanden, ähem, nennen wir es einen „Hickser", und jetzt war es Zeit, endgültig reinen

Tisch zu machen.

Es war Zeit, Tanner von Roland zu erzählen.

Warum hatte ich ausgerechnet heute Abend gewählt? Dafür gab es zwei Gründe:

Erstens war es ein völlig unspektakulärer Tag dafür. Ich wollte nicht warten, bis ich an einem Krisenpunkt war. Es lief ziemlich gut zwischen uns – nein, sehr gut –, und jeder Tag, der verging, ohne ihm zu sagen, dass ein Liebhaber aus einem früheren Leben als Geist in meinem Schlafzimmer spukte, war ein weiterer stechender Schmerz, den er fühlen könnte, wenn er es schließlich herausfand.

Und zweitens war er endlich durch den härtesten Teil seiner Einarbeitung in seinen neuen Job, und wenn ich ihm jetzt davon erzählte, würde ich damit nicht Gefahr laufen, einen ausgewachsenen Zusammenbruch zu provozieren. Ja, er liebte den Job vielleicht, aber ich hatte ihn nie so angespannt gesehen wie vor jeder Schicht und so erschöpft wie nach Feierabend. Das war der Grund, warum ich, nachdem wir wieder zusammengekommen waren, fast einen Monat gewartet hatte, um dieses kleine Detail anzusprechen.

Nein, wirklich. Das war's. Ich war einfach nur eine gute Freundin.

War ich besorgt, dass er wieder mit mir Schluss machen könnte?

Nur ein bisschen.

Gleichzeitig konnte ich mir jedoch nicht vorstellen, dass Tanner das, was wir hatten, endgültig aufgeben würde. Und die Roland-Sache war größtenteils nicht meine Schuld.

Ja, ich sagte größtenteils. Ich übernehme etwas Verantwortung dafür, ihn, na ja, aus einer anderen Ebene heraufbeschworen oder was auch immer zu haben und ihn in meinem Schlafzimmer spuken zu lassen, ohne ihn zu verbannen.

Ich hatte einfach noch nicht entschieden, was ich mit ihm

machen sollte. Einerseits war ich glücklich mit Tanner. Mehr als glücklich. Ich war wahnsinnig verliebt. Roland war jetzt so gut wie irrelevant.

Andererseits war Roland durch mehrere Leben gereist, um wieder bei mir zu sein, und ich hatte ihm noch keine zweite Chance gegeben. Ihn zu verbannen wäre für immer, da war ich sicher. Ich war nicht bereit, das zu tun, und er hatte selbst gesagt, dass er so lange warten würde, wie er müsste.

Hatte ich die Möglichkeit in Betracht gezogen, ihn warten zu lassen, bis Tanner und ich beide starben, und es dann in einem anderen Leben mit ihm zu versuchen?

Natürlich hatte ich das. Wer würde nicht wissen wollen, dass eine so hingebungsvolle Liebe wie die von Roland im nächsten Leben auf einen wartete? Klar, ich konnte seinen Motiven in diesem Leben nicht unbedingt trauen, da sein Wunsch mit meinem kollidierte, aber ich wusste ganz tief in mir drin, dass er mich auf seine seltsame, besessene Art liebte, und alles, was er tat, tat er, weil er dachte, es wäre, was ich wirklich wollte.

Es war ein bisschen nervig, dass er mir nicht glaubte, wenn ich ihm sagte, was ich wirklich wollte. Aber andererseits war ich mir manchmal selbst nicht so sicher. Vielleicht wusste er auf einer tiefen Ebene besser, was ich wollte, als ich selbst.

Ich glaubte das jedoch nicht.

„Tanner, ich muss dir was erzählen, und du sollst wissen, dass ich damit so gut wie möglich umgehe, aber es ist kompliziert und chaotisch, und es könnte dich verletzen, es zu hören."

Er legte seine Gabel vorsichtig auf den Tisch und tupfte sich mit einer Serviette den Mund ab, bevor er mir in die Augen sah. Seine Haltung war steif, und ich konnte die Anspannung spüren, die von ihm ausstrahlte. „Hat es was mit Donovan zu tun?"

„Was? Oh, nein. Nicht er."

Seine Brust dehnte sich schnell aus, als er wieder zu atmen begann. „Das ist gut. Aber du hast gerade ‚nicht er' gesagt. Heißt das, es gibt jemand anderen?"

„Es ist jemand aus einem früheren Leben", sagte ich. Dann sprudelte der Rest wie eine Lawine heraus. „Er ist mir durch mehrere Leben gefolgt, und jetzt ist er als Geist hier, und ich könnte ihn verbannen, aber ich habe ein schlechtes Gewissen bei dem Gedanken. Ich weiß nicht, was ich tun soll, und ich sitze schon eine Weile darauf und –"

Er hob eine Hand, um mich zu unterbrechen. „Langsam." Er wirkte mehr amüsiert als verärgert, und ich würde das akzeptieren, selbst wenn dieses Amüsement aus meinem Elend resultierte. „Du hast einen Geist aus einem früheren Leben, der bei dir rumhängt?"

Ich nickte.

„Ist er jetzt hier?"

„Nein."

Er griff wieder nach seiner Gabel und stach in seinen Salat. „Dann ist ja gut. Ich fühle mich nicht von einem Geist bedroht."

„Er will, dass ich einen Weg finde, ihm seinen Körper zurückzugeben."

Tanner hielt inne und legte die Gabel wieder auf den Tisch. „Nun, wirst du das tun?"

„Ich habe ihm versprochen, dass ich es tun würde, aber ich war da irgendwie einer Gehirnwäsche unterzogen. Jetzt bin ich mir nicht mehr sicher. Ja, ich habe ein Versprechen gegeben, aber ich will es nicht unbedingt halten."

Grübchen erschienen auf Tanners Wangen, als er ein Grinsen unterdrückte. „Nora, ich weiß, dein Leben hat nicht in dem Moment angefangen, als wir uns begegnet sind."

„Aber irgendwie schon", sagte ich.

Er lächelte. „Was ich meine, ist, du darfst frühere Lieben

haben. Und wenn sie nicht über dich hinwegkommen können, nun, ich mache ihnen keinen Vorwurf. Ich würde dir wahrscheinlich auch durch mehrere Leben folgen, wenn ich den leisesten Schimmer hätte, wie." Er streckte die Hand aus und legte sie auf meine. „Ich kann sehen, dass dich das belastet hat. Wie wäre es mit einem Deal?"

„Einem Deal?" So hatte ich mir das nicht vorgestellt. Der alte Tanner war ausgeflippt, als ich ihm von Donovan erzählt hatte, und jetzt hatte diese neue Version kein Problem mit einem früheren Liebhaber, der hier rumhing? Da ist was dran an ein bisschen Selbstbewusstsein, schätze ich.

Und wahrscheinlich daran, dass es nicht wieder sein bester Freund war.

„Ja. Du tust, was du in dieser Situation tun musst, und wenn du einen Fehler machst und – ich weiß nicht – diesen Geist küsst? Ich meine, ist das überhaupt möglich?" Ich zuckte mit den Schultern. „Tu dein Bestes und, weißt du, gib mir nicht jede Minute Updates über alles, was passiert. Besser noch, erzähl mir nichts davon. Ich bin glücklicher, wenn ich es nicht weiß. Aber wenn du entscheidest, dass du ihn willst, bitte, sei ehrlich zu mir."

„Was?" Ich lachte, bevor ich es verhindern konnte. „Ich glaube, ich verstehe nicht."

„Ich sage, was ich nicht weiß, kann mich nicht verletzen. Aber bitte versuch' nicht, uns beide zu haben. Ich teile dich nicht. Punkt. Gleichzeitig weiß ich, dass du nicht perfekt bist, und nach allem, was ich gehört habe, ist es leicht, mit jemandem, den man früher geliebt hat, rückfällig zu werden. Ergibt das einen Sinn?"

„Irgendwie schon." Ich kniff die Augen zusammen. „Es klingt fast so, als würdest du mir vertrauen, meine Angelegenheiten zu regeln."

Er kicherte. „Ja, ich schätze schon." Er drückte meine Hand, bevor er sie losließ und sich wieder seinem Salat zuwandte. „Schreib es der Tatsache zu, dass ich mit diesem neuen Job total überfordert bin. Ich kümmere mich schon um die Angelegenheiten der halben Stadt."

„Und du hast keine Zeit, dir um mich Sorgen zu machen."

Er steckte sich einen Croûton in den Mund. „Genau. Nichts für ungut."

„Kein Problem ..." Ich starrte ihn verblüfft an. Ich hatte noch nie einen Mann, der mir so vertraute.

Es schien ehrlich gesagt eine schlechte Idee zu sein. Ich traute mir selbst kaum.

Aber es fühlte sich auch an, als wäre mir eine Last genommen worden. Ich hatte Luft zum Atmen. Wenn ich einen Fehler machte und Roland küsste, vermutlich im Schlaf oder wenn er mir in die Zwischen-Ebene folgte, wo ich physisch mit Geistern interagieren konnte, konnte ich einfach aufhören, ihn zu küssen, sobald ich wieder bei Verstand war. Und ich müsste nicht die Schuld tragen, diesen Fehler gemacht zu haben.

Ein widerspenstiges Salatblatt sprang aus Tanners Mund und spritzte Dressing auf sein Gesicht. Es war schwer, den Mann, der mir gegenübersaß, Caesar-Dressing auf der Wange, während er mit Blattgemüse kämpfte, mit den tiefgründigen Geschenken unter einen Hut zu bringen, die er gerade ausgesprochen hatte: Vertrauen und Vergebung.

Mehr noch, seine Vergebung hatte mir die Erlaubnis gegeben, anzufangen, mir selbst zu vergeben.

Bei diesem Gedanken juckte es mich überall.

Wie war *das*?

Ich musste es fragen: „Ist das eine seltsame Phase, die du durchmachst, weil du neunundzwanzig bist?"

Er sah auf. „Was?"

„Ja, ich habe mal davon gelesen. Wenn Menschen in einem Alter sind, das mit neun endet und sie auf ein neues Lebensjahrzehnt zusteuern, bewerten sie alles neu und machen große Veränderungen."

Er lachte. „Wenn es dir nicht gefällt, kann ich eifersüchtig sein, dass irgendein Liebhaber aus der Vergangenheit versucht, meine Freundin zurückzugewinnen, und sie dem keinen Riegel vorgeschoben hat. Ich tue alles, was du verlangst, Nora, selbst wenn es bedeutet, ein Idiot zu sein." Er hob eine Braue.

„Nein, nein", sagte ich schnell. „Ich mag diese Version von dir. Ich mochte die alte, aber aus offensichtlichen Gründen funktioniert diese besser für mich. Solange du meinst, was du sagst, betrachte ich mich als noch glücklicher, als ich zu sein geglaubt habe, und schreibe es den Winden der Veränderung zu."

Er stöhnte. „Fang nicht davon an."

„Ich weiß, ich weiß." Die Geschichten waren in den vergangenen Wochen aus allen Richtungen hereingerollt, seit die ersten Winde durch Eastwind gefegt waren. Die Auswirkungen waren bisher, laut Ted, relativ mild. Ein paar jüngere Hexen hatten die Pubertät früher als normal erreicht, eine Handvoll Eastwinder hatten plötzlich beschlossen, alles zu verkaufen und in ein anderes Reich zu ziehen, und es hatte noch nie so viele Leute gegeben, die sich die Haare in einer neuen Farbe färben ließen.

Und die ganze Zeit köchelten die Spannungen zwischen Hexen und Werwesen weiter.

Tanner bekam das Schlimmste von jedermanns seltsamem Verhalten ab, da er derjenige war, der die kleinen Streitigkeiten zwischen langjährigen Nachbarn und Freunden schlichten musste.

„Weißt du, dass Veronica Lovelace ein Schild an ihr Gartentor gehängt hat, auf dem steht:*Alle Hexen, die das Grundstück betreten, müssen damit rechnen, gefressen zu werden?*", sagte er. „Ich musste diese Woche dreimal nach Hightower

Gardens, um Hexen zu verscheuchen, die vor ihrem Tor herumhingen, nur, um sie zu ärgern. Haben die nichts Besseres zu tun?"

„Hat sie dich auf ihr Grundstück gelassen, ohne zu versuchen, dich zu fressen?"

Er verdrehte die Augen. „Für Dienstpersonal macht sie natürlich eine Ausnahme."

„Und weil sie dich mag, weil du Lieferungen vom Medium Rare zu ihr geschmuggelt hast, als wir dachten, jemand würde ihr Essen mit Silber vergiften."

„Sie wird mich nicht mehr lange mögen. Ich bin dabei, ihr zu sagen, dass sie aufhören soll, uns Notfall-Eulen zu schicken."

„Nora. Tanner", sagte eine vertraute Frauenstimme zu meiner Linken. „So schön, euch beide bei einem gemeinsamen Abend zu sehen."

Als meine Augen die Sprecherin fanden, konnte ich es nicht nachvollziehen. Warum sprach sie uns an, als wären wir alte Freunde?

„Guten Abend, Bürgermeisterin", sagte Tanner, sein Ton höflich, aber ohne eine Spur von Wärme.

Bürgermeisterin Esperia nickte ihm zu. „Nora, ich wollte mich erkundigen, wie Ihr Unterricht mit Oliver läuft."

„Gut", sagte ich. Was wollte sie? Es war ihr schnurzegal, wie mein Unterricht lief.

„Und", sagte sie und senkte ihre Stimme, während ihre Augen die umliegenden Tische absuchten. „Ich habe mich nie persönlich bei Ihnen bedankt für das, was Sie für Grace getan haben. Und bei Ihnen auch, Tanner. Ich weiß, dass ich auch Landon, Eva und Donovan meinen Dank schulde." Sie strahlte.

„Das müssen Sie wirklich nicht", sagte Tanner, „weil wir es nicht für Sie getan haben. Wir haben es für Grace getan."

Ich drehte meinen Kopf, um ihn mit großen Augen anzustarren. Hatte er gerade wirklich die Bürgermeisterin angeschnauzt?

Als ich zurück zu Esperia blickte, schien sie genauso überrascht. „Natürlich. Es ist nur, dass wir knapp einer echten Katastrophe entgangen sind, wissen Sie? Dass drei Zirkelmitglieder versucht haben, einem Werwolf einen Mord in die Schuhe zu schieben. Ich schaudere bei dem Gedanken, wohin das in dieser Gemeinschaft hätte führen können. Allerdings hilft es ganz schön, dass es Hexen waren, die die Situation geregelt haben. Es zeigt dem Rest der Stadt, dass die Hexengemeinschaft sich an hohe Maßstäbe hält und wir uns darum kümmern, wenn was passiert. Wir versuchen nicht, es zu vertuschen."

Tanner nickte. „Bei allem Respekt, Bürgermeisterin, die Tatsache, dass wir Hexen sind, mag uns geholfen haben, der Sache auf den Grund zu gehen, aber ich glaube, jeder, der in jener Nacht dort war, hätte dasselbe getan, egal, welcher Art er oder sie angehört, und egal, welcher Art Hunter, Annabel und Jackie angehören. Uns geht es nicht um die Spezies, es geht um Recht oder Unrecht."

Als die Bürgermeisterin diesmal lächelte, war es viel weniger fröhlich. „Nun, ja, es steht Ihnen natürlich frei, das zu glauben. Trotzdem hat diese Demonstration von Verantwortung seitens der Hexen eine Situation, die wichtige Gesetzgebung hätte entgleisen lassen können, in einen Gewinn für die Sache verwandelt."

„Das Werwolfschutzgesetz", sagte ich. „Davon reden Sie?"

Sie nickte. „Ja, aber wir denken jetzt daran, es zu erweitern. Werwölfe sind nicht die einzige Bedrohung für das friedliche Dasein von Hexen in Eastwind."

Tanner lachte. „Da haben Sie recht. Im Fall von Grace Merryweather waren es tatsächlich *Hexen*, die die Bedrohung dargestellt haben. Ernsthaft, Bürgermeisterin Esperia, Sie sollten mich mal eine Nacht lang zur Arbeit begleiten. Dann würden Sie sehen, was in dieser Stadt wirklich los ist. Und wenn Sie uns jetzt entschuldigen würden, wir versuchen, ein Date zu haben." Er deutete auf die Speisen auf unserem Tisch.

Ich konnte meine Augen nicht von Tanner lassen, nicht einmal, um zu sehen, ob die Bürgermeisterin im Begriff war, ihm an die Gurgel zu springen.

Aus dem Augenwinkel sah ich sie gehen. Trotzdem war mein Blick auf ihn fixiert. „Du hast gerade die Bürgermeisterin abgekanzelt."

Er rollte die Schultern zurück. „Habe ich das?" Aber da war dieses schiefe Grinsen. „Ich schätze, ich bin es einfach leid, dass jeder jeden für seinen Ärger verantwortlich macht."

„Du bist erst seit einem Monat in diesem Job und schon so zynisch?"

Er nickte. „Ja. Ich muss dir sagen, ich verstehe Stu Manchester jetzt viel besser. Angesichts dessen, wie viele Jahre er das gemacht hat, ist es ein Wunder, dass er nicht mürrischer ist als Ruby, wenn sie ihren Morgentee noch nicht hatte."

„Nimm's mir nicht übel", sagte ich, „aber ich finde, der Zynismus steht dir."

Er grinste mich hungrig an, und nicht nur, weil ein Caesar-Salat mit gegrillten Hühnchen unmöglich genug Essen für ihn war. Doch dann verschwand das Lächeln, und seine Augen weiteten sich, als er auf etwas über meiner Schulter starrte.

Ich drehte mich um, um zu sehen, was es war, und als ich es entdeckte, ergab seine Reaktion sofort einen Sinn.

Kapitel Zwei

Liberty Freeman betrat das Restaurant, und direkt vor ihm ging eine der schönsten Frauen, die ich je gesehen hatte. Nicht einmal Tandy Erixon, die barbiegleiche Xana, die Bruce Saxon ermordet hatte, konnte dieser Frau das Wasser reichen.

„Wer ist das?", hauchte ich.

Tanner war zu sprachlos, um zu antworten, und ich war nicht einmal böse deswegen. Ich konnte auch nicht aufhören, die Frau anzustarren. Sie hatte dichtes, pechschwarzes Haar, das in lockeren Spiralen über ihre Schultern und ihren Rücken fiel. Ihre Haut hatte die Farbe von gerösteten Mandeln. In ihren dunklen Augen lag eine Leidenschaft, die ihre dichten Wimpern fast unanständig wirken ließ, und jeder ihrer Schritte war wie Rauch, der auf einer sanften Brise wehte. Ihre perfekt gerundeten Hüften wiegten hypnotisch, bis sie stehenblieb und auf Liberty wartete. Er legte einen Arm um ihre Schulter – ein kluger, beschützender Akt, dachte ich, angesichts der Art, wie jeder sie anstarrte – und sie näherten sich dem leeren Tisch, zu dem die Kellnerin gedeutet hatte.

Unser Tisch lag auf ihrem Weg, und als Libertys Blick auf Tanner fiel, blitzte ein breites Zahnpastalächeln auf. Er nickte und wich von seinem Pfad ab, um an unserem Tisch Halt zu machen. „Hey, Mann", sagte er und schüttelte Tanners Hand.

„Hi", sagte Tanner heiser, seine Augen immer noch auf die Frau fixiert.

„Nora", sagte Liberty herzlich, beugte sich vor und umarmte mich. Er roch anders als sonst. Es war berauschend und verwirrte meine Gedanken. Dschinn-Parfum? Gab's so was?

„Wie geht's?", fragte ich, als er mich losließ. Der unbeholfene Winkel der Umarmung in meiner sitzenden Position hatte mich vor seinem üblichen Schraubstockgriff bewahrt.

„Großartig." Er trat zur Seite und stellte seine Begleitung vor. „Das ist Emagine. Emagine, das sind Nora und Tanner. Sie sind gute Leute. Tanner ist Deputy hier, und Nora ist ..." Er kniff die Augen zusammen. „Bevorzugst du Restaurantbesitzerin oder Fünfter Wind?"

„Beides", sagte ich.

„Ein Fünfter Wind?", bemerkte Emagine. Ihre Stimme war tief und klingend. „Wirklich?"

„Ja."

Sie nickte anerkennend. „Schön zu wissen, dass Eastwind einen hat. Wo ich herkomme, haben sie vor Hunderten von Jahren alle Fünften Winde zusammengetrieben und ermordet."

„Äh ..." Ich blickte von Emagine zu Liberty. „Wo kommst du her? Da werde ich sicher nie hinfahren."

„Sie ist aus Zatrian", erklärte Liberty.

„Bist du nicht auch von dort?", fragte ich, und er nickte. „Alte Freunde?"

„Nicht wirklich", sagte Emagine. „Ehemalige Feinde." Sie

lachte. „Die Dinge ändern sich. Nicht immer zum Besten, aber in diesem Fall bin ich sehr zufrieden.“

„Die Lorbeeren dafür beanspruche ich“, sagte Liberty, legte einen Arm um ihre Taille und zog sie an seine Seite.

Tanner war immer noch unfähig, Worte zu bilden, wahrscheinlich jetzt noch mehr durch die Nähe zu Emagine, also war ich für Smalltalk zuständig. „Wann bist du in die Stadt gekommen?“

„Erst heute“, sagte sie.

„Bleibst du?“

Sie sah zu Liberty auf. „So lange, wie er mich hier haben will.“

Liberty, so schien es, war ihren Blicken und ihrer Ausstrahlung gegenüber auch nicht immun. Ich war versucht, ihnen vorzuschlagen, das Abendessen auszulassen und direkt an einen privateren Ort zu gehen. „Baby“, sagte Liberty, während er sie anhimmelte, „du bist vielleicht keine Sklavin mehr, aber ich habe vor, dich so lange wie möglich hierzubehalten.“

„Oh“, sagte ich und versuchte, die sexuelle Spannung zu durchbrechen, damit wir keine mächtige, magische öffentliche Zurschaustellung von Zuneigung erleben müssten. „Bist du auch eine Dschinn?“

Das funktionierte glücklicherweise. Emagine wandte sich von Liberty ab, um zu antworten. „Ja. Wir werden sehen, wie lange es dauert, bis sie versuchen, mich aus der Stadt zu jagen. Nach allem, was ich gehört habe, ist schon ein Dschinn einer zu viel für die meisten Eastwinder.“

„Was?“, sagte ich. „Alle lieben Liberty.“

„Nein“, sagte er. „Manche Leute lieben mich, und der Rest hat Angst, mich nicht zu lieben. Das ist ein Unterschied. Egal, sie haben Emagine vielleicht nicht gern hier, aber wer hat schon den Mut, sie zum Gehen zu zwingen?“

„Ich sicher nicht", sagte Tanner und brach damit endlich sein Schweigen. „Ich denke, sie sollte so lange bleiben, wie sie will."

Liberty lachte. „Das wette ich, Culpepper. Nun, wir lassen euch zwei besser euer Essen beenden. Wir sehen uns?"

„Ja, bitte", murmelte Tanner, als die Dschinn gingen.

Ich streckte die Hand über den Tisch und schnippte mit den Fingern, um seine Aufmerksamkeit auf mich zu lenken. „Hey, Show vorbei."

Er blinzelte ein paarmal und schien sich zu erinnern, wo er war. „Richtig. Ich sollte besser los. Du übernimmst die Rechnung, oder?"

Ich verdrehte die Augen, aber nicht wegen des Geldes; ich war jetzt die Vermögendere von uns beiden, da er sich für ein Leben im öffentlichen Dienst entschieden hatte und im Diner jetzt weniger verdiente. „Deine Schicht fängt erst in einer Stunde an. Komm schon und iss dein Abendessen auf."

Er verzog das Gesicht, dann gab er nach. „Okay, na gut." Er beugte sich vor, damit niemand mithören konnte. „Es ist nur so, dass ich immer noch ein bisschen nervös werde vor meiner Schicht. Jetzt, da ich zur Nachtschicht gewechselt habe, brauche ich gute zehn Minuten, um mich mental aufzuhypen, bevor ich Stu nach Hause schicke."

„Das heißt zehn Minuten, um dich mental aufzuhypen, zehn Minuten, um zu dir zu gehen und deine Uniform zu holen, und fünf Minuten von deinem Haus zum Büro des Sheriffs. Meiner Rechnung nach bleiben dir noch fünfundzwanzig Minuten, um dein Essen zu genießen."

„Oder", sagte er, „fünf Minuten für mein Essen, und zwanzig Minuten, um was anderes zu genießen." Verschmitzte Lachfalten tanzten um seine Augen.

Ich griff in meine Tasche, zog viel zu viele Münzen heraus

und warf sie auf den Tisch, bevor ich aufstand. „Vierundzwanzig Minuten.“

„Na, jetzt kommen wir der Sache näher.“

Er schaufelte so viel Salat in seinen Mund, wie hineinpasste, sprang dann auf, griff nach meiner Hand und zog mich aus dem *Stew and Brew*, ohne zurückzublicken.

Kapitel Drei

„Immer, Nora", flüsterte er. „Es gibt keine andere Frau für mich außer dir." Er strich mir das Haar von der Schulter, während er Küsse auf meinem Hals verteilte. „Alles, was du willst, gebe ich dir. Alles."

Ich wusste, was ich wollte. Es war nicht kompliziert. Eine kleine Stimme in meinem Kopf mahnte mich jedoch, dass ich es nicht von ihm wollen sollte. Ich konnte nicht genau sagen, warum das so war.

Der Wind heulte gegen das Fenster des großen, teuer eingerichteten Schlafzimmers, als er mich gegen die Tür drückte. Ich wehrte mich nicht. Erinnerungen kehrten in Blitzen zu mir zurück.

Wir beide, wie wir auf Pferden über endlose grüne Wiesen galoppierten, um so schnell wie möglich so weites ging von allen wegzukommen, die wir kannten. Außer voneinander.

Das eine Mal, als seine Nachbarn mich wegen meiner Armut beschimpft hatten und er eingeschritten und fast aus dem Nichts aufgewacht war, um für mich einzustehen, und wie er mich danach gehalten und mir versichert hatte, dass nichts an mir falsch war.

Eine Erinnerung nach der anderen strömte in mein Blut. Und ich wusste, dass er meinte, was er sagte.

„Du weißt, was ich will, Roland."

„Aye, das weiß ich." Sein Atem an meinem Hals ließ mich erschaudern. „Aber ich muss die Worte von dir hören. Ich muss sicher sein, dass das nicht wieder ein Fehlalarm ist. Denn, sobald wir diese Grenze überschreiten, Diana, kann ich mich nicht mehr zurückhalten."

Ich schluckte schwer. Die Worte lagen mir auf der Zunge, und ich stellte mir vor, was als Nächstes kommen würde: Er würde mich zu seinem Himmelbett tragen, Knöpfe würden in unserer hektischen Eile davonfliegen, angetrieben von Hunderten von Jahren der Trennung.

Die Leidenschaft in mir war mehr, als ein Körper fassen konnte.

Ich öffnete den Mund, beschwor die Worte herauf, suchte nach den richtigen, die so lange in mir weggeschlossen gewesen waren.

„Ja, ich –"

Ein Bellen schreckte mich aus dem Schlaf hoch. Ich setzte mich im Bett auf und blinzelte in das dunkle Schlafzimmer in Ruby Trues Haus, während sich zwei Realitäten in meinem Kopf vermischten. Auf seinem Hundebett in der Ecke lag Grim auf der Seite, rannte im Schlaf und bellte. „Fänge und Klauen", stöhnte ich und fuhr mir mit einer Hand übers Gesicht.

Mein Herz pochte, und meine Haut kribbelte überall. Woher war dieser Traum gekommen?

Ich hatte meine früheren Träume mit Roland für realistisch gehalten, aber keiner kam an diesen ran. Das war was Neues. Was Mächtigeres als ein einfacher Traum. Und die Göttin möge mir helfen, in diesem Moment wollte ich mehr.

Ich ließ mich auf den Rücken fallen und schloss die Augen, versuchte, meinen Atem zu beruhigen.

„Du erinnerst dich", sagte er.

Ich stützte mich schnell auf die Ellbogen. Roland strahlte mich von seinem Platz am Fußende meines Bettes an. „Ja."

„Es gibt noch so viel mehr, meine Liebste. Warum gehst du nicht einfach wieder schlafen, und wir können da weitermachen, wo wir aufgehört haben?"

Ja, warum nicht? Es gab wahrscheinlich einen Grund, auch wenn mein verschlafener Verstand ihn nicht benennen konnte.

Oh, richtig. Tanner.

Die Schuldgefühle trafen mich, bevor ich mich an das erinnerte, was er heute Abend gesagt hatte. Wenn ich einen Fehler machte, sollte ich mir selbst vergeben, solange ich mich weiter für ihn entschied.

Und das tat ich. Ich entschied mich immer noch für Tanner. „Ich weiß nicht, ob es eine gute Idee ist, mich zu erinnern."

„Mag sein, aber es wird sich gut anfühlen."

Süßes Baby-Jackalope! Jede Sekunde, in der ich es schaffte, Roland O'Neills gemeißeltem Kiefer und den vollen Lippen zu widerstehen, sollte mit einem verdammten Preis belohnt werden. „Nein."

„Ah", sagte er, keineswegs entmutigt. „Wie du willst. Aber irgendwann musst du schlafen."

Dieses diabolische Grinsen. Gütiger Golem! Es war, als hätte ich nie zuvor bemerkt, wie verdammt sexy es war. Aber jetzt wusste ich es.

„Halt dich aus meinen Träumen raus!", blaffte ich.

„Dann hör' auf, mich hineinzuladen."

„Ich habe dich nicht eingeladen!"

„Haltet die Klappe, ihr zwei. Ich hatte gerade den wunderbarsten Traum von einer Höllenkatze, die ich früher gejagt habe. Diesmal hatte ich sie fast!"

„Aber du hast mich eingeladen", sagte Roland. „Träume rufen nicht mit der Stimme, Liebste. Sie rufen mit dem Herzen. Und deins ruft nach meinem."

Ich stöhnte. „Kannst du den Ruf nicht einfach ignorieren?"

„Habe ich nie, werde ich nie."

„Ich dachte, du hast gesagt, du würdest alles für mich tun."

Er nickte. „Das werde ich. Aber das würde ich für Tanner tun, nicht für dich."

Ich ließ mich wieder auf die Kissen fallen, starrte an die Decke und zwang meine Augen, offenzubleiben. Natürlich konnte ich nicht ewig wach bleiben, aber wenn ich diese besonders anstrengende Nacht überstand, hätte ich morgen vielleicht mehr Entschlossenheit. Ich musste durchhalten. Ich verstand nicht, warum diese Nacht anders war – wahrscheinlich waren es meine Hormone –, aber vielleicht war es nur eine einmalige Sache, die ich überwinden konnte.

Irgendwann verlor ich den Kampf.

„Ich wusste, dass du zurückkommen würdest", sagte er. Wir waren jetzt in seinem Bett, glücklicherweise noch vollständig bekleidet. Wir wären in fragwürdiges Terrain geraten, was meine Zustimmung betraf, wenn ich mich ohne Erinnerung entkleidet vorgefunden hätte.

Seine Beine lagen an meinen, während er sich über mir abstützte. Ich starrte in seine Augen, diese wunderschönen türkisfarbenen Juwelen, in denen ich so oft Trost gefunden hatte ...

„Ahh", sagte er sanft. „Da bist du, Diana. Ich merke immer, wenn du zurückkehrst." Seine Lippen trafen auf meine, und ich war erledigt. Ich streckte die Arme aus, schlang sie um seine Schultern, zog ihn an mich, genoss das Gewicht seines Körpers auf meinem. Ich schob meine Hände zwischen uns, öffnete die obersten Knöpfe seines Hemds, wurde dann ungeduldig mit dem langsamen Fortschritt, packte es an beiden Seiten der Knopfleiste und riss so fest daran, wie ich konnte. Ich hörte das Reißen der Fäden und damit das Reißen jeglicher Selbstbeherrschung, die ich noch hatte.

Ein Klopfen an der Tür riss mich wieder aus dem Schlaf.

„Sohn einer Todesfee!", fluchte ich und setzte mich erschrocken im Bett auf. Es war nicht Rolands Schlafzimmertür, nicht einmal meine eigene, von der das Geräusch kam. Ich presste meine Hände auf die Augen, um mich zu orientieren. Als ich sie wegnahm, war Roland nirgends zu sehen, was ein kleiner Sieg war.

Ich warf einen Blick auf Grim, der ebenfalls wach war.

„*Waren das drei oder vier Male?*", fragte mein Vertrauter.

Ich spielte es in meinem Gedächtnis nach. „Ich glaube, es waren fünf Male."

„*Oh-oh.*"

„Was? Was bedeuten fünf Klopfer?"

„*Es bedeutet, wer auch immer da ist, ist fest entschlossen, gehört zu werden, und ich werde nicht wieder einschlafen können, bis das geklärt ist.*"

„Wer weiß? Vielleicht geht derjenige ja wieder."

Ich wartete und lauschte in die Dunkelheit. Ja, es war gut, dass ich genau in diesem Moment geweckt worden war, aber das änderte nichts daran, dass ich unglaublich genervt war.

„Klingt, als wäre –"

Klopf-klopf-klopf-klopf-klopf-klopf.

„*Wer auch immer das ist, er ist jetzt noch ungeduldiger*", sagte Grim.

„Wie stehen die Chancen, dass Ruby stattdessen aufmacht?"

„*Wahrscheinlich genauso hoch wie dass sie aufmacht und dich dann zusammenstaucht, weil du nicht zuerst gegangen bist.*"

Ich schwang die Beine aus dem Bett und schlurfte die

Treppe hinunter. Grim folgte mir, wahrscheinlich eher aus morbider Neugierde als aus altruistischem Impuls.

Wer auch immer auf der Veranda war, war mitten in einer weiteren Salve von Klopfern, als ich die Tür aufriss und in die Nacht hinaus starrte. „Jane? Ansel? Was ist los?"

Beide verschränkten die Arme vor der Brust, die Mundwinkel gereizt nach unten verzogen.

„Wir brauchen deine Hilfe", sagte Jane.

„Natürlich", sagte ich und versuchte immer noch herauszufinden, was meine beste Freundin und ihren Mann dazu brachte, mitten in der Nacht hier aufzutauchen. „Was kann ich tun?"

„Kannst du sie sehen?", fragte sie.

„Wen meinst du?"

Sowohl Jane als auch Ansel blickten über ihre Schultern, und da bemerkte ich die schwebenden Gestalten hinter ihnen, die wie weiches Mondlicht strahlten.

„*Sirenen … Gesang*", schnaubte Grim hinter mir. „*Das sind zwei Gesichter, die ich nie wieder sehen wollte.*"

„Hi, Nora", sagte der Geist von Bruce Saxon. „Tut mir leid, dich zu stören."

„Dito", sagte Heather Lovelace. „Ich sehe wirklich keinen Grund, dich da reinzuziehen."

Keinen Grund? Ich konnte mir nicht vorstellen, wie jemand glauben konnte, dass die Rückkehr von zwei angeblich in Frieden ruhenden Geistern kein Grund wäre, den einzigen arbeitenden Fünften Wind der Stadt zu konsultieren.

Ich öffnete die Tür weit. „Warum kommt ihr vier nicht rein?"

Kapitel Vier

„Dauert das immer so lange?", fragte Jane ungeduldig.

Ich beendete den Ankerzauber für Bruce und warf ihr einen Blick zu, den ich vielleicht nicht riskiert hätte, wenn es nicht gerade Viertel vor drei am Morgen gewesen wäre und meine Überlebensinstinkte auf allen Zylindern gefeuert hätten.

„Fertig. Du weißt, dass Magie ein bisschen dauert", sagte ich.

Ihre Arme blieben fest vor ihrer Brust verschränkt. „Ich dachte, der ganze Sinn davon wäre, dass Dinge nicht so lange dauern."

Ansel stand ein paar Schritte von seiner Frau entfernt, sagte kein Wort und wirkte schüchterner als sonst. Ich sprach ihn an. „Irgendeine Idee, warum Heather Lovelace euch beide heimsucht?"

Ein kurzes Aufblitzen von Überraschung verdunkelte sein Gesicht wie eine Wolke, die vor dem Vollmond vorbeizog. „Das ist sie? Ich war mir nicht sicher." Er schüttelte den Kopf, und der Schock war verschwunden. „Nein. Ich dachte, sie ist einfach auf demselben Einhorn wie Bruce her geritten. Vielleicht hast du sie an denselben Ort geschickt?"

„Ich weiß nicht", sagte ich.

„Du musst es nicht wissen", sagte Jane ungeduldig, „weil du mit ihnen reden kannst."

„Oh, richtig." Ich wandte mich zuerst Bruce zu. „Warum bist du hier?"

Seine Augen waren auf Jane gerichtet, und ich kannte diesen Blick – nicht von ihm, aber von anderen. Die sanften Augen, die leicht geöffneten Lippen, die kaum merklich hochgezogenen Brauen. Ich war versucht, ihn daran zu erinnern, dass sie jetzt eine glücklich verheiratete Frau war, und wenn Ansel wüsste, dass ein anderer Mann seine Frau anstarrte, würde Bruce sich wahrscheinlich wünschen, er wäre weit weg auf der anderen Seite des Schleiers geblieben.

„Ich konnte keine Minute mehr so ertragen", sagte Bruce. „Ich musste bei ihr sein."

„Aber wo warst du?" Es schien eine kluge Frage. Roland hatte erklärt, dass Geister, sobald sie hinübergingen, oft durch Reinkarnation in einen anderen Körper geleitet wurden. Er hatte Anspielungen auf das gemacht, was jenseits des Todes lag, aber er wusste oft keine Antworten auf meine spezifischeren Fragen. Zum Beispiel war er sich nicht sicher, wie viel Zeit zwischen Tod und Wiedergeburt verging. Zeit war auf dieser Ebene ziemlich vage.

Nur ein Hauch von Sorge kräuselte sich an den Rändern von Bruces Augen. „Ich erinnere mich nicht. Nirgendwo. Überall. Schwer zu sagen. Spielt sowieso keine Rolle, jetzt, wo ich wieder in ihrer Nähe sein kann. All die guten Zeiten, die wir hatten, all die Momente, in denen ich neben ihr gelegen habe, während die Morgensonne durch unser Schlafzimmerfenster fiel, all die Streitereien, die zu leidenschaftlichen Entschuldigungen geführt haben ... es erfüllte jeden Winkel meines Geistes, dann wurde der Schleier plötzlich dünner, und ich fand mich an ihrer Seite wieder."

Ich schluckte schwer und versuchte, einen ruhigen Gesichtsausdruck aufzusetzen. Bruces Beschreibung der Erinnerungen klang ein wenig zu sehr wie das, was ich kurz zuvor in meinem Traum erlebt hatte. War Roland dafür verantwortlich? Ich würde es ihm zutrauen, aber ich wollte keine voreiligen Schlüsse ziehen.

Ich wandte mich als Nächstes an Heather. „Und du? Was ist deine Ausrede?"

Die Tatsache, dass sie Ansel auf dieselbe Weise anstarrte wie Bruce Jane, war vielleicht das größte Rätsel von allen. Sollte sie nicht Lucents Zelle im Ironhelm-Gefängnis heimsuchen, anstatt irgendeinen Werbären zu nerven? Die einzige Verbindung, die ich zwischen den beiden kannte, war, dass Ansel mit Heathers Mann in *Whirligig's Garden Center* gearbeitet hatte, bevor sie an einer Silbervergiftung gestorben war.

„Das Gleiche ist mir passiert", sagte sie. „Ich war ... nun, ich kann mich nicht erinnern, wo. Dann kamen plötzlich all diese Erinnerungen zurück. Die Zeiten, in denen wir uns in die Deadwoods schlichen, damit niemand mitbekommt, dass wir zusammen waren. Die Tage, die wir auf dem Fluke Mountain verbracht haben und von den Klippen in den Widow Lake gesprungen sind. Je mehr ich mich erinnert habe, desto dünner wurde der Schleier, bis ich schließlich hindurchsehen konnte, und da war er."

Heather hatte aufgehört zu sprechen, aber ich wusste nicht, wo ich anfangen sollte. Das war alles neu für mich. Wusste Jane von Ansels Vergangenheit mit Heather?

Am Boden neben dem erloschenen Kamin kicherte Grim.

„*Wusstest du davon?*", fragte ich ihn. Da er und Ansel früher in den Deadwoods befreundet gewesen waren, war es möglich.

„Nein, wusste ich nicht. Aber das bringt dich sicher in eine unangenehme Lage." Er kicherte weiter.

„Ist er in Ordnung?", fragte Ansel und nickte in Grims Richtung. „Hört sich an, als würde er würgen."

„Er ist okay", sagte ich schnell. „Warum geht ihr zwei nicht nach Hause und schlaft ein bisschen? Heather und Bruce sind hier verankert, also werde ich mich weiter mit ihnen befassen und euch berichten, was ich herausfinde. Kein Grund, dass euch das um den Schlaf bringt."

Ich zwang ein Lächeln auf mein Gesicht, und Jane stimmte gern ohne Widerrede zu.

Ansel dagegen wirkte unentschlossen. „Bist du sicher, dass du mich nicht hier brauchst?" Ich wusste, dass das nicht die eigentliche Frage war, die er da stellte.

„Nein", antwortete ich und ging zur Tür. Ich hielt sie auf, und Jane ging als Erste hindurch, ohne auf Ansel zu warten.

Er blieb auf der Veranda stehen. „Falls sie irgendwas sagt, das, du weißt schon, keinen Sinn ergibt –"

„Wie gesagt, ich lasse euch wissen, was ich herausfinde."

Er verstand die Botschaft, nickte und eilte seiner Frau hinterher.

Sobald ich die Tür schloss und mich wieder dem Salon zuwandte, waren es nicht mehr zwei Geister; es waren drei.

„Hattest du was damit zu tun?", fragte ich Roland.

Er tat beleidigt. „Ich weiß nicht, wie du darauf kommst."

„Doch, das weißt du. Ernsthaft, sei ehrlich zu mir. Hast du Bruce und Heather zurückgebracht?"

Er beendete die Scharade. „Nein, Liebste. Ich hatte damit nichts zu tun. Du musst mir nicht glauben, aber was ich dir sage, ist die reine Wahrheit der Götter."

Ich beschloss, ihm vorerst zu glauben. Außerdem sah ich kein Motiv dafür, dass er anfangen sollte, Geister zurückzubringen, denen ich bereits ermöglicht hatte, in Frieden zu ruhen, es sei denn, er war darauf aus, mich mit der Zeit in den Wahnsinn zu treiben.

„Heather, diese Dinge, die du über dich und Ansel gesagt hast, wann ist das alles passiert?"

Bitte nicht, während er schon mit Jane zusammen war.

„Kommt darauf an. Wie lange bin ich schon tot?"

„Ungefähr sechs Monate."

„Nicht mehr? Oje. Es fühlt sich so viel länger an und gleichzeitig, als wär gar keine Zeit vergangen. In dem Fall war das, was Ansel und ich hatten, vor etwa zwanzig Jahren. Wir waren kaum mehr als Kinder. Ich gebe meinem Alter die Schuld für meine Dummheit. Ich hätte ihn nie gehen lassen sollen. Ich kann nicht glauben, dass ich es getan habe. Aber jetzt habe ich eine zweite Chance, und ich werde sie nicht verschwenden."

„Ich bewundere ihre Entschlossenheit", mischte Roland sich ein.

„Wer ist er?", fragte Bruce und musterte Roland von oben bis unten. „Und warum ist er so gekleidet?"

„Das ist eine lange Geschichte", sagte ich.

Bruce schwebte näher an mich heran. „Bist du mit Tanner zusammengekommen?"

„Ja", sagte ich. „Und wir sind immer noch zusammen."

„Was zum Höllenhund machst du dann mit *ihm* in deinem Haus?"

Ich hob eine Hand zwischen uns. „Okay, erstens ist es kompliziert. Zweitens brauche ich keinen notorischen Weiberhelden, der meine romantischen Entscheidungen kritisiert."

„*Sehr romantische* Entscheidungen", fügte Roland hinzu.

Ich zeigte mit einem Finger auf ihn. „Du, hör auf!"

Er wich langsam zurück, nicht ohne hinzuzufügen: „Das hast du vorhin nicht gesagt."

„Das war ein Traum!", schnauzte ich ihn an.

Bruce sagte: „Ah, du hast recht. Das *ist* kompliziert."

„Und irrelevant", fügte ich hinzu. „Wir sind hier, um herauszufinden, warum ihr zwei ein frisch verheiratetes Paar heimsucht, anstatt in einem warmen Pool aus Nichts und Allem zu entspannen oder wie anständige Geister zu reinkarnieren."

„Das haben wir dir doch schon gesagt", sagte Heather gereizt. „Wir sind zurückgekehrt, weil die Liebe uns zurückgezogen hat. Das ist alles, was ich weiß."

Roland schwebte zu ihr hinüber und legte einen geisterhaften Arm um ihre Schultern. Sie warf ihm einen Blick zu, lächelte und ließ ihn dann gewähren. „Nora versteht es vielleicht nicht", sagte er und sah mich mit demselben Ausdruck an, den Heather Ansel zugeworfen hatte, „aber ich schon. Nicht einmal der Tod kann die Bande der Liebe trennen, solange eine Seele bleibt, um die andere zurückzuziehen." Er unterbrach seinen festen Blick, um Heather herzlich anzulächeln. „Du bist in guter Gesellschaft. Nora hier sucht nach Wegen, Geister in ihre Körper zurückzubringen, nicht wahr, Liebste?"

Mein Mund blieb offenstehen. „Nein! Du sprichst von illegaler Nekroman–"

Ein Dielenbrett knarrte hinter mir, und ich wandte meine Aufmerksamkeit der Treppe zu.

Ruby starrte auf die Szene, ihre Augen zusammengekniffen, während ihr rechter Fuß auf der untersten Stufe stand und ihr linker über dem Salonboden schwebte.

Alle erstarrten und warteten auf ihre Reaktion. Während ich wusste, dass sie nicht begeistert sein würde, eine Party mit dem Motto „Rückkehr aus der Vergangenheit" im Erdgeschoss vorzufinden, war ich mir nicht sicher, wie sich ihr Missfallen äußern würde.

Ich warf einen verstohlenen Blick auf Grim, der so tat, als

würde er schlafen. Kluger Schachzug. Ich wünschte, ich hätte zuerst daran gedacht.

Ruby räusperte sich. „Ich will es lieber nicht wissen."

„Klingt gut", sagte ich schnell.

„Wenn sie hier länger als eine Nacht bleiben, berechne ich dir zusätzliche Miete."

„Verstehe."

Ihr Blick durchbohrte Roland. „Er kann weiter mietfrei spuken. Aber nur, weil er nett anzusehen ist."

„Vielen Dank", sagte Roland und deutete eine Verbeugung an.

Sie grunzte. „Sieht so aus, als würden wir die morgige Lektion mit dem Wiederholen von Verbannungszaubern verbringen."

Sobald sie gegangen war, wandte ich meine Aufmerksamkeit wieder den Geistern zu. Ich war in der Unterzahl, selbst mit Grim als Unterstützung, was nicht der Fall war, da ich vermutete, dass sein „so tun, als würde er schlafen"-Trick vielleicht gar kein Trick war.

„Weißt du was?", sagte Roland und nahm seinen Arm von Heathers Schulter. „Die zwei sind verankert. Sie gehen nirgendwo hin, und du bist offensichtlich erschöpft. Warum gehst du nicht nach oben und schläfst ein bisschen?"

Ich nickte. „Das klingt verlock– warte. Ich weiß, was du vorhast. Du willst, dass ich wieder einschlafe und da weitermache, wo wir aufgehört haben."

Er nickte. „Natürlich, Liebste. Ich leugne es nicht. Mehr noch, ich kann sehen, dass du es willst."

War dem so? Jetzt, da mein Kopf klarer wurde und ich wach war, wollte …

… wollte ich Roland immer noch.

Fänge und Klauen!

Ich war über ihn hinweg! Oder zumindest hatte ich das

geglaubt. Ich hätte schwören können, dass ich es war. Diese Lust sollte verschwinden, wenn ich aufwachte. War ich jetzt nirgendwo mehr sicher vor ihm? Ich hatte fast Lust, ihn auch zu verankern, aber ich vermutete, dass nicht einmal das ihn davon abhalten könnte, aufzutauchen, sobald ich einschlief.

„Komm, Grim", sagte ich und rief meinen Vertrauten zu mir, als ich die Treppe erreichte.

„Mir geht's gut, wo ich bin. Viel Spaß euch beiden, aber ich werde nicht daran teilnehmen."

„Wir werden nicht ... du weißt schon. Es war nur ein Traum."

„Was auch immer du dir einreden musst." Er legte den Kopf auf die Pfoten, und ich wusste, dass es kein weiteres Verhandeln mit ihm gab.

Als ich wieder ins Bett kroch, wartete Roland geduldig zu meinen Füßen. Ich brachte einen letzten strengen Blick zustande und sagte: „Nein, okay?"

Er lachte leise. „Was auch immer du sagst, Diana."

Und natürlich war das, was ich im Traum von mir gab, etwas vollkommen anderes als das, was ich im Wachzustand gesagt hatte.

Kapitel Fünf

„Also hängen Bruce und Heather einfach in Rubys Haus rum?", fragte Eva am nächsten Morgen. Hendrix Hardy war der Einzige im *Medium Rare* zu dieser Stunde – zum Glück, denn mein Kopf schwirrte viel zu sehr, um irgendwas auch nur ansatzweise mit der nötigen Kompetenz zu managen.

Eva rollte an der Theke Besteck ein, neben unserem neuen Trainee. Es war Cassandras erster Tag, und obwohl sie erst dreiundzwanzig war, wirkte sie für ihr Alter unglaublich kompetent. Mit dichtem, schokoladenbraunem Haar und einem cremig-braunen Teint hatte sie eine subtile natürliche Schönheit, die fast Schuldgefühle in mir aufkommen ließ, sie hier drinnen festzuhalten, wo sie doch draußen das Leben genießen sollte. Aber ich schätzte, selbst wenn ich sie bezahlt hätte, um Spaß am See zu haben, hätte sie abgelehnt. Sie war einfach eines dieser Mädchen, die viel erwachsener waren, als ihr Alter einen glauben machte, und die in der Gastronomie selten waren. Also begrüßte ich die nette Überraschung. Schließlich waren die meisten Überraschungen alles andere als nett.

Ich nutzte meine Autorität ein winziges bisschen aus, setzte mich auf einen der Thekenhocker und schlürfte Kaffee.

„Ja", sagte ich, „sie sind fest verankert. Zum Glück haben sie keinen anderen Ort, an dem sie sein müssen."

Eva nickte und griff nach einer weiteren Gabel und einem Messer. Sowohl sie als auch Cassandra hatten meine Beschreibung der Ereignisse der letzten Nacht gelassen aufgenommen. Oder zumindest die, von denen ich ihnen erzählt hatte. Die Details mit Roland schienen mit dem Geheimnis um Heather und Bruce nichts zu tun zu haben (und waren absolut nicht arbeitsplatztauglich).

Okay, es gab also einige unbestreitbare Ähnlichkeiten, aber ich zögerte, mich, was dieses Thema anging, Eva gegenüber zu öffnen, von Cassandra ganz zu schweigen. Es gibt nichts Schlimmeres, als am ersten Tag von seiner Chefin zu viel Persönliches zu erfahren, und ich bewegte mich schon hart an der Grenze.

„Du kannst deinen Zauberstab benutzen, wenn du willst", sagte ich zu Cassandra. „Normalerweise versuchen wir, Zauberstäbe außer Sichtweite zu halten, aber welchen Sinn hat es, eine Hexe zu sein, wenn du alles manuell machen musst? Dasselbe gilt für dich, Eva. Als ob es Hendrix kümmern würde."

Cassandra nickte, sagte aber: „Ich mache es lieber von Hand. Es ist irgendwie meditativ."

„Und ich weiß noch nicht, wie man das mit einem Zauberstab macht", sagte Eva.

„Dein Tutor muss sich mehr anstrengen", antwortete ich, wohl wissend, dass ihre Lektionen mit Donovan wahrscheinlich wenig echten Unterricht beinhalteten.

„Ich finde, er macht das ganz gut", sagte sie.

Cassandra lenkte das Gespräch zurück auf das vorherige Thema: „Also erscheinen zwei einstige Geliebte einfach von der anderen Seite des Schleiers? Wirst du sie zurückschicken?"

Ich zuckte die Achseln. „Ich schätze schon irgendwann, aber woher weiß ich, dass sie diesmal wegbleiben, wenn sie es beim ersten Mal nicht getan haben? Ich dachte, ich hätte ihnen den Abschluss gebracht, den sie gebraucht haben, um endgültig überzutreten, und jetzt sind sie plötzlich wieder da."

Eva war diejenige, die das Offensichtliche ansprach. „Gibt es das überhaupt? Ich meine einen vollständigen Abschluss mit einer vergangenen Liebe? Es ist wie eine Wunde, von der du denkst, sie sei verheilt, und dann passiert etwas, und du merkst, dass du doch nicht so gesund bist, wie du gehofft hast."

„Klingt, als würdest du aus Erfahrung sprechen", bemerkte ich.

„Ja. Aber ich hatte Glück und bin hier gelandet, bevor ich wieder rückfällig werden konnte."

„Rückfällig?", fragte ich und hob eine Braue. „Das klingt nicht gesund."

„Gesund wie eine Droge", sagte sie. „Ich wusste sogar, dass er nicht gut für mich war, und bin immer wieder zurückgegangen. Ich habe mir eingeredet, dass er diesmal wirklich bereut, was er getan hat. All die anderen Male, als er die Beherrschung verloren hat, waren nur Ausnahmen. Ich habe mir eingeredet, er hätte mir viel Schlimmeres antun können, und hat es nicht getan. Das war doch ein Zeichen von Liebe, oder?" Sie verdrehte die Augen über sich selbst. „Ehrlich gesagt, würde ich wahrscheinlich immer noch zu ihm zurückkriechen, wenn ich nicht durch diese Tür gegangen und in Eastwind gelandet wäre."

„Warte", sagte ich und wurde munter, „welche Tür?"

„Die nach Eastwind."

„Natürlich. Du hast mir nie erzählt, wie du hierhergekommen bist. Du bist durch eine Tür gekommen?"

Sie hielt inne und sah zu mir auf. „Nicht so dramatisch wie

dein Auftritt, zugegeben. Soweit ich weiß, bin ich nicht gestorben."

„Was ist dann passiert?"

Sie seufzte und stützte die Ellbogen auf die Theke. „Dieser wunderbare Gentleman, den ich gerade erwähnt habe? Ich habe wieder versucht, mit ihm Schluss zu machen. Er hat mir gesagt, wenn er mich nicht haben könne, würde mich niemand bekommen. Ich habe ihm nicht geglaubt. Und siehe da, in dieser Nacht fing mein Haus aus heiterem Himmel Feuer. Als ich aufgewacht bin, kamen die Flammen schon unter meiner Schlafzimmertür durch. Ich habe das Laken um den Türgriff gewickelt, damit ich mir nicht die Finger verbrenne, aber als ich geschafft habe, die Tür zu öffnen und eine Feuerwand erwartet habe, fand ich ... nun, das klingt seltsam, aber die Tür öffnete sich in einen Wald. Ich dachte, ich halluziniere, aber ich hatte keine große Wahl, außer durchzugehen. Also habe ich es getan. Die Tür hat sich hinter mir geschlossen, und ich war auf dem Fluke Mountain. Ich bin eine Weile rumgewandert, bis ich Darius Pines Hütten fand, und der Rest ist Geschichte."

Ich warf einen verstohlenen Blick auf Cassandra, um zu sehen, ob sie genauso sprachlos war wie ich, und war erfreut, die Bestätigung zu sehen. Gut. Es lag nicht nur daran, dass ich neu im Umgang mit unerklärlicher Magie war, dass diese Geschichte unglaublich war.

Eva lachte, als ich ihrem Blick begegnete. „Genau", sagte sie. „Jetzt siehst du, warum ich nicht überall herumerzähle, wie ich hier gelandet bin. Nicht gerade die angenehmste Geschichte. Und ehrlich gesagt schäme ich mich, dass ich je in so einer Beziehung war. Ich hätte es besser wissen müssen, oder?"

„Nein", sagte Cassandra entschlossen. „So darfst du nicht denken. Jeder kann manipuliert werden, Eva. Das ist keine Frage der Intelligenz. Ich kenne dich noch nicht so gut, aber ich kann jetzt schon sagen, dass du ein liebevoller Mensch bist, und das ist eine Stärke. Es fühlt sich nur wie eine Schwäche an, wenn jemand Böses daherkommt und es missbraucht.“

„Ich muss ihr zustimmen“, fügte ich hinzu. „Ich war nie in einer so schlimmen Beziehung, aber ich kenne viele kluge, fähige Leute, die es waren, und es war nie ihre Schuld.“

Eva nickte, sagte aber nichts, als sie sich wieder ihrer Arbeit zuwandte.

Ich konnte sehen, dass die Erinnerung immer noch schmerzte, was zu erwarten gewesen war; es klang, gelinde gesagt, erschütternd.

Vielleicht war es also mein Wunsch, sie sich weniger allein fühlen zu lassen in dem, was sie als schlechtes Urteilsvermögen wahrnahm, der mich dazu brachte, herauszuplatzen: „Ich war vielleicht nicht in einer missbräuchlichen Beziehung, aber ich weiß mehr über Rückfälle zu vergangenen Lieben, als ich zugeben möchte.“

Eva sah mich schräg an. „Sprichst du gerade von dem, an den ich denke?“

„Wen meinst du –“ Eine scharfe Erinnerung an Donovans Lippen, die auf meine prallten am Rand der Meeresklippen, schoss in meinen Kopf und jagte Adrenalin durch meine Arme. „Oh! Ohh! Nein, nicht *er*.“ Ich wedelte mit den Fingern, um den seltsamen Schub durch meine Muskeln zu verarbeiten. Was war das? „Ein anderer. Von viel früher.“ Dann, wie ein Blitz, das Bild von Roland, der sich an mich presste, seine warmen Lippen auf meinen, während ein bitterer Wind an uns vorbeirauschte und die smaragdgrünen Klippen hinab. Ein erneuter Adrenalinstoß schoss durch meinen Körper, diesmal stärker, und ich blinzelte benommen.

Eva starrte mich an. „Alles okay?“

„Ja, alles okay. Nur eine Gänsehaut. Keine Geister-Gänsehaut, keine Sorge.“ Ich zwang mich zu einem Lächeln.

„Von wem sprichst du dann? Jemandem von bevor du nach Eastwind gekommen bist?", fragte sie.

„Weiter zurück."

Sie verzog das Gesicht und tauschte einen verwirrten Blick mit Cassandra. „Weiter zurück?"

„Ja. Aus einem früheren Leben."

Eva wartete geduldig darauf, dass ich es ausführte, aber ich wollte nicht zu sehr ins Detail gehen, wie Roland hier gelandet war, angesichts der Tatsache, dass ein Teil davon beinhaltete, dass er Besitz von Evas Körper ergriffen und sie dazu gebracht hatte, einen Scheiterhaufen vor dem Medium Rare anzuzünden – etwas, wovon sie nichts gewusst hatte, bis Deputy Manchester sie damit konfrontiert hatte.

„Es ist anscheinend so eine Sache mit Hexen des Fünften Windes. Man kann nur ein Fünfter Wind sein, wenn man in früheren Leben an den anderen vier Elementen gestorben ist. Ich weiß, ich bin mir auch nicht ganz sicher, wie das funktioniert. Der Punkt ist, wir waren früher Liebende, und ich habe irgendwie seinen Geist in diese Welt gezogen, und jetzt ist er einfach hier und – nun, alles andere ist egal." Ich griff nach den Zügeln meiner Zunge, aber vielleicht zu spät.

So viel dazu, den Trainee nicht mit einem dampfenden Haufen „zu viel Information" zu überwältigen.

Cassandras Mund stand offen, während Eva sich bemühte, nicht zu lachen. „Weiß Tanner von diesem Geist?"

Ich zuckte die Achseln. „Irgendwie schon. Ich habe angefangen, ihm davon zu erzählen, und er hat mich unterbrochen und gesagt, er wolle die Details nicht wissen und dass er mir vertraut – was, wie du und ich wissen, ein riesiger Fehler ist."

„Hast du Gefühle für ihn?"

„Wen, Roland? Hatte ich, und dann nicht mehr. Ich war mir so sicher, dass ich keine mehr hatte, und jetzt ... habe ich wieder welche, glaube ich. Ich erinnere mich wieder an vieles, und die Gefühle kommen gleich mit."

Eva nickte verständnisvoll. „Willkommen bei Unerledigte Angelegenheiten für Anfänger, Nora."

„Apropos", sagte ich, „irgendwelche Vorschläge, was ich mit Heather und Bruce machen soll?"

„Das sind nicht die, um die du dir Sorgen machen musst", sagte Eva. „Jane und Ansel sind es. Du solltest mit ihnen sprechen, aber getrennt. Es klingt, als gäbe es ein paar Dinge aus ihrer Vergangenheit, die sie einander nicht erzählt haben, und es liegt an ihnen, darüber zu reden, wenn sie bereit sind. Oder nie."

„Hast du Donovan von —"

„Nein", sagte sie entschieden. „Und ich würde es schätzen, wenn du es für dich behalten würdest. Mir gefällt, wie er mich behandelt, und er soll nicht anfangen, mich als zerbrechliche Porzellanpuppe zu sehen, was Männer oft tun, wenn sie von Frauen hören, die schlechte Beziehungen wie meine durchgemacht haben."

„Natürlich werde ich es ihm nicht sagen", sagte ich. „Und du wirst nicht erwähnen, dass ich dir von Roland erzählt habe, richtig?"

„Richtig."

Wir sahen beide Cassandra an, die verwirrt wirkte über die plötzliche Aufmerksamkeit, bevor sie nickte und sagte: „Oh, natürlich! Ich sage niemandem was."

Ob sie es tun würde oder nicht würden wir einfach sehen müssen. Jetzt war es zu spät, das Gesagte zurückzunehmen.

Es war jedoch nicht zu spät, eine weitere Tasse Kaffee einzugießen und zu sehen, ob ich den Tag nicht in den Griff bekommen konnte.

Kapitel Sechs

Es gab so viel, was ich an Heathers und Bruces Wiederauftauchen nicht verstand, und bis ich nach Hause gehen und Rubys Wissen anzapfen konnte, musste ich mit dem arbeiten, was ich von den Stammgästen des Medium Rare bekommen konnte. Glücklicherweise erschien der Todesexperte der Stadt zur üblichen Zeit und nahm in seiner Ecknische Platz. Ich bedeutete Eva und Cassandra, dass ich den Tisch übernehmen würde, und eilte hinüber.

„Morgen", sagte ich.

Ted neigte den Kopf in meine Richtung. „Guten Morgen, Nora! Oh, danke", sagte er, als ich eine frische Tasse Kaffee vor ihn stellte. „Ich nehme das Übliche, denke ich."

„Großartig", sagte ich, bevor ich ihm gegenüber in die Nische rutschte. „Ich habe eine Frage, auf die du vielleicht die Antwort weißt."

Er richtete sich auf. „Und die wäre?"

„Ich weiß, dass die Winde der Veränderung die Leute dazu bringen, sich ein wenig seltsam zu verhalten, aber können sie Geister zurückbringen, die schon hinübergegangen sind?"

„Hmm …" Seine behandschuhten Finger verschwanden unter dem Schatten seiner Kapuze, und ich stellte mir vor, dass sie sein Kinn rieben. „Ja, das scheint durchaus möglich, besonders im Oktober, wenn der Schleier dünner wird. Schließlich ist nicht jede Veränderung eine positive. Ha! Manchmal führt schnelle Veränderung rückwärts, zurück zum Vertrauten, zur Sicherheit. Vorwärtsbewegung geht meist langsam und ist bei jedem Schritt ein Kampf." Er hielt inne. „Besuchen dich alte Geister?"

„Ja. Glücklicherweise aber keine bösartigen."

„Das ist gut. Ha! Hey, ich muss fragen, die neue Kellnerin, die du ausbildest …"

Ich warf einen Blick über meine Schulter auf Eva und Cassandra, die mit Mr. und Mrs. Tomlinson plauderten. Das Paar war ohne ihre Kinder da, die zu dieser Stunde wahrscheinlich in der Schule waren. „Ja?", sagte ich und wandte meine Aufmerksamkeit wieder Ted zu. „Was ist mit ihr?"

„Ich frage mich nur, was ihre Geschichte ist. Ich glaube nicht, dass ich sie je kennengelernt habe."

Ah. Ich wusste, worauf er hinauswollte. „Sie ist tabu, Ted. Ich weiß, sie ist süß und, ja, soweit ich weiß, ist sie Single, aber wenn du hier jeden Tag reinkommst, kann ich nicht zulassen, dass du dich mit dem Personal einlässt. Stell dir vor, es geht schief, und dann was? Ich werde sie nicht feuern, nur damit du dich nicht unbehaglich fühlst."

Er riss den Kopf zu mir zurück, richtete seine Wirbelsäule mit mehrmaligem Knochenknacken auf. „Nein, das habe ich nicht gemeint. Sie ist sowieso nicht mein Typ. Zu … lebhaft. Das würde nie funktionieren. Ich mag meine Frauen ein bisschen morbider. Ha!" Ich zwang mich zu einem Lächeln und tat, als wäre das nicht ein weiterer nicht ganz so subtiler Annäherungsversuch an mich. „Ich meine nur, es ist seltsam, dass ich sie noch nie getroffen habe. Ich dachte, ich kenne so ziemlich jeden in Eastwind."

Ich zuckte die Achseln. „Weiß nicht, was ich dir sagen soll. Sie sagte, sie ist auf einer Farm außerhalb der Stadt aufgewachsen."

„Und sie ist eine Hexe, richtig?"

„Ja."

„War sie je im Medium Rare, bevor sie sich hier beworben hat?"

„Nicht, dass ich mich erinnere, aber ich arbeite hier natürlich nicht rund um die Uhr. Fast, aber nicht ganz. Warum ist das überhaupt wichtig?"

Ted griff über den Tisch und schnappte sich den Zuckerstreuer. Während er eine reichliche Menge in seinen Kaffee goss, sagte er: „Ich bin nur neugierig, wie sie von diesem Laden erfahren hat, wenn sie mitten im Nirgendwo lebt und nie herkommt."

Es klang, als würde er auf etwas hinauswollen, und ich hatte eine Vermutung, was das war, aber es gefiel mir nicht. „Sie sagt, sie kennt Fitzgerald und Liberty. Einer von ihnen muss gehört haben, dass sie nach einem Job sucht, und ihr vom Diner erzählt haben." Ich hielt inne. „Es klingt ein bisschen, als wärst du misstrauisch, dass sie irgendwas im Schilde führt, und der einzige Grund, den ich mir dafür vorstellen kann, ist, dass sie neu in den Outskirts ist. Weißt du, vor nicht allzu langer Zeit war ich auch neu hier."

Er hob beschwichtigend die Hände. „Du hast recht, du hast recht."

Aber ich war noch nicht fertig. „Und ich denke, es schwirrt schon genug Misstrauen und Argwohn in Eastwind herum, ohne noch mehr aufzuwirbeln, findest du nicht?"

Er neigte den Kopf und gab nach. „Absolut. Du hast vollkommen recht, Nora. Die Winde der Veränderung können sogar einen Sensenmann erwischen, wie mir scheint. Außerdem waren die letzten paar Neuankömmlinge, die ich in der Stadt getroffen habe, einfach nur reizend, wie du gesagt hast. Da bist du, Zoe, Eva –"

„Hast du Libertys neue Freundin schon kennengelernt?"

Teds Lachen klang wie ein Topfreiniger auf einem rostigen Topfboden. „Liberty hat eine Freundin? Das wusste ich nicht. Sie muss was Besonderes sein, wenn sie mutig genug ist, mit einem Dschinn auszugehen."

„Das ist sie", sagte ich. „Tatsächlich ist sie selbst ein Dschinn."

Seine Schultern sackten plötzlich unter seiner Robe zusammen, und der Hauch von Fröhlichkeit verschwand aus seiner Stimme. „Es gibt noch einen Dschinn in der Stadt?"

„Ja, Ted."

„Oh nein."

„Worüber haben wir gerade gesprochen?", tadelte ich ihn.

„Ja, ja. Aber das ist anders. Dschinn sind extrem mächtig."

„Das heißt nicht, dass sie böse sind."

„Stimmt. Aber wenn sie es wären, hätten wir einen Haufen Ärger am Hals, bevor wir wüssten, wie uns geschieht. Es gibt nur wenige Dinge, die gefährlicher sind als zwei Dschinn in derselben Stadt. Eine ist zwei Sensenmänner in derselben Stadt und eine andere ist zwei Dschinn in derselben Stadt, *die miteinander ausgehen*. Nichts bringt das Schlimmste in irgendeinem Wesen mehr hervor als die Liebe."

„Was für ein Casanova", murmelte ich. „Weißt du, dass dasselbe auch für das Beste gilt?"

Er wischte es mit einem Handgelenkschnippen weg. „Ja, ja. Ich mache mir keine Sorgen darüber, dass alles gut ausgeht. Niemand stirbt, wenn alles gut läuft. Aber angesichts der Winde der Veränderung, die durch die Stadt wehen und immer stärker werden, und mit den wachsenden Spannungen ..."

„Du meinst die Spannungen, zu denen du beiträgst, indem du jedem in der Stadt misstraust, den du nicht persönlich kennst?"

„Ich weiß, wie es aussieht, Nora, aber ich bin schon eine Weile hier. Wenn es so schlimm wird wie früher, bin ich selbst nicht in Gefahr, aber ich habe wirklich keine Lust darauf, die Leichen all meiner Freunde wegräumen zu müssen." Er nippte an seinem Kaffee, was mir als eine übertrieben beiläufige Geste erschien, direkt, nachdem er den Tod all seiner Lieben erwähnt hatte.

Dieses Gespräch hatte seinen Lauf genommen, also stand ich wieder auf und lächelte auf ihn hinab. „Hoffen wir, dass es nicht so weit kommt. Lass uns fürs Erste versuchen, nicht so fremdenfeindlich zu sein, okay?" Ich biss die Zähne zusammen und wappnete mich, bevor ich Ted auf die knochige Schulter klopfte. Wie erwartet, jagte die Berührung einen Schauer durch meinen Arm, der sich anfühlte wie lebendige Würmer. Aber es hatte den gewünschten Effekt, und Teds Stimmung hellte sich auf.

„Du hast recht, Nora. Ha! Hast du meistens. Ich werde mich bemühen, eine positivere Einstellung zu bewahren und nicht so eine Spaßbremse zu sein."

„Und ich gehe und gebe deine Bestellung auf. Gutes Gespräch, Ted."

Als ich auf die Küche zuging, mein Arm immer noch kribbelnd, versuchte ich, mich auf die wichtigen Teile des Gesprächs zu konzentrieren; nämlich, dass die Winde der Veränderung einer der Gründe dafür sein könnten, warum Bruce und Heather wieder aufgetaucht waren. Sie erklärten nicht alles, waren aber ein guter Ausgangspunkt. Es war immer eine gute Idee, ein wenig über eine Situation zu wissen, bevor man Ruby damit konfrontierte. Das verhinderte, dass sie zu selbstgefällig war, wenn sie sofort die Lösung wusste.

Diese besondere Situation schien jedoch etwas Neues zu sein. Laut Ted waren die Winde der Veränderung seit Hunderten von Jahren nicht durch Eastwind geweht, was bedeutete, dass Ruby keine Erfahrung damit haben würde. Was würde ich tun, wenn sie nicht wüsste, wie man mit einer Situation umgeht? An wen würde ich mich dann wenden? Nun, ich schätzte, es gab immer die riesige Bibliothek von Eastwind, aber was lebende Quellen anging, war ich ziemlich eingeschränkt. Sheriff Gabby Bloom? Liberty Freeman? Graf Sebastian Malavic?

Keine davon schien ideal. Sheriff Bloom war wahrscheinlich zu sehr mit Papierkram beschäftigt, um sich mit einer Kleinigkeit wie wieder auftauchenden friedlichen Geistern zu befassen. Liberty Freeman hatte mit seiner neuen Freundin zu tun, und das Letzte, was ich tun wollte, war, mich in die Liebe zweier Dschinn einzumischen. Das klang unglaublich gefährlich.

Malavic war aus mehr Gründen, als ich zählen konnte, ein klares Nein. Allein der Gedanke an all die Hürden, die er mich springen lassen würde, bevor er mir die kleinste Hilfe anbieten würde, ermüdete mich.

Oder vielleicht war das der Schlafmangel.

Wahrscheinlich beides.

„Seltsam, oder?", fragte ich Tanner, nachdem ich ihm von einigen Ereignissen der letzten Nacht erzählt hatte.

Er hatte seinen Burger mit Pilzen und Schweizer Käse aufgegessen und knabberte an den Trüffelpommes. „Sehr seltsam. Du denkst, es sind die Winde der Veränderung?"

„Möglicherweise. Ted sagt, sie könnten zumindest dazu beitragen."

„Weißt du, mit wem du sprechen solltest?", sagte er und wedelte mit einer Fritte in meine Richtung.

„Mit wem?"

„Dieses Medium, bei dem du wohnst. Nenn mich verrückt, aber ich wette, sie weiß ein oder zwei Dinge über Geister."

Ich verdrehte die Augen. „Ja, ja. Werde ich, sobald ich nach Hause komme. Hört sich an, als wolltest du nicht noch ein kompliziertes Problem übernehmen?"

Er seufzte. „Du weißt, ich würde liebend gern, aber ich habe schon ein sehr kompliziertes Problem drüben auf der Toadstool Terrace. Scheint, als würde jemand June Youthclips Exemplar der Eastwind Watch jeden Morgen lesen, bevor sie es bekommt."

Ich lachte. „Und woher weiß sie das?"

„Weiß sie nicht. Sie vermutet es nur. Das macht die Situation ja so kompliziert."

„Ich sehe nicht, was daran so kompliziert ist, jemandem zu sagen, dass er oder sie die Polizei nicht wegen Nicht-Problemen anrufen soll."

Er tauchte seine Pommes aggressiv in die Aioli-Schale. „Dann hast du offensichtlich noch nie versucht, das einer neugierigen Elfe mit Lockenwicklern im Haar klarzumachen. Das ist ganz schön kompliziert." Er schmunzelte und griff nach der letzten Handvoll Pommes. „Schlaf besser ein bisschen vor der heutigen Schicht." Er steckte sich die Pommes in den Mund, dann beugte er sich über die Theke.

„Erst der Kuss, *dann* der letzte Bissen", sagte ich. „Das haben wir schon besprochen." Er zuckte die Achseln, als ich ihn trotzdem küsste.

Als Jane ein paar Stunden später kam, um ihre Schicht anzutreten, hatte ich entschieden, dass ich nicht bereit war, mit ihr über irgendetwas von der letzten Nacht zu sprechen. Ich wusste nicht genug, und das Wenige, das ich wusste, könnte Ansel Ärger einbrocken. Eins nach dem anderen. Ich würde nach Hause gehen, während unserer Lektionen mit Ruby sprechen und dann einen klaren Plan entwickeln. Zu oft hatte ich gewartet, mit der anderen Hexe des Fünften Windes zu sprechen, nur um festzustellen, dass sie eine große Hilfe hätte sein können, wenn ich sie früher gefragt hätte.

Diesmal nicht.

Ich hängte meine Schürze auf, rief Grim zu, dass er aufhören solle, Anton in der Küche anzubetteln, und machte mich auf den Weg nach Hause.

Kapitel Sieben

Ich schob die Haustür mit meiner Schulter auf, während ich meine Stiefel aufschnürte und sie abstreifte. Meine geschwollenen Füße schmerzten von einem anstrengenden Arbeitstag, und sie aus ihrem Gefängnis zu befreien fühlte sich unglaublich an. Mein Plan war, die Stiefel auszuziehen, mich frisch zu machen, Jasmintee zu kochen und dann mit meinem Unterricht bei Oliver und Ruby zu beginnen.

Erst nachdem Oliver gegangen war, würde ich unter vier Augen mit Ruby über Heather und Bruce sprechen können und sehen, ob sie mir helfen könnte. Vielleicht könnte ich beide Geister auf den Weg schicken, bevor ich ins Bett ging.

„Hey, Ruby", sagte ich, warf die Stiefel neben die Tür und blickte auf.

Ich hatte erwartet, sie an ihrem üblichen Platz zu finden, aber der Sessel war leer. Clifford, ihr Vertrauter, lag am Kamin, seinen Kopf unter seinen großen, roten Pfoten vergraben. Grim verschwendete keine Zeit und gesellte sich zu seinem Freund am glühenden, orangefarbenen Feuer.

Heather, Bruce und Roland saßen am Salontisch und

amüsierten sich offenbar prächtig bei einem Kartenspiel. Ich war kurz abgelenkt davon, dass drei Geister es schafften, physische Karten zu bewegen, bevor ich mich daran erinnerte, dass Magie existierte. Wie bei den Büchern in der Bibliothek, die Geister von einem Ort zum anderen tragen konnten, waren diese Karten wahrscheinlich mit irgendeinem Zauber belegt, der es Geistern erlaubte, sie zu benutzen.

Keine schlechte Idee, angesichts der Tatsache, dass es ziemlich langweilig zu sein schien, ein ruheloser Geist zu sein.

„Lust mitzuspielen?", fragte Roland und deutete auf den freien vierten Stuhl am runden Tisch.

„Jetzt nicht."

Ruby war auch nicht in der Küche. Hm. Musste wohl im Bad sein.

Nur, dass die Badezimmertür offenstand.

„Wo ist Ruby?", fragte ich.

Roland zuckte die Achseln und sah zu den anderen beiden hinüber, die genauso reagierten. „Wir sind erst vor ein paar Minuten aufgetaucht. Die Karten lagen auf dem Tisch, also haben wir angefangen zu spielen. Ich muss zugeben, als ich dieses Geisterkartenspiel vor ein paar Jahren bei *Ezra's Magical Outfitters* gesehen habe, konnte ich mir nicht vorstellen, wozu es gut war. Ha! Jetzt denke ich, der Mann könnte ein Genie sein."

„Also habt ihr Ruby nicht gesehen?"

Heather zuckte mit einer Schulter. „Nein."

Eine Welle der Furcht brandete durch mich. Irgendwas stimmte nicht. Auch wenn ich wusste, dass Ruby sich besser verteidigen konnte, als ich es je könnte, hatte ich einen ausgeprägten Beschützerinstinkt, wenn es um sie ging. Vielleicht war es auch nur Altersdiskriminierung.

Oder vielleicht wusste ich, dass jeder Ärger, der in letzter Zeit an ihrer Türschwelle gelandet war, meine Schuld war.

„Ruby?", rief ich und trat langsam weiter ins Haus.

Da hörte ich den Schrei von oben.

„Fänge und Klauen!" Ich lief die Treppe zwei Stufen auf einmal nehmend hinauf und stürmte auf ihr Schlafzimmer zu. Die schweren Schritte von Grim waren mir die ganze Zeit auf den Fersen. Ich hielt kurz vor ihrer Tür inne. Es wäre eine enorme Verletzung ihrer Privatsphäre, wenn ich nicht klopfte, aber wenn jemand sie dort drinnen in seiner Gewalt hatte, war es nicht ideal, ihn auf meine Anwesenheit aufmerksam zu machen. Als sie erneut quietschte, entschied ich mich. Ich versuchte die Tür, und zu meiner Überraschung war sie unverschlossen, also stieß ich sie mit einer Schulter auf und stürmte hinein, vorbereitet auf das Schlimmste.

Dachte ich zumindest.

Die Szene, die mich erwartet, hätte es nicht auf meine Top-Ten-Liste der schlimmsten Szenarien geschafft, aber nur, weil ich sie mir in einer Million Jahren nicht hätte vorstellen können. Oder wollen.

„Gütiger Golem!", keuchte ich und versuchte, den Blick abzuwenden, aber zu spät. Viel zu spät.

„*Süßes Baby-Jackalope!*" Grim senkte den Kopf und würgte, den Schwanz fest zwischen seine Beine geklemmt.

Ruby lag auf dem Rücken im Bett, stützte sich aber auf die Ellbogen, als wir eintraten. „Hast du schon mal was von Anklopfen gehört?", fauchte sie.

Erst als der Mann auf ihr über die Schulter zu uns blickte und schnaubte: „Einfach unhöflich", konnte ich ihn identifizieren.

Es war Ezra Ares.

„Sorry", stammelte ich und versuchte, meine Augen irgendwohin zu richten, nur nicht auf das Gewirr aus Laken und Haut auf dem Bett. „Ich habe dich schreien gehört und ... o Gott ..."

Meine Füße wollten sich nicht bewegen. Sie hätten sich längst bewegen sollen.

Los, Füße!

Ruby zog eines der zerknitterten Laken über sich, um sich zu bedecken. „Kann eine Hexe in ihrem Alter nicht ein bisschen Spaß haben, ohne dass die Kavallerie kommt, um sie zu retten? Fänge und Klauen! Ich spare mich nicht mehr für die Ehe auf." Sie keifte Ezra an: „Ich habe dir gesagt, du sollst die Tür abschließen."

„Hast du nicht", blaffte er zurück. „Es gab nur eines, das aus deinem Mund gekommen ist, als ich dich hier hochgetragen habe, und das war: ‚Wag jetzt bloß nicht, zu kneifen!'"

„*Dieses Bild bekomme ich nie wieder aus dem Kopf*", jammerte Grim und rieb eine große Pfote über seine Augen.

Ich legte die Hand auf den Türknauf und zog mich rückwärts aus dem Zimmer zurück, die Augen auf die Dielen gerichtet. „Wenn ihr zwei einfach ein bisschen leiser machen könntet …"

„Vergiss es", blaffte Ezra.

„Sirenengesang", fluchte ich. „Ich gehe jetzt."

Ich schloss die Tür, und Grim und ich tauschten einen einzigen Blick, bevor wir die Treppe hinuntereilten.

„Alles in Ordnung?", fragte Roland, als ich unten ankam.

„Alles bestens", log ich und rannte durch den Salon. „Was auch immer ihr tut, geht nicht da rauf." Ich schnappte mir meine Stiefel, zwängte meine geschwollenen Füße wieder hinein, ohne die Schnürsenkel zu binden, und eilte aus dem Haus. Grim war nur einen halben Schritt hinter mir.

„Frische Luft!", rief er, als wir die Verandastufen hinunter und auf die Straße rannten. „*Warte. Wohin gehen wir?*"

„*Spielt das eine Rolle?*"

„*Nein, nicht wirklich. Überall ist gut, nur nicht dort.*"

Da waren wir uns zumindest einig.

Tanner lächelte uns an, als er die Tür öffnete. Er trug schon seine Arbeitshose, aber hatte noch kein Hemd angezogen. Normalerweise würde ich mich nicht darüber beschweren, die nackte Brust meines Freundes zu sehen, aber ich hatte heute schon zu viel überraschende nackte Haut gesehen, und seine Nacktheit löste Flashbacks aus. „Mit euch habe ich nicht gerechnet", sagte er. „Kommt rein. Grim, Monster wird sich freuen, dich zu sehen."

Grim eilte hinein, und ich folgte ihm. Als Tanner die Tür schloss, seine Arme von hinten um mich schlang und seinen Kopf in meinem Nacken vergrub, wand ich mich frei. „Nicht in Stimmung. Sorry. Liegt nicht an dir. Versprochen." Ich ging ins Wohnzimmer und ließ mich auf die Couch fallen. Monster lag am anderen Ende, sprang aber herunter, um Grim zu begrü-ßen, als er eintrat. Die Zwergkatze rieb sich an Grims Beinen und schnurrte. Grim ließ sich auf die Seite fallen, damit Monster sich in sein dichtes Fell kuscheln konnte für ein weiteres Nickerchen. Gut. Grim konnte nach dem, was wir gerade gesehen hatten, wohl etwas Trost gebrauchen.

„Was ist los?" Tanner stellte sich vor mich, verschränkte die Arme vor seiner nackten Brust und sah besorgt auf mich herab.

„Ich ... ich habe gerade Ruby und Ezra überrascht."

Sein besorgter Ausdruck blieb unverändert. „Okay. Wo? In seinem Laden?"

„Nein, in Rubys Haus."

Er runzelte die Stirn und schüttelte ratlos den Kopf. „Hat er eine Lieferung gebracht, oder ...?"

Das war eine Art, es zu betrachten.

„In ihrem Schlafzimmer", sagte ich. „Die beiden. Zusam-men. Im Bett."

Seine Augen verengten sich, und ich konnte praktisch die

Zahnräder in seinem Kopf drehen sehen. „Oh." Er blinzelte schnell, und ich wusste, dass er begriffen hatte. „Ohh! Warte, was?"

„Ich – ich weiß nicht."

Er kaute auf seiner Unterlippe herum und nickte. „Ich meine, gut für sie. Die Göttin weiß, dass Ruby das wahrscheinlich gebrauchen kann."

Ich hob eine Hand. „Bitte. Lass uns das nicht vertiefen. Es ist alles noch zu frisch in meinem Kopf."

Er entspannte sich und setzte sich neben mich auf die Couch. „Ja, ich kann mir vorstellen, dass du das das bis zu deinem Todestag nicht vergessen wirst."

„Es ist nicht nur das", sagte ich. „Die Situation wird bei vielen Leuten seltsam. Erst kommen Heather und Bruce zurück, verzweifelt verliebt in ihre Ex-Partner. Und jetzt sind Ruby und Ezra …" Ich schüttelte den Kopf, um das Bild zu vertreiben. „Irgendwas geht hier vor, findest du nicht?"

Er nickte. „Es geht immer irgendwas vor, aber ich verstehe, was du meinst."

„Seltsame Romanzen tauchen einfach aus dem Nichts auf – *mächtige*, so wie es aussieht. Es ist, als hätte jemand was ins Wasser gemischt."

Tanner rückte näher. „Ich habe aus der Quelle getrunken, und nichts hat sich daran geändert, in wen ich verliebt bin." Er küsste mich auf die Stirn und stand wieder auf. „Sorry, aber ich muss mich für die Arbeit fertigmachen."

„Richtig. Natürlich." Ich stand ebenfalls auf. „Ich finde einen anderen Ort, um eine Weile abzuhängen, bis Ezra weg ist."

„Du kannst hierbleiben", antwortete Tanner. „Solange dir das Chaos nichts ausmacht."

Ich sah mich um. Es war das typische Chaos eines neuen Jobs, nichts Schlimmes. Auf seinem Couchtisch standen ein paar leere Kaffeetassen, die er wahrscheinlich in Eile ausgetrunken hatte, um aus der Tür zu kommen. Ein Haufen ungefalteter Kleidung lag in einem Korb auf einem Stuhl in der Ecke. Monsters Haare vermischten sich mit Staub auf dem Boden. Wäre ich eine nützlichere Art von Hexe gewesen, hätte ich für ihn sauber gemacht, um ihn zu überraschen, aber ich war immer noch grottenschlecht im Umgang mit dem Zauberstab. Außerdem war ich nicht seine Mutter, und ich hatte auf die harte Tour gelernt, dass einmal für einen Mann zu putzen einem schnell Mutterpflichten aufhalsen konnte.

„Danke", sagte ich. „Aber ich denke, ich hole mir irgendwo was zu essen."

„Ja, gute Idee. Bei Franco's haben sie ein paar neue Gerichte", schlug er vor. Wollte er mich ködern? Wollte er wirklich, dass ich einen Abend dort verbrachte, wo Donovan arbeitete?

Dann fiel mir ein, dass es Tanner war und er mich nicht ködern würde. Er vertraute mir einfach.

Komischer Kauz.

Obwohl, wenn ich jetzt darüber nachdachte, klang die Idee, ein bisschen Zeit mit Donovan zu verbringen, nicht schrecklich. Wir hatten uns darauf geeinigt, Freunde zu sein, aber manchmal machten Freunde Fehler und –

Nein, Nora! Ich blinzelte den Gedanken schnell weg. Wo kam der her? Zum zweiten Mal an diesem Tag war ich von einer Leidenschaft getroffen worden, von der ich dachte, ich hätte sie überwunden. Wurde ich von demselben Ding beeinflusst wie Heather und Bruce und Ruby und Ezra? Angesichts der Intensität meiner Träume mit Roland und jetzt dieser erneuten Anwandlungen für Donovan schien es wahrscheinlich.

Ich durfte auf keinen Fall zu Franco's gehen. Was auch immer ich tat, ich musste mich von Donovan fernhalten.

„Ich bin für Franco's", sagte Grim vom Boden. *„Nicht, dass es dich kümmert, was ich denke."*

„Ich denke, ich gehe in die Bibliothek", sagte ich, was Grim zum Stöhnen brachte. „Oliver wird stolz sein zu hören, dass ich den Abend – oh nein! Oliver!" Ich rannte in die Küche und schnappte mir ein Stück Eulenpapier und einen Stift. „Ich muss ihn abfangen, bevor er zu Rubys Haus kommt und sich selbst reinlässt!"

Kapitel Acht

„Warum der plötzliche Ortswechsel?", fragte Oliver, als wir die Treppe der Bibliothek von Eastwind hinaufstiegen.

„Ich brauchte einfach einen Szenenwechsel", log ich. „Ich dachte, es würde dir nichts ausmachen, mich hier zu treffen."

„Gute Entscheidung!" Er lächelte. „Nicht, dass Rubys Haus nicht reizend und einladend wäre, mit all den Totems, die von der Decke baumeln, nur, na ja, du weißt, wie sehr ich Bücher liebe."

„Junge, und wie."

„*Und wie wenig er den verwickelten Knoten aus Rubys und Ezras Gliedmaßen sehen wollen würde*", fügte Grim hinzu.

„*Zu früh*", antwortete ich. „*Dafür wird es immer zu früh sein.*"

Oliver begann, den Unterrichtsplan für den Abend zu erklären, und ich tat, als würde ich zuhören. Ein Schauer lief mir über den Rücken, als wir die Bibliothek betraten. Nicht, weil es kalt war – drinnen war es wahrscheinlich ein paar Grad wärmer als draußen in der Oktoberluft –, sondern weil ein Geist direkt durch mich hindurchging.

„Was fällt dir ein?", beklagte sie sich.

„Was fällt *dir* ein?", blaffte ich zurück.

Oliver sah mich schräg an. „Geist?"

„Ja. Ein unhöflicher noch dazu."

„Da wir in der Öffentlichkeit sind, sollten wir uns wohl auf textbasiertes Lernen beschränken", schlug er vor, während wir im großen Eingangsbereich standen und nach einem freien Tisch suchten.

„Denkst du nicht, dass jeder in dieser Bibliothek sehen will, wie ich einen Zauber nach dem anderen mit meinem Zauberstab vermassele?"

„Nein", sagte er und ignorierte meinen Sarkasmus, „ich glaube nicht, dass sie das wollen."

Ich deutete auf einen freien Tisch neben Antons üblichem Platz. Er war da, wie erwartet, ein dicker Wälzer aufgeschlagen vor ihm auf dem Tisch. Nur, dass der Oger zum ersten Mal nicht allein war.

Und er starrte nicht auf das Buch.

Octavia Pantagruel, die Ogerin im Hohen Rat, saß ihm gegenüber, während die beiden einander schweigend in die Augen sahen. Als wir vorbeigingen, erhaschte ich einen Blick unter den dicken Eichentisch, wo Octavias Stiefel langsam an Antons Bein auf und ab fuhr.

„*Was zum Zauber geht hier vor?*", fragte ich Grim. „*Ich dachte, die wären nur Freunde.*"

„*Wer sagt, dass sie das nicht sind? Hast du nie mit einem Freund Fußspielchen gemacht?*"

„*Nein, habe ich nicht.*"

Wir ließen uns am freien Tisch nieder, und Oliver, dem die Interaktion der Oger offenbar komplett entgangen war, da er so mit dem Einband eines der schwebenden Bücher beschäftigt war, schnippte mit seinem Zauberstab und beschwor einen Stapel Lesematerial an unseren Tisch. Es seien alles Standardtexte, erklärte er, weshalb sie durch Magie aus der

Hauptkammer der Bibliothek herbeigezaubert werden konnten, anstatt einzeln aus den verschiedenen Tunneln geholt werden zu müssen.

Ich fragte mich, ob er sich je in die gewundenen Höhlen gewagt hatte, wo die gefährlicheren und arkaneren Bücher untergebracht waren, aber jedes Mal, wenn ich daran dachte, ihn zu fragen, störte ein gutturales Grunzen vom Nebentisch meinen Gedankengang.

Ich erinnere mich nicht, worüber wir in der ersten halben Stunde unseres Unterrichts gesprochen hatten. Mein Kopf war an zwanzig Orten gleichzeitig.

Oliver klappte ein schweres Buch mit einem dumpfen Schlag zu, der mich in die Gegenwart zurückholte. „Du passt nicht auf, Nora."

„Was? Wie kannst du das wissen? Ich meine, doch, tue ich!"

Er schüttelte den Kopf. „Nein. Dir geht was im Kopf rum, also lass hören. Solange du nicht darüber gesprochen hast, wirst du dich nicht konzentrieren können, und Pondelwallys Theorem der Dünnen Linie ist wichtig für einen Fünften Wind."

Ich bezweifelte das, aber er hatte recht, dass ich einen Gesprächspartner brauchte. Ich beugte mich vor, um zu vermeiden, dass jemand mithörte. „Hörst du nicht die Grunzlaute dieser aufblühenden Romanze hinter uns?"

Er warf einen Blick über meine Schulter auf Anton und Octavia. „Ich würde es nicht als aufblühende Romanze bezeichnen."

Ich kicherte. „Wie würdest du es dann nennen?"

Er zuckte die Achseln. „Wiederentfachte Romanze?"

„Wiederentfacht?"

„Ja." Er öffnete den Mund, um weiterzureden, schloss ihn aber schnell wieder und biss sich nachdenklich auf die Lippe.

Dann stand er auf und nickte mir zu, ihm zu folgen, während er Abstand zwischen die Oger und uns brachte. Ich eilte ihm nach, und wir blieben nicht weit vom Informationsschalter entfernt stehen, wo die Bibliothekarin Helena uns gezielt ignorierte, während sie an ihren beweglichen Worträtseln arbeitete.

Oliver erklärte, was er zuvor angedeutet hatte. „Octavia und Anton waren früher verheiratet."

„Im Ernst?", zischte ich.

„Ja. Es ist vor etwa zehn Jahren ziemlich unschön zu Ende gegangen. Ich bin mir nicht sicher, wer die Schlägerei angefangen hat, aber Deputy Manchester war derjenige, der sie beendet hat. Beide, Anton und Octavia, waren ziemlich angeschlagen, als Stu es geschafft hat, sie zu trennen."

„Das ist schrecklich." Ich warf einen Blick über die Schulter auf Anton. „Warte, ich habe die ganze Zeit einen Frauenschläger beschäftigt?"

Oliver legte eine Hand auf meine Schulter, um meine Aufmerksamkeit auf sich zu ziehen. „So handhaben Oger Streitigkeiten. Sie sind nicht sehr gut darin, Worte zu nutzen, also benutzen sie oft ihre Fäuste. Außerdem sind sich alle ziemlich sicher, dass Octavia den ersten Schlag gelandet hat."

„Ich ... weiß nicht, ob das wichtig ist. Aber okay, erzähl weiter."

„Sie haben sich danach ziemlich schnell wieder vertragen und waren seitdem nur Freunde. Oder zumindest *waren* sie nur Freunde."

„Jetzt sieht es aus, als wären sie mehr."

Er nickte. „Ja. Das habe ich nicht kommen sehen."

Ich seufzte. „Es scheint die Saison vergangener Lieben zu sein."

„Davon weiß ich nichts", sagte er und zuckte die Achseln.

Ich hob eine Braue, damit er fortfuhr, und er fügte hinzu: „Ich war nur einmal verliebt."

Oliver, mein Junge – verliebt! Es war schwer vorstellbar, dass sich so ein ruhiger Intellektueller Hals über Kopf in ein Mädchen verlieben könnte. „Wirklich?", fragte ich grinsend. „Wie alt warst du da?"

„Ähm. Neunundzwanzig", sagte er.

Das ließ mich innehalten. „Warte. Bist du nicht gerade neunundzwanzig?"

Er nickte schüchtern, und seine Wangen wurden pink.

„Ooh, Junge", sagte ich und bemühte mich, nicht die Szene zu machen, die ich machen wollte. „Sie hat dich ganz schön erwischt, oder?"

„Ja", sagte er, gab schließlich auf und lachte über sich selbst. „Hat sie."

„Ich nehme an, ihr zwei seid dann offiziell zusammen?" Ja, ich hatte andere Dinge, über die ich nachdenken sollte, aber bitte! Wie süß war das?

Es war etwas so Reines und Unkompliziertes an Zoe und Oliver, dass ich einfach darin schwelgen wollte.

„Ja, das sind wir", sagte er und errötete. „Wir haben letzte Woche unsere akademische Beziehung offiziell beendet. Mussten zur Zirkelleitung gehen und sie über die Beziehung informieren. Sie haben zugestimmt, dass sie einen anderen Tutor bekommen sollte."

„Und wer ist das?"

Oliver grinste breit. „Trisha Grainsworth."

Ich kannte den Namen nicht. „Warum grinst du?"

„Weil Trisha locker zehn Jahre älter als Ruby ist, schrecklich murmelt und nach gekochten Zwiebeln riecht", sagte er. „Es war entweder sie oder Jacob Stalwart." Er neigte den Kopf, als sollte ich wissen, was das bedeutete.

Aber ich wusste es nicht. Ich hatte keine Ahnung, wer Jacob Stalwart war. „Wer ist das?"

Oliver verdrehte die Augen. „Nur der attraktivste Dozent an der Universität. Welliges, sonnengesträhntes blondes Haar, eine vollkommen nutzlose Menge Muskeln für jemanden mit einem Zauberstab und ein perfekt symmetrisches Gesicht."

„Klingt, als wäre jemand scharf auf den Dozenten", sagte ich.

„Glaub mir, wenn ich mich entscheiden würde, in diese Richtung zu gehen, würde ich seine Sprechstunden stürmen."

Ich nickte. „Ich verstehe, warum du froh bist, dass Zoe ihn nicht als Tutor bekommen hat."

„Zurück zu dem, was du gesagt hast", sagte er. „Irgendwas mit der Saison vergangener Lieben."

Wollte ich ihm die Neuigkeiten erzählen? Es wirkte ein bisschen klatschsüchtig, aber Oliver würde es aus einer wissenschaftlichen Perspektive angehen, also würde es sich vielleicht nicht so unappetitlich anfühlen.

„Octavia und Anton sind nicht die Ersten, die zu ihren alten Lieben zurückkehren. Mit fallen mindestens zwei weitere Romanzen ein ..." Ich hielt inne. Kein Grund, meine eigene Rolle dabei zu ignorieren. „Nein, vier weitere Romanzen, bei denen ich Anzeichen gesehen habe, dass sie wieder aufflammen könnten."

Er strich sich übers Kinn. „Interessant."

Da war ein Teil des Rätsels, das, soweit ich wusste, nicht ganz wie die anderen war. „Würdest du sagen, dass du über die Beziehungen in Eastwind auf dem Laufenden bist?"

Oliver nickte entschieden. „Oh ja, das ist Teil des West-windhexen-Daseins", sagte er. „Vor allem, wenn man nie gedatet hat. Wir sind von Natur aus auf Beziehungen einge-stimmt, und weil ich bis vor Kurzem keine eigenen Ablen-kungen hatte, konnte ich andere beobachten."

Perfekt. Es stellte sich heraus, dass Oliver Bridgewater genau der war, mit dem ich sprechen musste. „Weißt du zufällig was über Rubys Vergangenheit?"

„Ruby True?"

Ich nickte.

Er wirkte verwirrt, fuhr aber fort. „Ich habe viele Gerüchte über Rubys jüngere Tage gehört. Aus dem Glaubwürdigen schließe ich, dass sie zwei richtige romantische Verwicklungen hatte."

Ich verzog das Gesicht. „Bitte benutz dieses Wort nicht."

„Welches Wort?"

„Verwicklungen." Die Bilder von vor ein paar Stunden tauchten frisch vor meinem geistigen Auge auf. „Frag mich bitte nicht, warum. Du willst es nicht wissen. Erzähl weiter." Ich gestikulierte, dass er fortfahren solle, und er tat es, aber zögerlich.

„O-kay, wie schon gesagt, soweit ich weiß, hatte sie nur zwei Romanzen, seit sie nach Eastwind gekommen ist. Die Erste war mit Graf Malavic."

Wenn mein Kiefer auf den Boden hätte fallen können, hätte er es getan. „Was?!", kreischte ich.

Helena blickte von ihrem Schalter auf und sah mich böse an.

„Sorry", flüsterte ich. Ich wandte mich wieder Oliver zu, leiser diesmal. „Ruby und Malavic?"

Er nickte. „Es war allerdings ziemlich einseitig, und soweit ich gehört habe, war es ... hauptsächlich körperlich."

Ich schlug die Hände vor mein Gesicht. „Fänge und Klauen", stöhnte ich.

„Das war vor Jahren", fügte Oliver hinzu. „Was Romanzen mit irgendeiner Art von Zärtlichkeit angeht, weiß ich nur von einer."

„Und die wäre?" Aber ich kannte die Antwort schon. Ich

brauchte nur seine Bestätigung, damit meine Theorie einrastete.

„Ezra Ares.“

„Wann hat das geendet?“

„Vor etwa vierzig Jahren.“

„Wow. Das ist eine Weile her.“

Er nickte. „Nach allem, was ich gehört habe, war es das Altern, das für das Scheitern der Beziehung verantwortlich war. Ob Ezra nicht altern kann oder sich einfach weigert, Ruby konnte sich nicht damit abfinden, alt zu werden, während er es nicht tat.“

„Verständlich“, sagte ich, „aber ich habe Neuigkeiten für dich: Sie hat kein Problem mehr damit.“

Er hob eine Braue.

„Ja“, sagte ich. „Sieht aus, als hätten die beiden diese Romanze auch wieder aufleben lassen. Und mehr noch, ich denke, wir könnten hier ein echtes Problem haben, Oliver. Die Leute stolpern überall und landen direkt wieder in den Armen vergangener Lieben. Ich glaube, in Eastwind könnte was Ernsthaftes vor sich gehen.“

Er beugte sich vor, die Stirn gerunzelt. „Die Winde der Veränderung?“, flüsterte er.

„Das könnte ein Teil davon sein, aber ich bin mir ziemlich sicher, dass noch was anderes dahintersteckt. Oder möglicherweise *jemand* anderes.“

Kapitel Neun

„Was du da beschreibst“, sagte Oliver, nachdem ich ihm die groben Details dessen erzählt hatte, was ich wusste, „klingt sehr nach einem Liebeszauber.“

„Nicht wahr?“

Er wippte nervös auf den Fersen und knabberte an einem Fingernagel, bevor er murmelte: „Wir sind mit unseren Lektionen noch nicht einmal annähernd bei Liebeszaubern angelangt. Wenn die nicht einen Schritt über der Magie vergangener Leben liegen, sind sie zumindest auf demselben Niveau.“

„Wirklich?“

Er starrte mich ernst an. „Oh ja. Menschen dazu zu bringen, sich wieder in vergangene Lieben zu verlieben, würde ein Maß an Macht erfordern, das keine einzelne Hexe, die ich kenne, besitzt.“

„Willst du näher darauf eingehen?“

Er lächelte, wedelte mit seinem Zauberstab, und einen Moment später flog ein dicker, in rotes Leder gebundener Wälzer auf uns zu. Er fing ihn ohne große Mühe, klemmte ihn unter den Arm und ging zurück zum leeren Tisch, unter dem Grim noch tief schlief. „Hier, komm mit."

Sobald wir saßen, blätterte er im Inhaltsverzeichnis, bis er fand, was er brauchte, dann schlug er die Seite auf und drehte das Buch, damit ich es richtig herum lesen konnte. „Da", sagte er und deutete auf eine kurze Liste.

Die Worte waren in eleganter schwarzer Schreibschrift mit hübschen Schnörkeln um die Großbuchstaben geschrieben. „Verbindung, Emotion, Wille, Intellekt und Geist."

Er nickte. „Jedes dieser Dinge bezieht sich auf einen der Winde." Er bewegte seinen Finger die Liste hinunter, beginnend mit Verbindung. „Westwind, Ostwind, Südwind, Nordwind und Fünfter Wind. Es ist natürlich komplizierter, aber wir haben nicht die ganze Woche, um auf die Nuancen einzugehen. Es genügt zu sagen, dass die Kräfte aller Winde kombiniert werden müssen, bevor ein Liebeszauber von irgendeiner Stärke gelingen kann."

Dieses neue Detail hatte weitreichende Folgen. „Das bedeutet, es würde entweder Ruby oder mich erfordern, um es zu bewirken. Ich kann mir nicht vorstellen, dass sie an irgendwas teilnimmt, das noch mehr Ärger an ihre Türschwelle bringen könnte, und das hat es bereits getan."

Oliver zuckte mit einer Schulter. „Ärger mit gewissen Vorzügen."

„Hör auf." Ich hob eine Hand und schloss für einen Moment die Augen, um mich zu sammeln, bevor ich fortfuhr. „Ich habe das auch nicht angefangen. Also, was ist los?"

„Ich denke, das ist offensichtlich: Es war keine Hexe."

„Okay, was war es dann? Was könnte sonst einen Liebeszauber über Eastwind gewirkt haben, vorausgesetzt, das ist, womit wir es zu tun haben?"

„Viele Dinge", sagte er und blätterte weiter in dem Buch. Ich blickte auf die Seite, auf der er anhielt. Laut der Überschrift war es eine vollständige Liste aller bekannten Kreaturen, die in der Lage waren, einen Liebeszauber zu wirken. Das, was mich am meisten überraschte, war, wie viele Dinge genauso mächtig wie oder mächtiger waren als ein Hexenzirkel. Nach meinen Gesprächen mit Leuten in Eastwind hätte ich gedacht, dass die Anzahl der Wesen in dieser Kategorie an zwei Händen abzählbar wäre.

Offenbar musste ich meinen Studien mehr Aufmerksamkeit schenken. „Das schränkt es nicht gerade ein", sagte ich.

„Doch, tut es", sagte er fröhlich. „Die Hälfte dieser Wesen existiert nicht in unserem Reich, also können wir sie ausschließen."

„Nur die Hälfte? Da müssen hundert verschiedene Kreaturen auf der Liste sein. Ich weiß nicht einmal, was die meisten davon sind." Ich ließ meine Augen über ein paar zufällige schweifen, die mich überraschten. „Hundun? Archetyp? Steht da wirklich *Halbgott*? Gibt es tatsächlich Halbgötter, die hier herumrennen?"

„Hier zum Glück nicht", sagte er.

Dann wanderten meine Augen zu einem einzigen Wort, das mich abrupt innehalten ließ: Dschinn.

Heiliger Zauberspruch! Konnte es Emagine sein? Würde sie einen Liebeszauber über Eastwind wirken? Laut diesem Buch könnte sie, wenn sie wollte.

Ich überlegte, das Oliver gegenüber zu erwähnen, aber ich wusste nicht, wie er reagieren würde, und jetzt war nicht die beste Zeit, Gerüchte zu verbreiten und jemanden zu beschuldigen, wenn mir jeglicher Beweis fehlte. Eastwind mochte nicht wie meine alte Welt Hexenprozesse erlebt haben, aber das bedeutete nicht, dass es nicht in der Lage war, eine Hexenjagd zu starten.

Natürlich wäre es in diesem Fall eine Dschinn-Jagd.

„Ich muss mehr darüber nachdenken", sagte ich. „Vielleicht ist es nichts. Warum machen wir nicht mit unserer Lektion weiter?"

„Denkst du, du kannst dich darauf konzentrieren?"

„Ich versuch's."

Er seufzte schwer. „Mehr kann ich wohl nicht verlangen, schätze ich." Er schob das Liebeszauber-Buch beiseite und öffnete das andere wieder. „Wo waren wir? Richtig. Pondelwallys Theorem der Dünnen Linie. Nun, wie Pondelwally so treffend gesagt hat ...“

Ich hatte vielleicht nur eine vage Ahnung davon, *was* vor sich ging, aber sie reichte aus, um das Wirrwarr aus zusammenhanglosen Begegnungen, das bisher meine Aufmerksamkeit vernebelt hatte, ein wenig zu ordnen: Eastwinder wurden von einem Liebeszauber beeinflusst, der sie dazu brachte, zu alten Jagdgründen zurückzukehren. Ich hatte meine Antwort auf die Frage nach der Rückkehr von Bruce und Heather aus dem Jenseits. Leider kamen mit dieser Antwort noch größere Fragen: Wer steckte dahinter, und wie konnte ich dem ein Ende setzen?

Kapitel Zehn

„Du musst zugeben", sagte Grim, als wir die Treppe hinabstiegen, die von der Bibliothek wegführte, *„das Timing von Emagines Auftauchen in Eastwind ist verdächtig."*

„Ich weiß. Aber wir dürfen keine voreiligen Schlüsse ziehen. Im Moment hat sie die Mittel und die Gelegenheit, aber kein Motiv. Wie profitiert sie davon, dass zufällige Eastwinder zu ihren vergangenen Lieben zurückkehren?"

„Ich sage nur, du musst mit ihr reden."

„Habe ich vor, aber vorher muss ich mit Jane sprechen."

Da das Gespräch mit Ruby ein Reinfall war und ich eine ziemlich gute Vorstellung davon hatte, was vor sich ging, auch wenn ich keine Ahnung hatte, wer es verursacht hatte oder wie ich dem ein Ende setzen konnte, dachte ich, ich sollte meine beste Freundin über das Problem aufklären, das mich überhaupt erst auf diese Seltsamkeit aufmerksam gemacht hatte.

Ich zog meinen Mantel enger um mich, als ein kalter Wind mir in den Rücken blies. Nicht die Winde der Veränderung – diese Böen trugen eine Spur von Unruhe mit sich, die bei jedem

Stoß in meine Knochen sickerte –, nur die übliche Sorte für diese Jahreszeit.

„Vielleicht sollte ich Landon besuchen", sagte ich. „Das klingt genau nach der Verschwörung für ihn."

„Wir brauchen ihn dafür nicht", antwortete Grim. „Alles, was wir tun müssen, ist, rückwärts zu arbeiten. Was bewirkt dieser Zauber?"

Ich dachte darüber nach. „Du meinst, außer dem emotionalen Trauma, das wir beide bei Ruby erlitten haben?"

„Ja, außer dem."

„Im Moment bekommen nur ein paar Leute eine zweite Chance."

„Du und ich, wir wissen beide, dass zweite Chancen unerwünscht sein können. Was würde ich nicht geben, gestorben und tot geblieben zu sein ..." stöhnte er.

„Dir wär eine Menge Speck entgangen, wenn das passiert wäre."

„Wo du recht hast ..."

Ich überlegte wieder, was er gesagt hatte. Nicht den Teil über den Wunsch, tot zu sein, sondern der andere. „In Janes und Ansels Fall ist die zweite Chance störend und könnte sogar einer ansonsten guten Beziehung schaden. Und für Octavia und Anton könnte eine zweite Chance zu einer weiteren handfesten Schlägerei führen." Ich trieb die Situation in meinem Kopf weiter in Richtung Abgrund, so wie Landon es wohl getan hätte. „Wenn sich das ausbreitet, könnte es in Eastwind komplettes Chaos verursachen."

„Genau. Liebe ist nicht dein Freund."

„Oh bitte. Willst du mir sagen, du warst nie verliebt?"

„Das habe ich nicht gesagt, aber zu deiner Information, nein, ich war nie verliebt. Außer dir und Mr. Dunkel und Stürmisch sind die Deadwoods nicht gerade als Datingparadies bekannt. Aber zurück zum Chaos. Wer profitiert von Chaos in Eastwind?"

Ich wusste die Antwort sofort. *„Die Leute an der Macht. Besonders, wenn sie versuchen, Panikmache zu benutzen, um Gesetze durchzudrücken. Denkst du, die Bürgermeisterin könnte dahinterstecken?"*

„Dorthin scheint die Verschwörung zu tendieren. Aber andererseits sind Verschwörungen meist nichts als Einhornäpfel."

Als wir uns dem Medium Rare näherten, kam jemand anderes aus der anderen Richtung näher. Er nickte. „Guten Abend, Miss Ashcroft." Dann öffnete er uns die Tür, aber ich hielt inne, bevor ich eintrat.

„Kommen Sie gerade von Ihrer Schicht, Stu?"

„Ja. War bei einem Einsatz, bis ich ihn an Ihren Freund abgeben konnte. Ein paar Teenager-Hexen dachten, es wäre lustig, ein Wachstumstrank-Wettsaufen zu veranstalten." Er schüttelte den Kopf und seufzte. „Wirklich erstaunlich, dass irgendein Mann überhaupt die Teenagerjahre überlebt."

„Oh, sind sie okay?", fragte ich.

Er rieb sich eine Schulter. „Ja, ja. Sie sind in Ordnung. Ich schulde Stella Lytefoot jetzt allerdings einen riesigen Gefallen."

„Klingt, als wäre Sheehan's Pub ein besserer Ort, um nach so einem Tag abzuschalten", sagte ich und musterte ihn von oben bis unten. „Sie waren heute Morgen schon vor Ihrer Schicht hier." Ich hob eine Braue.

Er seufzte und bedeutete mir, endlich reinzugehen. „Kann ein Mann nicht zwei Stücke Kuchen an einem Tag essen, ohne sich das vorwerfen lassen zu müssen?"

„Sorry, sorry", sagte ich und trat ins helle Licht des Diners.

Stu und ich nahmen nebeneinander an der Theke Platz, und Grim trottete zur Hellsing-Familie an einer Nische weiter weg. Die jüngste Hellsing-Tochter hatte einen riesigen Spaß daran, heimlich Essensreste für ihn unter den Tisch fallen zu lassen.

Jane scherzte mit einem Tisch voller Werwölfe, als wir uns setzten. Sie warf einen abwesenden Blick herüber, und ich fing ihn auf und winkte. Sie nickte zurück, dann veränderte sich etwas in ihrem Ausdruck, als ihr Lächeln verblasste.

Oh nein, hatte ich irgendwas falsch gemacht?

Sie sagte ein paar letzte Worte am Tisch und kam dann langsam auf mich an der Theke zu.

Aber meine Augen waren nicht die Einzigen, die auf sie fixiert waren. Als ich mich zu Stu umsah, starrte er Jane mit demselben Ausdruck an, mit dem sie mich ansah.

Oder, Moment, vielleicht sah sie gar nicht mich an.

Als sie näher kam, bestätigte sich mein Verdacht.

„Hi, Stu", sagte sie leise.

„Jane. Du siehst ... du siehst gut aus."

Sie ging an ihm vorbei, und auf dem Weg streifte ihre Hand seine Schulter, ihre Fingerspitzen glitten über seinen Rücken bis zur gegenüberliegenden Schulter, bevor sie hinter die Theke ging und uns gegenüber stehenblieb.

„Was kann ich dir bringen, Nora?" Während sie mich ansprach, warf sie Stu einen Blick unter schweren Lidern hervor zu.

Ich sah zwischen ihr und dem Deputy hin und her. Nein, wirklich. Nicht die beiden, oder?

„Ich muss unter vier Augen mit dir sprechen", sagte ich und stand auf.

„Klar", sagte sie. Dann zwinkerte sie Stu zu. „Kirschkuchen?"

Er lächelte. „Ja, bitte."

„Willst du ihn warm?", fragte sie.

„Du weißt, dass ich ihn heiß mag, Jane."

Oh, Fänge und Klauen! Ich eilte um die Theke herum und packte ihren Arm. „Sein Kuchen kann warten, und er kann ihn kalt essen wie alle anderen." Sie leistete nur geringen Widerstand, als ich sie in die Küche und aus Stus Sichtfeld zog.

„Was ist los?", fragte Jane, als ich stehenblieb und sie anfunkelte. Sie schien wirklich nicht zu wissen, was vor sich ging.

„Was los ist? Du und Stu Manchester hattet mal ... ihr zwei hattet mal was miteinander?"

Sie zuckte die Achseln. „Ja, aber sag's niemandem."

„Muss ich nicht", sagte ich entschieden, „wenn ihr zwei euch weiter so anglotzt und Anspielungen macht." Ich zügelte mich. Es war nicht Janes Schuld, dass sie plötzlich unreine Gedanken über Stu Manchester hatte. „Schau, was auch immer du denkst, wenn du ihn ansiehst, es ist nicht echt."

„Es fühlt sich echt an", sagte sie. „Und es war echt. So echt. Du weißt, was man über die Virilität von Werelchen sagt ..." Sie grinste verschmitzt.

„Ihhhh! Und nein, weiß ich nicht, und bitte, wenn dir was an unserer Freundschaft liegt, erzählst du es mir nicht."

Jane starrte vage über meine Schulter, mit verträumten Augen, die vollkommen untypisch für die Frau waren, die ich kannte. „Ich verstehe jetzt, wie es für dich sein muss", sagte sie wehmütig.

„Was zum Zauber redest du da?"

Sie sah mich an. „Verliebt in zwei Männer zu sein. Es ist, als wäre der eine alles, woran ich denken kann, wenn ich bei ihm bin. Dann sehe ich den anderen, und er ist alles, woran ich denken kann. Es ist nicht so, dass ich nicht treu sein will, es scheint nur nicht so wichtig zu sein. Ich meine, er würde es sicher verstehen, wenn ich ihm von Stu erzähle."

„Äh, nein", sagte ich. „Ich glaube nicht, dass Ansel verstehen wird, wenn du ihm sagst, dass du in Stu Manchester verliebt bist."

Sie blinzelte, als würde sie aus einem Traum erwachen.

„Ansel? Oh, richtig! Ansel. Dann drei Männer. Ich bin in drei Männer verliebt. Wow ...“

Ich packte Jane an den Schultern und schüttelte sie. „Jane, du bist *nicht* in drei Männer verliebt. Du bist in einen verliebt, und das ist Ansel. Du weißt schon, der große, atemberaubende Werbär, der aussieht, als hätte er zwei andere Werbären in einem Proteinshake getrunken? Der, mit dem du auf *Hochzeitsreise* nach Wisconsin warst? Dein *Ehemann*?“

Sie räusperte sich. „Richtig. Natürlich. Ich weiß nicht, warum ich immer wieder an Bruce und jetzt Stu denke ...“

„Zum Glück weiß ich es“, sagte ich. „Du hast mich gebeten, herauszufinden, warum Bruce zurück ist. Ich glaube, ich habe es herausgefunden. Oder zumindest einen Teil davon. Jemand muss einen Liebeszauber über Eastwind gewirkt haben, der die Leute dazu bringt, sich wieder in vergangene Lieben zu verlieben. Ein so mächtiger Zauber, dass er Bruce und Heather von der anderen Seite des Schleiers zurückgebracht hat.“

Sie runzelte die Stirn und starrte ein paar Meter vor sich zu Boden. „Oh. Das ergibt viel mehr Sinn als ... Aber warte. Warum ist Heather zurück?“

Anstatt zu antworten, gab ich ihr einen Moment. Sie war klug, und sie würde selbst auf die Antwort kommen, und wenn ich das zuließ, konnte ich vermeiden, die Botin zu sein, die jeder gern beschuldigt, trotz besseren Wissens.

„Ansel hat mir nie erzählt, dass er was mit Heather Lovelace hatte.“ Ihre Nasenlöcher blähten sich ein wenig, und ich kannte dieses Warnsignal.

„Hast du ihm je von dir und Stu Manchester erzählt?“

Sie wich meinem Blick aus und rieb sich den Nacken. „Na ja, nein, es schien einfach nicht relevant.“

„Dann sollten wir vielleicht nicht in Glashäusern mit Steinen um uns werfen.“

Sie neigte den Kopf zur Seite. „Was soll das heißen? Ist das wieder so ein komischer Spruch aus deiner Welt?"

„Ja. Was ich meine, ist, dass das, was du gerade für Stu empfindest, nicht echt ist. Es ist durch Magie erzeugt, und wenn du dem Impuls folgst, könnte das, was echt ist, zerstört werden."

Sie seufzte, und ihre Schultern sackten herab, aber sie schien zuzustimmen. „Ich nehme an, du weißt, wovon du sprichst."

„Ja, das tue ich. Ich hatte einfach Glück, dass Tanner mich zurückgenommen hat, und Ansel könnte dasselbe für dich tun, aber willst du das wirklich riskieren?" Sie schüttelte den Kopf. „Letzte Frage, bevor ich gehe: Kennst du jemanden, der deine Ehe ruinieren wollen würde?"

Sie kicherte. „Na ja, jetzt schon. Heather Lovelace."

„Und Stu und Bruce", fügte ich hinzu. Sie mochte meine beste Freundin sein, aber ich würde sie nicht damit durchkommen lassen, so zu tun, als wäre ihre Vergangenheit nicht genauso ein Faktor wie Ansels.

Sie hätte dasselbe für mich getan.

„Ja, ja", sagte sie. „Aber das sind nur zwei Werwölfe und ein Werelch. Keiner von ihnen hat die Magie, die nötig ist, um Zauber zu wirken."

Damit hatte sie recht. Wenn keiner von denen, die ein Motiv hatten, Ansel und Jane auseinanderzubringen, die Fähigkeit dazu besaß, waren sie höchstwahrscheinlich nicht die beabsichtigten Ziele des Zaubers.

„Willst du mir damit sagen, dass du keine Spuren hast?", fragte sie.

„Nein, ich habe eine, aber ich will sie noch nicht nennen."

Sie nickte. „Wahrscheinlich am besten so. Es ist einfacher, einen Schwarm Phönixe freizulassen, als sie wieder einzufangen."

Wir gingen zurück in den Gastraum, und in dem Moment, als Jane Stu erblickte und ihre Schultern sich entspannten und ihr Kopf sich leicht nach rechts neigte, war klar, dass unser Gespräch zu einem Ohr rein und zum anderen rausgegangen war.

Ich konnte sie jedoch nicht den ganzen Tag babysitten. Ich hatte dringendere Angelegenheiten zu erledigen. Also schnappte ich mir Greta, als sie vorbeiging, und fragte: „Magst du deine Tante Jane?"

Greta wirkte überrascht und sagte: „Ja, natürlich."

„Super. Wenn du willst, dass sie deine angeheiratete Tante bleibt, musst du was für mich tun. Und ich bitte dich, niemandem davon zu erzählen."

Sie legte den Kopf zurück, ihr Ausdruck schoss Dolche des Unglaubens auf mich ab, wie es nur ein Teenager konnte.

Ich griff in meine Tasche, zog drei Silbermünzen heraus und hielt sie vor sie in einer offenen Handfläche. Sie beäugte die Münzen einen Moment lang, bevor sie sie nahm. Dachte ich mir. Das war mehr Geld, als sie in zwei vollen Schichten verdienen würde. „Okay, was soll ich machen?"

„Drei Dinge." Ich zählte sie an meinen Fingern ab. „Halte deine Tante davon ab, mit Stu Manchester rumzumachen, verurteile sie nicht, wenn sie es versucht, denn es ist nicht ihre Schuld, und dieses Gespräch hat nie stattgefunden."

Greta nahm die seltsamen Anweisungen gelassen entgegen und ließ die Münzen in ihre Schürzentasche gleiten. „Verstanden. Aber wenn ich gegen ihn kämpfen muss und er versucht, einen Stunner zu —"

„Du wirst entschädigt", versicherte ich ihr.

Sie presste die Lippen aufeinander und kniff die Augen zusammen. „Hoffentlich."

Ich machte einen Umweg auf dem Weg nach draußen, beugte mich nahe an Stus Ohr und flüsterte: „Sie ist verheiratet. Mit einem Werbären. Einem mit aufbrausendem Temperament. Ich schlage vor, du versuchst es erst gar nicht, es sei denn, du willst, dass Ted deine Leiche wegschafft."

Die Worte schienen kaum anzukommen, doch ich klopfte Stu fest auf die Schulter und hoffte, dass Greta so clever war, wie ich dachte.

Kapitel Elf

Wegen offensichtlicher traumatischer Erfahrungen zögerte ich, für die Nacht nach Hause zu gehen.

Ich hielt auf der Türschwelle inne, überlegte und klopfte an, bevor ich durch die Haustür trat. Wer konnte schon wissen, ob Ruby und Ezra beschlossen hatten, dass das Schlafzimmer eine zu banale Kulisse war, um sich auszuleben?

Sie waren beide im Salon, als ich eintrat, aber glücklicherweise vollständig bekleidet. Sie saßen am Tisch, wo ein großer Stapel Pfannkuchen in der Mitte thronte neben einem kleinen Haufen Speck, und sie bedienten sich begeistert daran.

Grim stürmte an mir vorbei und pflanzte, ohne Umschweife, seine Vorderpfoten auf den Tisch, direkt vor dem Speck.

Nicht gerade subtil, aber auch nicht die schlechteste Strategie, wenn einem ein Mundvoll Speck wichtiger war als ein strenger Tadel. Und ich wusste, dass das bei Grim der Fall war.

Er hätte es fast geschafft, aber Ezra war zu schnell mit seinem Zauberstab, den er aus dem Nichts zückte, um einen kleinen Funken auf meinen Vertrauten zu schießen.

Grim jaulte auf, als der Funke seine Nase traf. Er schlich zu seinem Platz am Kamin und brummte: „Dieser Typ kommt einfach aus dem Nichts hier rein und benimmt sich, als würde ihm der Laden gehören."

„Kein Grund, an der Tür zu bleiben, Liebes. Wir beißen nicht", sagte Ruby.

„Du zumindest nicht", sagte Ezra und zwinkerte. Ruby kicherte und schlug spielerisch auf seine Schulter.

„Pfannkuchen?", fragte Ruby und deutete auf den Stapel.

Ich starrte sehnsüchtig darauf. Ich hatte auf dem Weg von Tanners Haus zur Bibliothek nur ein Baguette geholt (das meiste davon hatte ich Grim gegeben), und ich war hungrig, aber wollte ich mich wirklich darauf einlassen, so lange bei den beiden herumzuhängen, wie es dauerte, zu essen?

„Komm schon", sagte Ruby. „Du musst nicht schüchtern sein. Ja, du hast Ezra und mich in den Fängen der Leidenschaft erwischt, und ja, es war ein wildes Wiedersehen, das mein aus der Form geratener Körper wahrscheinlich mit so viel Muskelkater bestrafen wird, dass ich morgen bei Pixie Mixie vorbeischauen muss, aber am Ende war es natürlich und schön."

Ezra legte seinen Arm um sie und ließ seinen Kopf auf ihrer Schulter ruhen. „Zwei Seelen, die sich zu einer vereinen. Du kannst mir nicht erzählen, dass du und Tanner nicht–"

Ich hob eine Hand, um ihn zu unterbrechen. „Lass ihn da raus. Ich freue mich für euch zwei, wirklich. Aber wenn ihr es nicht so zur Schau stellen könntet, würde ich das sehr zu schätzen wissen."

Sie tauschten einen wissenden Blick, dann wandte sich Ruby an mich und sagte: „Eines Tages, Nora, wirst du in meinem Alter sein, und ich hoffe, du fühlst dich nicht angewidert von deinen eigenen Erfahrungen."

Ich rieb mir die Nasenwurzel. „Es ist nicht das Alter. Es ist ..." Ich sah sie an, und beide starrten mich an, als wäre ich verrückt. „Es ist ein Zauber, okay? Es gibt irgendeinen Liebeszauber über Eastwind, der alle dazu bringt, wieder mit vergangenen Lieben zusammenzukommen.“

Ruby lachte. „Oh, das ist lächerlich. Ich denke, ich würde wissen, wenn mich jemand mit einem Zauber belegt hätte.“

„Dito“, sagte Ezra. „Wir beide haben zusammen wahrscheinlich mehr Magie als jeder mickrige Hexenzirkel in Eastwind.“

Wow. Okay. Ich hatte nicht erwartet, dass sie mir einfach widersprechen. Waren sie wirklich so blind dafür? „Ich glaube nicht, dass es eine Hexe oder ein Hexenzirkel war, der das getan hat. Denkt nach.“ Ich schloss die Augen, und einen Moment später erschienen Heather und Bruce im Salon. Nur Ruby reagierte, indem sie den Kopf leicht zur Seite neigte, als sie die Besucher musterte. „Etwas hat sie zurückgebracht“, fuhr ich fort. „Und du weißt genauso gut wie ich, dass alles, was einen Geist zurückbringen kann, der bereits Frieden gefunden hat, verdammt mächtig sein muss.“

Heather gähnte. „Hast du Ansel in letzter Zeit gesehen? Ich vermisse ihn so sehr, dass ich glaube, ich könnte sterben.“

„Du bist schon tot“, zischte ich.

„Das war im übertragenen Sinne gemeint. Meine Güte! Sie hat wirklich keine Wertschätzung für Poesie", sagte sie zu Bruce, der nickte.

Ruby kaute einen Moment auf ihrer Lippe, und als Ezra fragte, was los sei, zischte sie ihn an, dann sagte sie: „Mir scheint, du sagst die Wahrheit, Nora. Jemand hat mit Liebesmagie in Eastwind herumgepfuscht. Liebe ist so ziemlich das Einzige, das mächtig genug ist, um den Frieden der Toten zu stören.“

Endlich. Ich hatte tatsächlich angefangen zu zweifeln, ob ich zu ihr durchdringen würde.

Dann seufzte sie. „Ich weiß nur nicht, was das mit Ezra und

mir zu tun hat. Was wir aneinander wiederentdeckt haben, ist echt und rein, keine magiegetränkte Fantasie."

„Wow", sagte ich und stemmte die Hände in die Hüften. „Ihr denkt wirklich, es betrifft alle außer euch. Dass ihr die Ausnahme von der Regel seid."

Ezra antwortete. „Ich weiß, dass wir es sind."

„Lass sie einfach", sagte Grim. „Hast du Ruby je so glücklich gesehen? Ich nicht. Investiere in ein paar Ohrstöpsel und lass es gut sein, Frau!"

Grim hatte recht, auch wenn ich wusste, dass er nach Wegen suchte, Rubys Glück in mehr Essensreste für sich selbst umzumünzen. Es war nicht so, als wären Ruby und Ezra in einer Beziehung mit jemand anderem. Vielleicht war das, was zwischen ihnen passierte, nur vorübergehend, aber oft war Liebe so.

Außerdem hatte ich das „aber wir sind nicht wie die anderen"-Argument in Bezug auf Romanzen so oft gehört, und ich wusste, dass man dagegen nicht mit vernünftigen Argumenten ankam. Man musste die Leute manchmal auf die harte Tour lernen lassen.

„Also gut. Genießt eure Pfannkuchen", sagte ich. „Ich habe keinen Hunger, aber Grim schon, und ihr habt es ihm zu danken, dass ich euch in Ruhe lasse. Er darf meinen Anteil haben." Ich durchquerte den Salon, steuerte auf die Treppe zu, bereit, mit dem Gesicht voran auf die Matratze zu fallen und das Licht auszuschalten. Und hoffentlich würde ich diesmal etwas richtigen Schlaf bekommen.

Aber sobald ich meine Schlafzimmertür öffnete und ihn dort stehen sah, wusste ich, dass dem nicht so sein würde.

Es war, als würde ein Gummiband uns beide verbinden, Roland und mich, und ich ging direkt auf ihn zu, ohne einen Moment zu zögern.

„Nora, meine wunderschöne Liebste", hauchte er. „Ich habe den ganzen Tag an dich gedacht."

Ich hielt kurz vor ihm inne, sehnte mich danach, ihn zu berühren, wollte, dass er real war, brauchte so viel von ihm, und nicht nur in meinen Träumen. Ich schloss die Augen, versuchte, ihn ins Dasein zu wünschen. Aus der Vergangenheit kam eine Erinnerung, so klar, dass ich die salzige Luft schmecken und die Wärme der Sonne auf meiner Haut spüren konnte.

Ich konnte auch seine Stimme hören, die tief in mir widerhallte ...

Wir waren hoch oben auf einem Turm, mit Blick auf das Meer, saßen auf einer Wolldecke, mit Brot und Käse auf einem Teller zwischen uns. Er hielt mir ein Stück Brot entgegen, und ich biss ein Stück ab, genoss die Frische und Textur. „Eines Tages", sagte er, „müssen wir nicht mehr hier hochschleichen, um zusammen zu essen. Sobald mein Vater stirbt, wird niemand mir verweigern können, mit wem ich meine Tage verbringen will. Das wirst du sein, Diana, nur du. Alle anderen können meinetwegen brennen, solange ich dich an meiner Seite habe."

Sonnenstrahlen reflektierten blendend von seinem satten braunen Haar, als er sich vorbeugte und eine Hand an mein Gesicht legte, mein Haar hinter mein Ohr strich und sich für einen Kuss vorbeugte.

Ich öffnete die Augen im dämmrigen Schlafzimmer und fand eine ähnliche Szene vor: Roland beugte sich vor, dieselbe Sehnsucht in mir, ihm nahe zu sein, seine warme Hand an meiner Wange –

Moment, was zum Höllenhund? *Seine warme Hand?*

Ich zuckte zurück und starrte ihn entsetzt an.

Tatsächlich war seine Hand solide, lebendig, warm,

während der Rest von ihm durchscheinend und schemenhaft blieb.

Er starrte sie auch völlig verwirrt an. „Was bei den sieben Steinen ...?" Er sah mich an. „Hast du das gemacht? *Kannst* du das? Mit meinem ganzen Körper?"

Ich stammelte und trat noch einen Schritt zurück, und dabei verblasste seine Hand und sah wieder so aus wie der Rest von ihm. „Ich weiß nicht, was gerade passiert ist", brachte ich schließlich heraus. „Ich wollte das nicht tun."

Er kam näher. „Aber du hast es getan. Es ist also möglich! Wenn du das ohne Absicht tun kannst, gibt es einen Weg, es ganz für mich geschehen zu lassen, vielleicht sogar dauerhaft!" Seine Begeisterung über diese Aussicht überstieg meine bei Weitem.

Besaß ich wirklich die Macht, ihm seinen Körper zurückzugeben, allein, indem ich es mir vorstellte? Das war verrückt.

Oder nicht?

„Vielleicht ist es nur der Liebeszauber", sagte ich. „Vielleicht hat er einen seltsamen Nebeneffekt, und wenn ich ihn loswerden kann –"

„Warum solltest du das wollen?", fragte er und starrte mich an, als hätte ich ihm einen Dolch zwischen die Rippen gerammt. „Wir könnten alles haben, was wir je wollten. Erinnerst du dich nicht? Erinnerst du dich nicht, wie es war?"

Ich wich wieder zurück, bis meine Beine das Fußende meines Bettes fanden. „Ich erinnere mich. Ich erinnere mich, und ich ... ich weiß nicht, was ich tun soll."

Er nickte, ließ mir aber meinen Raum. „Das ist verständlich. Warum ruhst du dich nicht aus? Könnte helfen, deinen Kopf freizubekommen."

Ich funkelte ihn an. „Du weißt, dass das nicht hilft."

„Aye, du hast recht." Er lächelte gierig. „Ich weiß, dass es nicht hilft. Aber es könnte dir helfen, dich zu entscheiden."

Ich hatte keine großartigen Optionen. Ich war vollkommen erschöpft. Ich musste schlafen, und ich wusste, sobald ich eingeschlafen war, hatte ich wenig Chancen, ihm zu widerstehen. Nicht, während ich unter einem Liebeszauber stand, so vertieft in seine Welt – unsere Welt – und mich nicht einmal an Tanners Namen erinnern konnte.

Solange Roland ein Geist blieb und der Liebeszauber über Eastwind hing, war ich dazu verdammt, Nacht für Nacht in seine Arme zu fallen.

Nun, verdammt war vielleicht ein zu starkes Wort, angesichts dessen, wie sehr ich es in dem Moment genoss.

Aber das bedeutete, wenn ich ein wenig Privatsphäre in meinen Träumen haben wollte, musste eines von zwei Dingen passieren. Entweder musste ich einen Weg finden, den Zauber umzukehren, oder ich musste dafür sorgen, dass Roland kein Geist mehr war. Und das konnte entweder durch Verbannen geschehen oder dadurch, dass ich ihm einen physischen Körper gab.

War das etwas, das ich tun konnte? Es schien so. Hätte der Schock mich nicht vorübergehend aus dem Griff des Zaubers gerissen, wer weiß, wie weit diese Transformation gegangen wäre.

Ich war vielleicht kein Südwind, aber ich hatte offensichtlich eine Neigung dazu, mit dem Feuer zu spielen.

Roland beobachtete mich immer noch aus kurzer Distanz und wartete darauf, dass ich meinen Zug machte.

Ich seufzte und zog meine Stiefel und Socken aus. „Ich schätze, ich muss irgendwann schlafen."

Und wenn ich es nicht verhindern konnte, konnte ich es genauso gut genießen …

Kapitel Zwölf

Es war klar, als ich am nächsten Morgen aufwachte, dass der Liebeszauber immer intensiver wurde. Ich konnte mich am nächsten Tag bei der Arbeit kaum auf irgendetwas konzentrieren, und es ging so weit, dass Eva vorschlug, ich solle eine lange Mittagspause machen und sie meine Tische übernehmen lassen.

Ich lehnte das Angebot natürlich ab, denn das Letzte, was ich brauchte, war Leerlaufzeit, um meinen Gedanken freien Lauf zu lassen. Ich wusste genau, wohin sie wandern würden, und ich hatte die ganze Nacht dort verbracht, und das war reichlich. Wahrscheinlich zu viel.

Oder nicht genug …?

Aber nach dem Mittagsansturm entschied ich, dass Eva recht hatte. Es gab keinen Grund, warum ich hier rumhängen sollte, wenn ich nicht gerade nützlich war. Also verließ ich die Arbeit direkt danach. Eva und Cassandra konnten den Laden ohne eine Managerin bewältigen, bis Jane in ein paar Stunden auftauchte.

Apropos Jane, es gab eine unerledigte Sache, die an mir nagte: Ich hatte immer noch nicht mit Ansel gesprochen.

Hatte Jane gestern Abend mit ihm über das gesprochen, was ich ihr erzählt hatte? Ich bezweifelte es, nicht nur, weil sie alles, was ich gesagt hatte, vergessen zu haben schien, sobald sie wieder auf Stu gestoßen war, sondern auch, weil es zu einem ausführlichen Gespräch über ihre Geschichte mit dem Deputy der Stadt hätte führen können, und ich wusste aus erster Hand, wie lange man solche unangenehmen Gespräche aufschieben konnte.

Grim entschied sich, zurückzubleiben, um beim Abwaschen der Teller zu helfen und sicherzustellen, dass die klebrigeren Reste von den Tellern geleckt wurden, bevor sie gespült wurden. Das war mir recht, da ich wusste, dass er sich den ganzen Weg vom Medium Rare bis *Whirligig's Garden Center* darüber beklagen würde, wohin ich unterwegs war.

Ich ging unter dem überwucherten Torbogen hindurch, hielt inne und suchte die weitläufigen Gärten nach Ansel ab. Keine Spur von ihm, also ging ich weiter den Pfad entlang, bis ich den Laden erreichte. Thaddeus, der Besitzer der Gärten, verbrachte seine Tage meist drinnen. Das fand ich immer seltsam, angesichts der Tatsache, dass er ein Druide war. Laut Oliver waren Druiden eine uralte Klasse von Meistern der Magie, die älter als Hexen waren und ihre Macht aus jedem natürlichen Element zogen. Wie Oliver es beschrieben hatte, klang es wie eine Mischung aus Hexe und Pixie, und als ich das ihm gegenüber vorschlug, hatte er es nicht sofort abgelehnt, also war das jetzt meine vorgefasste Meinung. Vermutlich würde Thaddeus wissen, wo Ansel war, und konnte mich zu diesem Teil des weitläufigen Geländes lotsen.

Ich war noch nie im Laden gewesen, obwohl ich das Gartencenter ein paarmal besucht hatte. Ich stieß die Tür auf und trat ein.

Der Laden war klein, mit großen, staubigen Fenstern an jeder Wand und Regalen, die vom Eingang aus längs verliefen und mit Kisten voller Samen und Erde vollgestopft waren. Ein kleiner Holztresen befand sich am hinteren Ende, und dahinter stand Thaddeus. Sein grauer Bart floss bis unter die Höhe des Tresens. Winzige rosa und gelbe Blümchen blühten in seinem Gesichtshaar, und ich fragte mich kurz, ob er sie in seinen Bart gesteckt hatte oder ob sie tatsächlich aus ihm wuchsen.

Ich kam nicht lange zum Nachdenken, denn meine Aufmerksamkeit wanderte, als ich bemerkte, wer vor dem Tresen stand, mit dem Rücken zu mir, und Thaddeus' unverhohlenen Blick anzog.

Er sagte etwas, das ich nicht hören konnte, und sie lachte und beugte sich über den Tresen, ließ eine Hand über seinen Arm gleiten, während sie weiter kicherte.

Es war extrem unwahrscheinlich, dass Thaddeus so witzig war.

„Entschuldigung, dass ich unterbreche", sagte ich.

Langsam drehte sich Bürgermeisterin Esperia zu mir um, ihre Wangen gerötet. Das breite Lächeln verschwand sofort von ihrem Gesicht.

„Nora, was für eine Überraschung. Wollen Sie Rubys grässlichem Garten endlich ein freundliches Makeover verpassen?"

„Nein", sagte ich. „Ich bin eigentlich aus einem anderen Grund hier, aber hätten Sie vielleicht kurz Zeit für ein Gespräch unter vier Augen?"

„Natürlich." Sie warf einen Blick zurück zu Thaddeus. „Nur einen Moment, Tad, und dann will ich den Rest der Geschichte hören."

Er zwinkerte ihr zu und zwirbelte seinen Bart, während sein Blick an ihr auf und ab tanzte, als sie sich umdrehte, um mir nach draußen zu folgen.

Bevor ich ein Wort sagen konnte, begann sie: „Ich weiß,

was Sie sagen wollen, und es ist wirklich nicht nötig. Ja, Tanner war neulich Abend im Stews and Brews unhöflich zu mir, aber ich verstehe, dass der Hohe Rat und das Sheriff's Department einander nicht sehr freundlich gesinnt sind. Das war schon immer so und wird auch so bleiben, solange Gabby Bloom mehr Geld für ihr Department verlangt und uns angemessene Aufsicht verweigert."

„Das wollte ich nicht besprechen", sagte ich. „Und, nebenbei bemerkt, ich denke nicht, dass Tanner Ihnen eine Entschuldigung schuldet. Was ich wissen möchte, ist, ob Sie und Thaddeus Whirligig eine gemeinsame Vergangenheit haben."

Sie riss die Augen auf. „Das geht Sie nichts an."

„Doch, das tut es. Denn wenn Sie immer noch etwas für ihn empfänden und wieder zusammenkommen wollten, könnte das ein Motiv sein, einen Liebeszauber über Eastwind zu legen, in der Hoffnung, ihn zurückzugewinnen und Ihre Spuren zu verwischen. Und so wie ich Sie und die Hohepriesterin kenne, habe ich das Gefühl, dass Sie einen ziemlich mächtigen Zauber zustande bringen oder jemanden dazu zwingen könnten, es für Sie zu tun."

Die Bürgermeisterin neigte den Kopf zur Seite. „Ein Liebeszauber? Was zum Phoenix reden Sie da? Hat jemand einen Liebeszauber über Eastwind gewirkt?" Sie plusterte sich auf. „Das ist hochgradig illegal. Wenn das stimmt, hat Gabby Bloom mal wieder geschlafen, denn das fällt direkt in ihren Zuständigkeitsbereich, und doch sind Sie hier und praktizieren Ihre Selbstjustiz, die Sie so sehr zu genießen scheinen."

„Oh nein, schieben Sie das nicht auf Sheriff Bloom. Der einzige Grund, warum ich davon weiß, ist, weil Geister involviert waren und ich deshalb hinzugezogen wurde. Ich merke erst Stück für Stück, wie groß diese Sache ist, und hatte noch keine Gelegenheit, überhaupt mit dem Sheriff darüber zu reden. Worauf ich hinaus will, ist: Woher weiß ich, dass Sie nicht dahinterstecken?"

„Weil es illegal ist!", empörte sie sich. „Und außerdem ist das, was Tad und ich in den letzten paar Tagen aneinander wiederentdeckt haben, kein hohles Produkt eines Zaubers. Es ist echt. Ich kann es fühlen, er auch. Vielleicht stehen andere in der Stadt unter einem Zauber, aber das Timing ist nur ein Zufall, soweit es uns betrifft."

Ich verdrehte die Augen. Schon wieder. „Sie sagen mir, dass Sie die Ausnahme sind, nicht wahr?"

Sie nickte.

„Trotz des unheimlichen Timings des Zaubers genau in dem Moment, als Sie und Thaddeus wieder in die Arme des anderen gefallen sind, glauben Sie wirklich, dass Ihre Gefühle echt sind und die der anderen falsch?"

„Ja, ich bin froh, dass Sie das verstehen. Und ich bin froh, dass Sie mir davon erzählt haben, Nora. Ein Zauber dieser Stärke liegt jenseits der Fähigkeiten aller bekannten Hexen im Zirkel."

„Könnte es Tad sein?" Ich stellte die Frage, sobald mir die Möglichkeit einfiel. Ich erinnerte mich nicht, Druiden auf der Liste in der Bibliothek gesehen zu haben, aber ich erinnerte mich nicht an alles auf der Liste.

Sie prustete und winkte ab. „Unmöglich. Erstens würde Tad nie auf die Idee kommen, jemanden zu manipulieren. Außerdem sind seine Kräfte wirklich nur gut, um natürliches Wachstum anzuregen. Ein Liebeszauber liegt weit außerhalb seiner Fähigkeiten. Nein, dazu braucht es jemanden viel Mächtigeres als eine Hexe oder einen Druiden, um das zu schaffen ..." Ein zufriedenes Grinsen erblühte auf ihrem Gesicht. „Und wenn wir von verdächtigem Timing sprechen, glaube ich, dass ich weiß, mit wem Sie sprechen sollten."

„Nein, nein, nein", sagte ich und versuchte, es im Keim zu

ersticken. „Ich habe keinen Grund zur Annahme, dass sie es war."

„Dann sind Sie eine Närrin!", keifte die Bürgermeisterin. „Ein Dschinn kommt in unser Reich, genau zur gleichen Zeit, zu der ein flächendeckender Liebeszauber greift, und Sie haben keinen Grund zu glauben, dass sie es war? Könnte es sein, dass Ihre Angst, voreingenommen zu wirken, Sie für die Wahrheit blind macht?"

„Könnte es sein, dass Ihre Angst, Macht zu verlieren, Sie für die Wahrheit blind macht?", fauchte ich zurück.

Ich wusste, es war ein Fehler, sobald ich es ausgesprochen hatte.

Ihre Oberlippe verzog sich, begleitet von einem Knurren, und sie hob das Kinn, als sie sagte: „Ich habe keine Angst, Macht zu verlieren. Ich habe Angst um diejenigen, die keine haben, die Hexen mit einer Zielscheibe auf dem Rücken, weil sie so geboren wurden. Merken Sie sich meine Worte, Nora. Eines Tages werden Sie zur Zielscheibe irgendeiner wilden Bestie – nur weil Sie eine Hexe sind. Und dann werden Sie sich wünschen, Sie hätten die Schutzmaßnahmen, die ich gerade für Sie und für uns alle durchzusetzen versuche. Ich hoffe, dass dieser Tag niemals kommt. Aber wenn ich vor etwas Angst habe, dann davor, *dass* er kommt – dass für jede Hexe in Eastwind der Tag kommt, an dem sich der Rest der Stadt gegen sie wendet und unsere Art ausgelöscht wird."

Whoa. Ich hatte angenommen, die Rhetorik der Bürgermeisterin wäre nur Methode, um Chaos zu stiften und das auszunutzen, um mehr Macht an sich zu reißen, aber jetzt schien es durchaus möglich, dass sie ihrer eigenen Propaganda auf den Leim gegangen war. Sie schien ernsthaft zu glauben, dass alle Nicht-Hexen eine Bedrohung für die Hexen waren.

Außer für Thaddeus, natürlich.

Ich beschloss, etwas zurückzurudern. „Was auch immer Sie sagen."

„Ja", sagte sie barsch. „Es ist, was ich sage. Und was ich sage, ist, dass Libertys Flittchen verschwinden muss. Ich werde beim nächsten Treffen des Hohen Rates mit ihm sprechen und hoffen, dass er Vernunft annimmt, damit wir keine Gewalt anwenden müssen."

„Viel Glück dabei", sagte ich, ging an ihr vorbei und zurück in den Laden. Ich musste Liberty warnen, bevor das passierte, und ihn wissen lassen, dass die Bürgermeisterin es auf ihn abgesehen hatte, aber vorher musste ich immer noch Ansel finden.

„Zuletzt habe ich ihn bei den Gänseblümchen gesehen", sagte Thaddeus.

Die Bürgermeisterin ging an mir vorbei, als ich das Gebäude wieder verließ, und ich ignorierte sie entschieden, was nicht schwer war, da ihre Augen wie ein Zielsuchgerät auf ihren liebsten Tad fixiert waren.

Ich war mir ziemlich sicher, dass ich die Gänseblümchen auf meinem Weg herein passiert hatte, aber ich ging zurück, nur um sicherzugehen. Diesmal, mit besonderer Aufmerksamkeit auf diesen Abschnitt, fand ich ihn.

Er war fast versteckt, lag auf dem Bauch, das Kinn auf eine Faust gestützt. Ich entdeckte ihn nur, weil er mit den Beinen in der Luft wedelte, sie am Knie abwechselnd beugte. Es war die Bewegung, die meine Aufmerksamkeit erregte.

„Ansel?", sagte ich und ging hinüber. Er blickte nicht auf. Seine Aufmerksamkeit war ganz auf ein rotes Gänseblümchen gerichtet, das er vorsichtig zwischen seinen Fingern hielt.

Oh, Fänge und Klauen!

Er wedelte weiter langsam mit den Beinen.

„Ansel", sagte ich schärfer, als ich ein paar Meter entfernt war.

„Was?" Er blickte auf und blinzelte schnell. „Oh, hi, Nora."

„Störe ich?", fragte ich, steckte die Hände in die Gesäßtaschen und starrte auf den bulligen Werbären hinab.

Er blickte wieder auf das Gänseblümchen und neigte den Kopf zur Seite, dann hielt er die Blume ins Sonnenlicht. „Nein. Nicht wirklich."

„Will ich wissen, was du tust?"

Er seufzte. „Das sind ihre Lieblingsblumen."

Ich stöhnte. „Oh, Ansel. Bitte, beim lieben Mond, hör auf."

Er rollte sich auf die Seite und schirmte seine Augen vor der Sonne ab, als er mich ansah. „Ich kann nicht, Nora. Ich habe eine zweite Chance, eine, von der ich nie dachte, dass ich sie bekommen würde. Und ich muss rumsitzen, während sie in deinem Salon verankert ist. Ich war da, um sie zu sehen, aber Ruby hat mich nicht reingelassen. Sie hat sogar einen Schutzzauber gewirkt, damit ich nicht über die Schwelle treten konnte." Seine Stimme brach. „Ich will sie nicht wieder verlieren. Was, wenn sie zu ihm zurückgeht?" Er hob das Gänseblümchen an seine Nase, atmete den Duft ein und seufzte. „Der Duft erinnert mich an sie."

Angesichts der Tatsache, dass neben den Gänseblümchen ein Radieschenbeet war, bin ich stolz, sagen zu können, dass ich mir den offensichtlichen „Radieschen von unten"-Schenkelklopfer verkniffen habe. Hauptsächlich, weil ich nicht sicher war, ob sie ihn hier überhaupt kannten.

„Wenn das ein Trost ist: Ich bezweifle, dass Lucent in der Lage ist, dein Mädchen wieder zu stehlen, da er in Ironhelm ist", bemerkte ich.

„Lucent?", fragte Ansel. „Er hat mir Heather nicht gestohlen."

„Er ... Was? Wer dann?"

„Darius."

„Darius Pine?", keuchte ich. „Du meinst dein bester Freund auf der ganzen Welt, Darius Pine?"

„Ja", schnaubte er. „Und dann wurde sie es leid, von ihrer Familie kritisiert zu werden, weil sie mit Werbären ausging, und entschied sich, stattdessen ihre eigene Art zu daten. Nur, dass sie sich für Lucent entschieden hat, um sich an ihrer Familie zu revanchieren. Wenn sie wollten, dass sie einen Werwolf datet, würde sie den letzten nehmen, an dessen Seite sie sie sehen wollten. Ich denke, es fing als Witz an, aber dann verliebten sie sich, und ich konnte sie nie wieder halten ..." Er begann, Blütenblätter vom Gänseblümchen zu zupfen. „Sie liebt mich ... sie liebt mich nicht ..."

„Ich würde sagen, du hast am Ende gewonnen, da du Jane hast."

„Jane?"

„Jane!", zischte ich. „Deine Frau! Oh, komm schon! Du weißt, wer Jane ist. Die schöne, leidenschaftlich loyale, wahnsinnig kluge und mächtige Werwölfin, die du geheiratet hast. Die Frau, mit der du die Hochzeitsreise in Wisconsin verbracht hast!" Ich fragte mich langsam, ob es den Aufwand wert war, diese beiden zusammenzuhalten.

Er schüttelte den Kopf klar und warf das halb gezupfte Gänseblümchen weg. „Richtig. Jane. Natürlich. Ich liebe sie."

„Ja, das tust du."

„Und ich hasse Darius nicht mehr", sagte er.

„Nein, du liebst ihn, vielleicht zu sehr."

Er nickte. „Und Darius hasst mich auch nicht mehr, oder?"

„Warum sollte er dich hassen? Er hat deine Freundin gestohlen." Die Liebe verwirrte wirklich seinen Verstand, das war offensichtlich.

„Richtig. Aber dann habe ich später seine Freundin gestohlen."

„Warte", sagte ich und versuchte mitzukommen. „Er war

mit Jane zusammen, bevor ihr zwei zusammengekommen seid?"

„Nein, nein. Nicht sie."

„Wer dann?"

Ein heiteres Lächeln breitete sich über seine Lippen aus, und er rollte sich auf den Rücken, breitete die Arme weit aus, während er in den Oktoberhimmel starrte. „Fiona", hauchte er.

„Soll das ein Witz sein?", stöhnte ich. „Gibt es jemanden in dieser Stadt, der nicht mit so ziemlich jedem zusammen war?"

„Ich vermisse sie", sagte er. „Ich hätte sie nicht verlassen sollen."

„Nein, das war absolut richtig, weil es dich zu Jane geführt hat."

Er nickte. „Ja, ich habe sie für Jane verlassen. Und dann fing sie an, Bruce zu daten, natürlich wussten wir alle nichts davon, bis nach seinem Tod …"

„Hör zu", sagte ich, „ich gebe dir einen Rat, den du annehmen solltest. Jemand hat einen Liebeszauber über Eastwind gelegt, der Gefühle für vergangene Lieben wiedererweckt. Ich denke, das hat Heather zurückgebracht. Was du für sie und für – ich kann es kaum fassen – Fiona Sheehan empfindest, ist nicht echt. Was du mit Jane hast, ist echt. Also gebe ich dir denselben Rat, den ich ihr gegeben habe: lass dich nicht von irgendeinem momentanen Gefühl leiten, das nicht deine Ehefrau betrifft."

Er musterte mich neugierig. „Ein Liebeszauber? Das hat Heather zurückgebracht?"

„Ja. Ich denke schon."

„Und Bruce auch?"

Ich nickte.

„Also warte … Jane hat auch Gefühle für vergangene Liebhaber?" Er setzte sich schnell auf.

„Ja, aber sie lässt sich nicht davon leiten, also beruhige dich, Großer."

Er dachte einen Moment lang still nach, dann sagte er: „Das bedeutet Bruce und ..." Seine Augen verdunkelten sich, als er knurrte: „Stu." Er ballte seine Fäuste im Gras. „Mir ist egal, ob er das Gesetz hinter sich hat. Wenn er sie anfasst, bringe ich ihn um."

Ich beschloss, die Eifersucht als gutes Zeichen zu werten. Trotzdem wollte ich nicht, dass Ansel sich mit einem Deputy anlegte. „Du weißt von Stu?"

„Natürlich weiß ich von ihm."

„Hat Jane es dir erzählt?"

Er schüttelte den Kopf. „Hat sie nicht. Das war, bevor sie mit Bruce zusammen war. Sie dachte, es wäre ein Geheimnis, aber alle wussten es. Keine Ahnung, warum es endete, ob wegen Bruce oder was anderem. Aber ich schwöre bei Mutter Erde, wenn ich herausfinde, dass Manchester irgendwas bei ihr versucht –"

„Wirst du ihn umbringen. Ja, ich habe dich beim ersten Mal gehört."

Ansel rappelte sich auf die Füße. „Wo ist er? Ist er im Medium Rare? Versucht er gerade, sich an sie ranzumachen?"

Ich legte sanft eine Hand auf seinen Arm. „Immer mit der Ruhe. Du kannst nicht einfach losmarschieren, um den Deputy zu verprügeln."

„Warum nicht?", fragte er und funkelte mich an.

„Aus vielen Gründen, aber vor allem, weil du noch arbeiten musst."

Die prallen Muskelstränge an seinem Hals und seinen Schultern entspannten sich. „Oh, richtig."

„Ja, Zeit, den Kopf klar zu bekommen."

Er nickte. „Okay, ich mache meine Schicht hier fertig, und *dann* gehe ich und prügle ihm den Dung aus dem Leib."

Ich öffnete den Mund, um zu widersprechen, merkte aber, dass ich mich nur wiederholen würde.

Er würde auf nichts hören, was ich zu sagen hatte. So sehr ich ihn davon abhalten wollte, eine unglaublich dumme Entscheidung zu treffen, konnte ich nicht die Babysitterin für ganz Eastwind spielen. Das war einfach nicht machbar.

Das Einzige, was ich tun konnte, war, dem Zauber auf den Grund zu gehen und ihn hoffentlich zu beenden. Das war also der Plan.

Kapitel Dreizehn

Ich sagte Ansel, er solle sich benehmen, bevor ich das Gartencenter verließ und mich ins Herz der Stadt aufmachte, um eine längst überfällige Unterhaltung mit Sheriff Bloom zu führen. Während die Bürgermeisterin nicht viel Vernünftiges gesagt hatte, hatte ihre Erwähnung von Sheriff Bloom eine offensichtliche Lösung angedeutet, oder zumindest einen soliden Schritt in Richtung einer. Jetzt, da es um mehr als nur ein paar Geister ging, war es definitiv etwas, wobei ich die Cops einschalten konnte, oder besser gesagt, die Cops, die nicht gerade über ihre eigenen Füße stolperten, um Jane Saxon anzugaffen.

Dass Sheriff Bloom ein Engel war, schadete auch nicht. Hatte sie alte Lieben in Eastwind? Aus irgendeinem Grund bezweifelte ich das, aber vielleicht war das nur ein Vorurteil meinerseits. Gabby schien für jeden unerreichbar zu sein. Ich meine, sie war ein Engel, um Himmels willen! Sie hatte die Fähigkeit, Schuld bei allen zu spüren, mit denen sie sprach, und das konnte einfach nicht förderlich für eine gesunde Beziehung sein.

Sie hatte auch andere unglaubliche Kräfte. Ich hatte sie einmal fliegen sehen, und es war genauso cool, wie man denken würde. Über den Rest ihrer Magie wurde jedoch meist nur getuschelt, was ein Zeichen dafür war, wie mächtig sie war. Die potenziell gefährlichsten Kreaturen in Eastwind schienen in eine Wolke von Geheimnissen gehüllt zu sein, was sie nur noch mächtiger machte, wenn man darüber nachdenkt. Wenn jemand nicht genau weiß, wozu du fähig bist, ist es weniger wahrscheinlich, dass er dir auf die Füße tritt.

Ich erinnerte mich aus der Liste in der Bibliothek, dass Engel zu den Wesen gehörten, die mächtig genug waren, um allein einen Liebeszauber zu wirken, aber ich sah sie nicht als mögliche Verdächtige. Warum sollte sie sich selbst mehr Probleme einbrocken? Und während sie ein Engel war, war sie nicht die Art von Engel, die an sowas Interesse hätte.

In meinen Studien mit Oliver hatte ich gelernt, dass es verschiedene Arten von Engeln mit unterschiedlichen Charakterzügen gab. Wie ich bereits vermutet hatte, war Gabrielle Bloom ein Racheengel, was bedeutete, dass sie die Art war, die half, Ordnung und Gerechtigkeit zu wahren. Aber es gab auch Schutzengel, Engelsführer, gefallene Engel, Cherubim und so weiter. Hunderte von Typen insgesamt, von denen viele erstklassige Kandidaten für das Wirken eines Liebeszaubers sein konnten, wenn sie in Eastwind lebten. Aber keiner von ihnen tat das.

Gabby war der einzige Engel im Reich – glücklicherweise. Zu viele Engel in einer einzigen Welt konnten chaotisch werden, das hatte ich zumindest gelesen. Nicht allzu anders als mehrere Sensenmänner.

Ich winkte Jingo am Empfangstisch des Büros des Sheriffs zu, und der Goblin brüllte mich an, stehenzubleiben und den Sheriff nicht zu stören, während sie arbeitete.

Ich ignorierte ihn natürlich. Bloom würde hören wollen, was ich zu sagen hatte, da war ich mir sicher.

„Herein“, sagte sie, als ich klopfte.

Ich steckte den Kopf hinein.

Ohne von einem dicken Stapel Papier aufzublicken, sagte sie: „Setzen Sie sich, Nora. Nur einen Moment, während ich noch ein paar Dinge unterschreibe.“

Ich sah mich um, aber wie üblich war keine Oberfläche von den Papierstapeln verschont geblieben.

„Oh, richtig“, sagte sie. Sie wedelte mit dem Handgelenk, als würde sie eine Fliege verscheuchen, und ein Papierstapel flog vom Stuhl vor ihrem Schreibtisch und verteilte sich über den polierten Holzboden.

Einen Moment später richtete sie sich auf und lächelte. „Was kann ich für Sie tun?“

„Es gibt ein kleines Problem in Eastwind.“

„Das ist nichts Neues. Was ist es diesmal?“

„Jemand hat einen Liebeszauber über … nun, soweit ich das beurteilen kann, die ganze Stadt gewirkt.“

Sie verschränkte die Finger und legte sie auf einen der kleineren Papierstapel. „Und was bewirkt dieser Liebeszauber?“

„Er bringt Leute dazu, zu ehemaligen Liebhabern zurückzukehren.“

Ihre Augen weiteten sich für einen kurzen Moment, bevor sie sich besorgt verengten. „Was Sie nicht sagen.“

„Es fing klein an, aber ich denke, es betrifft jetzt mehr Leute und wird möglicherweise mächtiger.“

Sie tippte mit einem Finger auf ihre angespannten Lippen. „Ja, das ergibt Sinn …“

„Toll. Ich könnte wirklich Ihre Hilfe gebrauchen. Ich habe den Nachmittag damit verbracht, außereheliche Affären im Keim zu ersticken.“

„Es braucht jemanden mit großer Macht, um einen solchen Zauber zu wirken."

„Das habe ich auch gehört. Irgendwelche Ideen?"

Sie wiegte den Kopf hin und her. „Oh, sicher. Es gibt ein paar Leute in Eastwind, die das könnten. Allerdings bin ich mir nicht sicher, wer sowas tun würde."

Ich seufzte. „Ich auch nicht. Die einzige Person, die mir einfällt, ist Bürgermeisterin Esperia, aber sie steht auch unter dem Zauber."

Ein verschmitztes Schmunzeln schlich sich über das Gesicht des Racheengels. „Ach so?"

„Ja."

„Mit Whirligig, nehme ich an?"

Ich lachte. „Ja."

Sie beugte sich über den Schreibtisch. „Sind Sie sicher, dass Sie eine Lösung dafür finden wollen? Es könnte ziemlich unterhaltsam werden."

„Ja, ich bin mir ziemlich sicher, dass der Unterhaltungswert nachlässt, sobald die erste Schlägerei passiert."

Sie nickte traurig und lehnte sich wieder zurück. „Stimmt, stimmt. Also, was möchten Sie, dass ich tue?"

„Ähm, helfen, schätze ich? Die Ermittlungen übernehmen?"

Sie nickte. „Jetzt, da ich zwei Deputys unter mir habe, könnte ich Stu in seiner Freizeit mit Ihnen rausschicken, um zu helfen."

Ich verzog das Gesicht. „Ich glaube nicht, dass er der Richtige für den Job ist."

Sie hob eine Braue. „Ist er auch betroffen?"

„Ganz schön."

„Wirklich? Wer? Oh, sagen Sie es mir nicht, es ist Jane Saxon!" Sie sprach die Worte, als wollte sie unbedingt, dass es Jane Saxon war.

„Ja. Hat eine kleine Situation im Medium Rare ausgelöst."

Sie kicherte. „Okay, wie wäre das: Ich vertraue darauf, dass Sie weiter nachforschen, denn ehrlich gesagt, ich denke, das Ende der Tage könnte anrollen, bevor der Hohe Rat dem Department die Mittel bewilligt, um einen richtigen Ermittler einzustellen. Und wenn die Gemüter überkochen und Sie mich brauchen, können Sie mir ein Notsignal mit Ihrem Zauberstab schicken. Haben Sie ihn bei sich?"

„Ja", sagte ich langsam, „aber ich kann eigentlich keine Zauber wirken."

Sie bedeutete mir, dass ich ihn herausziehen solle. „Macht nichts. Sie sind eine Hexe, Sie haben einen von Ezras maßgefertigten Zauberstäben. Das ist alles, was Sie brauchen, damit das funktioniert, denn das wird nicht Ihre Magie sein. Das wird meine Magie sein, die Sie auslösen." Sie streckte die Hand aus, und ich gab ihr den Zauberstab.

Sie hielt ihn ins Deckenlicht, drehte ihn langsam und inspizierte ihn. „Noch nie so einen gesehen. Ich spüre Vibrationen eines Staurolit-Kerns. Stimmt das?"

Ich nickte. „Gut geraten."

„Interessant. Ich wusste nicht, dass man das für einen Zauberstab verwenden kann. Erscheint mir aber sinnvoll." Sie schloss die Augen und hielt den Zauberstab zwischen ihren Händen. Ein Hauch von Rot glühte zwischen ihren Handflächen, bevor sie die Augen öffnete und mir den Zauberstab zurückgab. „Hier, bitte. Sollte für einen einzigen Zauber reichen. Also wenn Sie mich brauchen, müssen Sie nur mit dem Zauberstab wedeln und etwas in der Art denken wie ‚Gabby, hier fliegen die Federn! Kommen Sie her!', und ich tauche auf."

„So eine Art Gebet."

Sie stimmt mit einem sanften Schulterzucken zu. „Ja, aber viel effektiver."

„Gut zu wissen“, murmelte ich und starrte auf meinen Zauberstab. Konnte sie mir noch andere Zauber geben? Vielleicht einen zum Nachfüllen aller Salzstreuer im Medium Rare? „Und nur, um alle Möglichkeiten abzudecken, Sie sind nicht von diesem Zauber betroffen?“

Sie lachte amüsiert. „O Göttin, nein. Nicht ich. Wer in dieser Stadt, oder sogar in diesem ganzen Reich, wäre daran interessiert, eine heimliche Liebesaffäre mit einem Racheengel zu haben? Nur ein Narr würde das versuchen.“

Letzteres glaubte ich nicht ganz. Sie war schön, mächtig und unerreichbar. Diese Eigenschaften würden so ziemlich jeden intelligenten Mann zum Sabbern bringen. Aber ich nickte und stand auf, ohne zu widersprechen. „Großartig. Ich lasse Sie wissen, wenn ich Sie brauche.“ Ich wedelte demonstrativ mit meinem Zauberstab.

Bloom zuckte zusammen. „Vorsicht damit!“

„Oh, sorry.“ Ich steckte ihn weg. „Ich bin nicht gewohnt, dass er irgendwas tut.“

Mit einem letzten Lächeln wandte sich Bloom wieder ihren Aktenstapeln vom Hohen Rat zu, und ich verließ ihr Büro. Bevor ich die Wache verließ, hielt ich jedoch an Jingos Schreibtisch inne und lächelte ihn an. „Können Sie eine Eule für mich schicken?“

„Sehe ich wie der EMG aus?“

Ich hielt inne. „Der was?“

„Der Eulenmeister General. Sehe ich wie er aus?“

„Oh, ich weiß nicht, wie er aussieht. Also, vielleicht?“

Jingo stöhnte und verdrehte die Augen. „Na gut, aber schnell.“ Er schob mir ein Stück Eulenpapier zu, und ich schrieb meine Nachricht.

„Und an wen?“, fragte er.

„Liberty Freeman, bitte.“

Kapitel Vierzehn

„Danke, dass du dir so kurzfristig Zeit nehmen konntest, mich zu treffen", sagte ich und musste schreien, um über die ohrenbetäubende Lautenmusik gehört zu werden, die aus unsichtbaren Lautsprechern dröhnte.

Liberty nickte freundlich. Wir saßen in der großen, runden Ecknische in der Lyre Lounge. Liberty saß mir gegenüber, mit Emagine dicht an seiner Seite. „Warum sind wir nochmal hier?" Er sah sich in der überladenen Einrichtung um – die ionischen Säulen, der goldene Boden, die bemalte Decke.

„Ich wollte mich irgendwo treffen, wo niemand sonst ist."

„Er ist allerdings hier." Er nickte nach links, wo Echo Chambers stand und sich in einem großen Spiegel betrachtete, der fast die gesamte Wandlänge einnahm.

„Sicher", sagte ich, „aber er ist ein bisschen abgelenkt, falls du das nicht bemerkt hast."

Der Satyr bauschte sein dunkles Haar auf und warf seinem Spiegelbild einen Luftkuss zu.

Und so forderte der Liebeszauber ein weiteres Opfer. Oder vielleicht auch nicht. Bei ihm war das schwer zu sagen.

Dieser Laden blieb nur durch Bestechungsgelder geöffnet. Das Bestechungsgeld, das Seamus Shaw Echo gezahlt hatte, um wieder in den Lyre Lounge gelassen zu werden, nachdem Sheehan's Pub keinen Alkohol mehr hatte. Eine Zeit lang hatte mich die Idee gestört, dass Echo einen Teil des gestohlenen Koboldgoldes behalten durfte, aber jetzt sah ich den Vorteil, dass Eastwind einen öffentlichen Treffpunkt hatte, den niemand je besuchte. Es war das perfekte neutrale Gebiet für Gespräche wie dieses.

Ja, es wäre ideal gewesen, wenn Echo die Musik ein wenig leiser gedreht hätte, aber ich wollte nicht zu fordernd sein und riskieren, dass er mich auch verbannte.

„Ich muss mit dir über einen Liebeszauber reden!", rief ich.

Liberty kniff die Augen zusammen und beugte sich vor. „Einen was?"

„Einen Liebeszauber", sagte ich lauter. „Ich –"

Er hob eine Hand, unterbrach mich mitten im Satz und schnippte mit den Fingern. Die Musik verstummte sofort. Ich warf einen Blick zu Echo, sicher, dass er wütend sein würde, weil wir eingriffen, während er so intensiv mit sich selbst im Takt war, aber zu meiner Verwunderung wiegte sich der Satyr weiter zum Rhythmus.

„Nur für uns", sagte Liberty. „Er kann es immer noch hören. Ich hoffe, es macht dir nichts aus."

„Überhaupt nicht", sagte ich. Ah, die Vorteile, mit einem Dschinn an einem Tisch zu sitzen. Solange ich es mir nicht mit ihm verscherzte, hatte die Freundschaft mit Liberty massive Vorteile.

Leider könnte das Gespräch, das ich hier mit ihm führen wollte, leicht dazu führen, dass ich genau das tat, wenn ich nicht vorsichtig war.

„Jemand hat einen Liebeszauber über Eastwind gelegt", sagte ich, „und ich wollte dich vorwarnen, weil einige Leute anfangen zu vermuten, dass Emagine es gewesen sein könnte."

Liberty und Emagine tauschten einen wissenden Blick. „Natürlich denken sie das", sagte sie. „Wenn was nicht so läuft, wie es soll, schieb es auf den Dschinn." Sie verdrehte die Augen. „Ich frage dich aber, warum sollten wir all die Mühe auf uns nehmen, frei zu sein – etwas, das Tausende von Jahren dauern kann –, nur um anderen unseren Willen aufzuzwingen?"

Ich zuckte die Achseln. „Ich weiß nicht. Rache?"

„Oh." Sie hielt inne. „Ja, daran hatte ich nicht gedacht."

„Ich will dich sicher nicht auf irgendwelche Ideen bringen", sagte ich schnell.

„Emagine würde das nie tun", sagte Liberty. „Einer der Gründe, warum ich verrückt nach ihr bin, ist ihre Liebe zur individuellen Freiheit und ihr Wunsch, Selbstbestimmung zu erlangen – nicht Macht über andere."

„Du bist so süß", sagte sie und beugte sich zu einem Kuss vor.

Ich musste mich räuspern, um ihre Aufmerksamkeit zurückzubekommen, als das, was ein kurzer Kuss hätte sein sollen, zu mehr wurde. „Soweit ich das beurteilen kann, könnten sie dich beschuldigen", sagte ich zu Emagine. „Ich könnte mir vorstellen, dass die Bürgermeisterin einige der weniger gastfreundlichen Leute um sich schart, und sie aufhetzt, ihre Mistgabeln zu schnappen und zu Libertys Haus zu ziehen."

Sie winkte ab. „Darüber mache ich mir keine Sorgen. Es ist allerdings sehr nett von dir, dass du dir Sorgen machst."

„Du machst dir wirklich keine Sorgen darüber?"

„Nein. Eine wütende Meute könnte mir kaum etwas anhaben. Besonders eine, die aus – ohne dich beleidigen zu wollen – Hexen besteht."

„Ich bin nicht beleidigt", sagte ich und versuchte, nicht den Anschluss zu verlieren.

Liberty musste mein Gesicht gelesen haben, denn er mischte sich ein: „Wir prahlen nicht gern damit in der Stadt herum, aber es gibt sehr wenig, was irgendjemand tun kann, um uns zu schaden. Es wär ein Gruppenaufwand nötig, den, ehrlich gesagt, die meisten Meuten nicht zustande bringen. Das heißt aber nicht, dass wir nicht getötet werden können, nur dass die wenigen Kreaturen in Eastwind, die das könnten, nicht die sind, die es tun würden. Wir sind ... ziemlich mächtig. Es wäre nicht anders, als wenn eine wütende Meute auf Sheriff Bloom losgehen würde."

„Es könnte allerdings unsere Gefühle verletzen", fügte Emagine hinzu. „Es fühlt sich nie gut an, abgelehnt zu werden."

Liberty deutete auf sie. „Stimmt. Da hast du recht. Unsere Gefühle können verletzt werden."

Ich musste uns wieder auf Kurs bringen ... ohne ihre Gefühle zu verletzen.

„Irgendeine Idee, wer diesen Zauber gewirkt haben könnte?"

Sie sahen einander an und schüttelten vage die Köpfe.

„Nein", sagte Emagine.

Liberty erwiderte: „Ich war es sicher nicht. Und ich vertraue Circe, wenn sie sagt, dass sie es nicht getan hat."

Ich hielt inne, meine Augen sprangen zu Emagine, die Liberty böse anstarrte. Er hatte nicht einmal bemerkt, was er gesagt hatte.

„Wer ist Circe?", fragte ich.

„Ja", echote Emagine, „wer ist das?"

Libertys Augen weiteten sich, und er lehnte sich ein wenig von seiner Freundin zurück. „Oh, ich weiß nicht, warum ich das gesagt habe – ich meine Morgan – Emagine! Ich meinte Emagine!"

Zwei Erklärungen boten sich an, und ich beschloss, Liberty einen Vertrauensvorschuss zu geben. „Du stehst auch unter seiner Wirkung, nicht wahr? Der Liebeszauber. Warst du einmal mit jemandem namens Circe zusammen?"

Seine Haltung blieb steif, als er zwischen uns hin und her blickte. Dann seufzte er tief, und seine Schultern entspannten sich. „Ja. Vor langer Zeit."

„Und mit jemandem namens Morgan?", fragte Emagine.

Er nickte. „Ja."

„Und du bist über sie hinweg, oder?", fügte Emagine hinzu.

„Oh ja. Lange vorbei. Beide waren schlechte Beziehungen in einer Kette ähnlich schlechter Beziehungen." Er zuckte die Achseln. „Sagen wir einfach, ich hatte einen Typ. Ich musste bis nach Eastwind kommen, um das Verhaltensmuster zu durchbrechen. Aber du bist nicht wie diese anderen Frauen, und darum mag ich dich so sehr."

Schließlich lächelte sie. „Ich werde dich nicht für lang vergangene Beziehungen tadeln. Die Göttin weiß, dass ich selbst genug davon hatte. Aber heißt das, dass du in letzter Zeit an diese anderen Frauen gedacht hast?"

„Ich habe nur an dich gedacht, Emagine." Er rückte wieder näher an sie heran. „Ich weiß nicht, wo diese anderen Namen hergekommen sind. Du bist alles, woran ich denke."

Er küsste sie schnell, und ich vermutete, es war, um sie davon abzuhalten, die dreiste Lüge zu bemerken. Liberty Freeman stand genau wie alle anderen unter dem Liebeszauber, aber er wollte es nicht zugeben.

Der Gedanke war beunruhigend. Nicht der Gedanke, dass er log, denn die meisten Leute würden in seiner Situation dasselbe tun, sondern die Tatsache, dass, wer auch immer diesen Zauber gewirkt hatte, mächtig genug war, dass er auch auf einen Dschinn wirkte.

Es gab keinen offensichtlichen Grund, warum Emagine etwas tun sollte, um Liberty dazu zu bringen, an seine Ex-Partnerinnen zu denken. Ich musste schlussfolgern, dass sie unschuldig war. Das Motiv müsste unglaublich kompliziert sein, um zu funktionieren.

Ich dankte ihnen, dass sie sich mit mir getroffen hatten, und deutete an, dass sie mit ihrem Tag fortfahren konnten. Als ich aus der Nische rutschte, beugte sich Liberty vor und hielt mich auf, indem er eine Hand auf meinen Unterarm legte. „Womit auch immer du es da zu tun hast, Nora, es ist mächtig. Sehr mächtig." Er starrte mich unverwandt an, und ich nickte und versuchte zu vermitteln, dass ich verstand, worauf er anspielte, und keine Pläne hatte, sein Geheimnis Emagine zu verraten. „Sei vorsichtig, und geh es nicht allein an, okay?"

„Verstanden."

„Wenn du dich überfordert fühlst, lass es mich wissen, und ich bin da. Du kannst mir vertrauen."

Ich lächelte ihn an. „Ich weiß, dass ich das kann. Danke, Liberty."

Ein letztes Nicken, dann folgte er Emagine aus der Nische, und die Lautenmusik stürzte wieder auf mich ein.

Ich würde seinen Rat annehmen und es nicht allein angehen. Ob Sie es glauben oder nicht, ich hatte es nicht eilig, mich umbringen zu lassen, während ich versuchte, etwas so Mächtigem ein Ende zu setzen.

Aber wen würde ich um Hilfe bitten?

Ich stand vor einer Sackgasse ohne mögliche Verdächtige, und ich war eindeutig überfordert.

Ich kannte genau den Mann für den Job.

Obwohl ich ihn nur ungern wieder in Schwierigkeiten

hineinziehen wollte, wusste ich, dass ich seinem Verstand in dieser Sache vertrauen konnte.

Als ich durch das Eastwind Emporium ging, leer zu dieser Abendstunde, warf ich einen Blick auf die Uhr. Es war früh genug, dass er noch wach war, aber etwas zu spät, um als höfliche Besuchszeit für einen unerwarteten Gast zu gelten.

Er würde es verstehen.

Es war Zeit, Landon einen Besuch abzustatten.

Kapitel Fünfzehn

Ohne eine Ahnung, wie er auf mein Erscheinen reagieren würde, klopfte ich an Landon Hawkers Haustür. Wir hatten seit der Konfrontation mit Graces Zirkel in den Pergament-Katakomben noch nicht wieder gesprochen. Er hatte das Büro des Sheriffs in jener Nacht verlassen, niedergeschlagen über den Verlust seiner Freundin, ich mit einer gesunden Dosis Schuldgefühle für die Rolle, die ich bei seiner emotionalen Achterbahnfahrt gespielt hatte. Die war es auch, die mich davon abgehalten hatte, ihn danach zu besuchen. Er wollte womöglich nicht mit mir reden. Er wollte wahrscheinlich Distanz. Klar, ich hatte ihm geholfen, einen gewissen Abschluss zu finden, aber dabei hatte ich es geschafft, ihn ziemlich durch die Mangel zu drehen.

Als er die Tür öffnete, lächelte er breit. Dann holte sein Verstand die Gegenwart ein, das Lächeln welkte, und seine Miene wurde unleserlich. „Nora? Was machst du hier?" Er schlüpfte schnell aus dem Haus und schloss die Tür hinter sich.

„Hi, Landon. Ich, ähm …" Ich verzog das Gesicht.

„Du brauchst meine Hilfe", sagte er tonlos. „Was ist es diesmal?"

„Ist gerade ein schlechter Moment?", fragte ich.

„Ja, irgendwie schon. Aber ich weiß, wenn du um neun Uhr auftauchst und um meine Hilfe bittest, ist Zeit wahrscheinlich kein Luxus, den wir haben. Was ist passiert?"

Ich kam direkt zum Punkt. „Jemand hat einen Liebeszauber über Eastwind gelegt. Ich weiß nicht, wer, aber er wird stärker."

Er kniff die Augen zusammen, als dachte er, ich sei verrückt. „Ein Liebeszauber? Über ganz Eastwind? Was oder wer ist mächtig genug, um das zu tun?"

„Deshalb bin ich hier. Ich brauche deine Hilfe, um herauszufinden, welches Ding oder wer dahintersteckt. Könnte auch eine geheime Gesellschaft sein, das würde dir gefallen, oder?"

Einen Moment lang sah er aus, als würde er den Köder schlucken, dann zog er sich wieder zurück. „Also, dieser Liebeszauber bringt einfach zufällige Leute dazu, sich zu verlieben?"

Er versuchte, desinteressiert zu wirken, aber die Tatsache, dass er Fragen stellte, war ein gutes Zeichen. „Nein, nicht zufällige Leute. Vergangene Lieben. Soweit ich das beurteilen kann, muss es eine Beziehung sein, die auf gegenseitiger Liebe beruht hat und irgendwie beendet wurde. Es fängt langsam an, beide denken hin und wieder an den anderen. Dann, sobald sie die andere Person von Angesicht zu Angesicht sehen, ist es wie *BAMM!* –, und du brauchst ein Brecheisen, um sie voneinander fernzuhalten."

Er warf einen Blick über die Schulter zum Haus und trat dann näher an mich heran, sprach mit leiser Stimme. „Dieser Zauber bringt Leute dazu, zu alten Jagdgründen zurückzukehren? Ist es das, was du sagst?"

Er hatte angebissen. Ich konnte es spüren. Ich nickte eifrig.

„Ja! Es hat mit Bruce Saxon und Heather Lovelace angefangen. Sie sind aus dem Jenseits zurückgekehrt, um Jane und Ansel heimzusuchen. Dann Ruby und Ezra Ares ... na ja, die sind irgendwie zusammen. Und Jane und Stu ... und die Bürgermeisterin und Whirligig ... und Echo Chambers und, na ja, Echo Chambers."

„Ich sehe, dass du dich selbst auslässt."

Ich blinzelte. Woher wusste er von Roland? „Ich weiß nicht, wovon du –"

„Donovan Stringfellow? Schon mal von ihm gehört?"

„Oh. Der. Richtig. Okay, ja, vielleicht war das in den letzten Tagen ein kleines bisschen zusätzlicher Ärger. Aber ich habe mich mit anderen Dingen beschäftigt, und es ist so handhabbar wie immer."

„Hast du ihn kürzlich gesehen?", fragte er.

„Nein, warum?"

„Du hast gesagt, es wird intensiver, wenn beide sich sehen."

„Habe ich gesagt. Aber unterschätze nie meine Fähigkeit, Leuten auszuweichen."

„Und du willst, dass ich dir helfe, diesen Zauber zu beenden?"

Ich setzte ein dummes Grinsen auf. „Ja, bitte."

Er starrte auf den Boden und rieb sich den Nacken. „Warum? Warum nicht einfach die Leute eine zweite Chance haben lassen? Vielleicht klappt es, und klar, alles wird ein bisschen anders sein als vor dem Zauber, aber das heißt nicht, dass es schlechter sein wird. Manchmal braucht man nur eine zweite Chance."

Ich neigte den Kopf zur Seite und musterte ihn skeptisch. „Sag das Tanner. Oder irgendwem sonst in Eastwind, der glücklich in seiner allerersten Beziehung ist und zusehen müsste, wie sein Partner zu jemandem zurückrennt, mit dem es beim ersten Mal nicht geklappt hat, und das nur durch Magie zusammengehalten wird." Irgendwas stimmte mit ihm nicht. Seit wann war Landon sentimental? „Was ist los? Ich habe fast das Gefühl, dass du nicht helfen willst."

Er rollte die Schultern zurück und sah mich direkt an. „Ja, nun, vielleicht liegt das daran, dass ich keinen Sinn darin sehe."

„Du siehst keinen ..."

„Gute Nacht, Nora. Viel Glück."

Die Tür schloss sich hinter ihm, bevor ich wusste, was ich noch sagen sollte. „Gute Nacht", murmelte ich, obwohl er es nicht hören würde.

Ich drehte seinem Vordach den Rücken zu, ging von seinem Haus weg und in Richtung Fulcrum Park im Zentrum der Stadt.

Was jetzt? Ich war mit meinen Spuren am Ende, Landon war ein Reinfall, und Tanner war noch bei der Arbeit. Jane würde in ihrem derzeitigen Zustand keine Hilfe sein. Vielleicht Eva?

Nein, Nora. Mach einfach eine Pause. Es kann bis morgen warten.

Konnte es das wirklich?

Ich hatte es nicht eilig, den Abend zu beenden, und nicht nur, weil ich nicht sicher war, ob Ezras versprochener Schweigezauber halten würde.

Nach Hause zu gehen bedeutete Zeit allein mit Roland.

Klar, Tanner hatte mir einen Freifahrtschein für die Dinge gegeben, die ich nicht kontrollieren konnte, aber trotzdem nagte mein Gewissen an mir wegen der vielfältigen Freuden, die ich bisher mit jemandem genossen hatte, der nicht mein Freund war, auch wenn das alles genau genommen nicht real war.

Nach Hause zu gehen, kam nicht infrage. Meine Unruhe spornte mich an, weiterzumachen, weiter zu versuchen, dem auf den Grund zu gehen. Ich brauchte Hilfe von jemandem mit mehr Wissen über Magie als ich, der mich nicht schon abgewimmelt hatte.

Dann kam mir die Idee. Es war nach neun Uhr. Wo konnte ich die Hälfte von Eastwind um diese Zeit finden? Sicherlich würde dort jemand hilfreiche Einblicke haben, um die Suche fortzusetzen.

Ich hatte meine Entscheidung getroffen und änderte die Richtung.

Aber sobald ich Sheehan's Pub betrat und innehielt, um mich umzusehen, wurde mir klar, dass ich einen schweren Fehler gemacht hatte.

Kapitel Sechzehn

Ich hatte vollkommen vergessen, dass Freitagabend war, bis ich sah, wie viele Leute in Sheehan's Pub waren.

Ein gewöhnlicher Freitagabend war schon lebhaft genug, mit dem gelegentlichen Handgemenge und hier und da einem weinerlichen Zusammenbruch. Wie würde das funktionieren, wenn – soweit ich wusste – ganz Eastwind unter einem mächtigen Zauber stand und die Winde der Veränderung wehten?

Ich berührte meine Tasche, in der ich meinen Zauberstab verstaut hatte, verborgen in einer der tiefen Taschen meines Mantels. Obwohl ich bezweifelte, Gabbys Zauber nutzen zu müssen, war es beruhigend zu wissen, dass ich ihn hatte.

Ich sah mich erneut um, und nichts schien besonders fehl am Platz zu sein.

Klar, es gab ein paar mehr verliebte Blicke, die zwischen Leuten hin- und hergingen, die sich nicht so ansehen sollten. Und ja, es gab ein paar Paarungen, deren Ehepartner die Nähe wahrscheinlich nicht geschätzt hätten, aber im Moment war es harmlos. Alles nur Blicke und kein Anfassen.

Okay, vielleicht etwas Anfassen. Aber minimales Anfassen.

Ich suchte nach einem freien Platz an der Bar, aber es gab keinen. Ich entdeckte jedoch Darius Pine, der fast nie den Fluke Mountain verließ, auf einem der Barhocker. Er stützte die Ellbogen auf die Theke, den Kopf auf einer Faust, während er schamlos Fiona Sheehan anstarrte.

Sie erwiderte die Aufmerksamkeit, ein ungesunder Glanz in ihren Augen, während sie ein Glas abtrocknete und es mit langsamen Strichen polierte.

Es war wahrscheinlich besser, diese beiden nicht zu stören.

Ein gesünderer Anblick war nur einen Tisch entfernt. Zoe hielt ihren Bierkrug auf dem Tisch fest und redete nachdrücklich auf Oliver ein, der sie ansah, als würde er zum ersten Mal einen Vogel singen hören. Die Vorstellung, dass Oliver Zoes erste Beziehung war, schien höchst unwahrscheinlich. Sie hatte wahrscheinlich in Avalon viele Beziehungen gehabt, bevor sie nach Eastwind gekommen war, also war die Tatsache, dass sie immer noch offensichtlich an ihm interessiert war und nicht den Morgenzug um 6:47 Uhr zurück genommen hatte, sobald der Zauber angefangen hatte, ein deutliches Indiz, dass der Zauber sich nicht auf andere Reiche erstreckte.

Außer, dass das im Fall von Liberty nicht wirklich stimmte, oder? Er hatte vor seiner Ankunft in Eastwind, vermutlich in Zatrian, eine Reihe von Ex-Partnerinnen gehabt, und sein Versprecher heute hatte klargemacht, dass sie ihm frisch im Kopf waren.

Also, überschritt die Magie Reiche oder nicht? Entweder fehlte mir ein Stück Information, oder ich traf eine falsche Annahme über Zoes Vergangenheit. Ich musste herausfinden, ob Zoe Clementine vor Eastwind Beziehungen gehabt hatte, und wenn ja, waren sie ihr frisch im Kopf?

Ich wollte nicht an der Tür bleiben, aber ich war mir nicht sicher, wohin ich gehen sollte. Ich musste ein freundliches Gesicht finden, bei dem ich stehen konnte, oder zumindest jemanden, der mehr Antworten über diesen Zauber liefern könnte.

Ich entdeckte beides auf der anderen Seite des Raumes, beim Scufflepuck-Tisch.

Ted und Graf Sebastian Malavic waren in ein intensives Gespräch vertieft, Ted mit einem Bierkrug in der Hand, Malavic mit einem Glas Rotwein.

Zuerst fragte ich mich, worüber um alles in der Welt sie redeten, dass sie so dicht beieinander standen. Aber dann keimte eine neue Theorie auf ...

Hatte ich die Zeichen die ganze Zeit übersehen? Sie waren sicherlich beide länger in Eastwind als fast jeder andere. Sie waren alte Freunde, verbunden in einem seltsamen Tango aus Tod und Untod, aber könnte es eine Zeitspanne von Monaten oder gar Jahren gegeben haben, in der sie *mehr* als Freunde gewesen waren?

Reiß dich zusammen, Nora.

Ted und Malavic? Ja, auf keinen Fall. Ted war zu tot, und Malavic war ... Nun, ich konnte den Reiz sehen, sicher, und anscheinend hatte Ruby den Reiz auch gesehen. Aber wie Oliver gesagt hatte, war es unwahrscheinlich, dass der Graf etwas anderes als eine körperliche oder gegenseitig zerstörerische Beziehung mit jemandem hatte.

Als ob sie meine Augen spürten, drehten sich die beiden Männer zu mir. Malavic hatte sein typisches, dünnes Lächeln, und Ted fuchtelte wild mit den Armen und bedeutete mir, mich zu ihnen zu gesellen.

Oh, klar, warum nicht? Eine Runde Scufflepuck könnte helfen, meinen Kopf freizubekommen, und wer weiß, was ich dabei von ihnen erfahren würde, das mir noch nützlich sein könnte.

Ich machte nur zwei weitere Schritte in den Pub, bevor

meine Augen den Hinterkopf einer vertrauten Gestalt fanden, und eine straff gewundene Feder in meinem Magen sprang.

Er drehte sich um, und ich wusste, dass ich in Schwierigkeiten war.

Donovans Augen fixierten meine, und alles, was zwischen uns passiert war, all die Dinge, von denen ich mir gewünscht hatte, dass sie zwischen uns passieren würden, sprangen an die Ränder meines Sichtfeldes. Ich fühlte mich schwindelig, innerlich völlig aus dem Lot. Dann hatte ich das Gefühl, als würde ich immer weiter in einen tiefen Ozean sinken, und es gab nur eine Chance, wieder an die Oberfläche zu gelangen. Der andere Stuhl an Donovans Tisch war leer, als wartete er auf jemanden. Auf mich?

Er stand abrupt auf, und bevor ich etwas Dummes tun konnte, machte ich eine Kehrtwende und floh aus dem Sheehan's.

Sie denken jetzt vielleicht, ich hätte eine bewundernswerte Entscheidung getroffen, eine, die ein Maß an Selbstbeherrschung demonstriert, die Sie mir nicht zugetraut hätten. Sie denken vielleicht, ich bin gegangen, um etwas Unangemessenes zu vermeiden.

In dem Fall irren Sie sich gewaltig.

Ich wusste, dass Donovan mir folgen würde, und als ich um die Ecke bog und die Gasse hinter dem Pub betrat, hatte er mich eingeholt.

Das war er, unser perfekter Ort. Wir waren schon einmal hier gewesen, und jetzt wollte ich nur noch jede schlechte Entscheidung, die ich knapp vermieden hatte, treffen und die verlorene Zeit aufholen.

Er wollte es auch. Ich konnte das in Schockwellen von ihm ausgehen spüren.

Ich sagte kein Wort, er auch nicht. Er packte einfach meine

Arme an den Handgelenken und presste sie an die Ziegel, bevor er mich mit dem Rest seines Körpers gegen die Wand drückte.

Ein Teil von mir wollte sich wehren, mich von ihm losreißen, weglaufen und nicht zurückblicken.

Aber hauptsächlich war ich erleichtert, loslassen und sehen zu können, wohin das führte. Ich hatte endlich eine Ausrede. Ich konnte nicht gegen den Liebeszauber an, oder? Ich konnte genauso gut nachgeben.

Seine Lippen schwebten einen Zentimeter von meinen entfernt, quälend nah.

„Worauf wartest du?", fragte ich.

„Nichts", hauchte er. „Ich will das nur genießen. Ich weiß, wir waren uns einig, nur Freunde zu sein, aber die letzten paar Tage ... ich kann nicht aufhören, an dich zu denken. Ich wusste in dem Moment, als ich dich da drinnen gesehen habe, dass das passieren würde, und ich kann es fast nicht glauben."

„Fänge und Klauen, Donovan!", knurrte ich. „Hör auf zu reden."

Er packte meine Handgelenke fester, und gerade, bevor ich die Augen schloss, um die Berührung seiner weichen, hungrigen Lippen zu genießen, erschien etwas Helles hinter ihm.

Seine Lippen fanden meine für den Bruchteil einer Sekunde, bevor ich mich frei winden konnte.

„Ich habe dir gesagt, du sollst in meinem Schlafzimmer bleiben!", rief ich.

Donovan stolperte schockiert zurück. Ich sprach aber nicht mit ihm.

Roland schüttelte langsam den Kopf. „Wie kann ich einfach da rumsitzen, wenn ich weiß, dass ein anderer Mann seine Pfoten an meine Frau legt?"

„Ich bin nicht deine Frau, Roland. Sirenengesang! Ich hätte schon vor langer Zeit einen Ankerzauber sprechen sollen."

Ich wusste, der Schock über sein Erscheinen war das

Einzige, was meinen Kopf über Wasser hielt angesichts des Zaubers, und der Schock würde nicht lange anhalten. Ich musste dieses Chaos aufräumen, hier verschwinden, und zwar schnell, solange ich noch eine Chance hatte.

Donovan sah sich nach der anderen Hälfte meines Gesprächs um. „Wer ist Roland?", fragte er. „Warte, ist das ein Geist? Hast du eine Affäre mit einem Geist?"

„Ich habe keine ... Ich weiß nicht, was ich tue", schnaubte ich. Erinnerungen vermischten sich und tosten. Die Wirkung des Zaubers setzte wieder ein und machte es schwer zu denken. Momente, die ich mit Roland geteilt hatte, schienen plötzlich wie Momente, die ich mit Donovan geteilt hatte. Ich rieb meine Handflächen in meine Augen. „Ich kann nicht klar denken, wenn ihr beide hier seid!"

„Ignorier ihn", sagte Donovan. Er berührte meinen Arm, und ich öffnete die Augen. Als ich Roland ansah, machte Donovan einen Schritt zur Seite, um meine Sicht zu blockieren. „Er ist ein Geist. Ich bin echt."

„Nichts davon ist echt", sagte ich. „Zumindest nicht, was wir empfinden."

„Nora", warnte Donovan, „wir haben das schon durch. Es ist mehr als Restgefühle vom Verbindungsritual. Was ich für dich empfinde, ist definitiv echt."

Ich riss meinen Arm los. „Nein, ist es nicht. Vielleicht ist ein Teil davon echt, aber die Intensität, die du fühlst, die Intensität, die wir beide fühlen, ist nur Magie. Jemand hat einen Liebeszauber über Eastwind gelegt, um alle dazu zu bringen, wieder in die Arme vergangener Lieben zu fallen."

Er nickte, als verstünde er, und trat einen Schritt näher. „Prima. Ich bin dabei."

Oh Mann ... das war nicht gut.

Roland kam jetzt auch näher, und nur durch die schiere

Verwirrung der Anziehungskraft gelang es mir, nicht mit Donovan dort weiterzumachen, wo wir aufgehört hatten.

„Diana, Liebste, demütige dich nicht mit diesem Mann. Er ist nicht für dich bestimmt. Ich bin es."

„Wenigstens ist er am Leben", zischte ich. Es war eine Herausforderung. Ich hatte den Fehdehandschuh ohne Nachdenken hingeworfen. Es war fast so, als hätte meine Einsicht, genauso gefangen im Zauber wie der Rest von mir, das für mich getan.

Ich schob den überraschten Donovan beiseite, um Platz für Roland zu machen. Die Erinnerung an die vergangene Nacht, als ich unerklärlicherweise die Wärme seiner Hand an meinem Gesicht gespürt hatte, spornte mich an. Ich schloss die Augen und stellte ihn mir dort vor. Nicht auf einer Klippe mit Blick auf den Nordatlantik, sondern direkt vor mir in der Gasse hinter Sheehan's Pub. In meiner Welt. In meinem geistigen Auge war er solide, seine Haut ein cremiger Pfirsichton, seine Augen türkis und voller Mondlicht. Ich streckte die Hand aus, legte sie an seine Wange und spürte Wärme, aber ich öffnete die Augen nicht.

Er trat näher, neigte den Kopf vor, und ich spürte seine warme Stirn an meiner, als er eine Hand in meinen Nacken legte. Alles fest, alles echt. Dennoch blieben meine Augen geschlossen. Ich machte mir Sorgen, dass, wenn ich sie öffnete, mir alles wieder entgleiten würde. Eine Stimme in meinem Kopf drängte mich, aufzuhören. Aber Rolands Stimme übertönte sie. „Ja, Liebste, du bist fast da."

Sein Mund fand meinen.

„Was zum Höllenhund?!", keuchte Donovans panische Stimme hinter mir. „O heiliger Erntemond! Wo ist der jetzt hergekommen?"

Ich öffnete die Augen.

Und da war er.

Na ja, fast.

Nur die obere Hälfte von Rolands Körper existierte, so real und lebendig wie Donovan oder ich. Sie schwebte in der Luft über seiner geisterhaften Hälfte, und ich konnte mir nur vorstellen, wie schrecklich das für jemanden aussehen musste, der keine Geister sehen konnte. Langsam wuchs der materielle Teil von ihm, kroch seinen Körper hinunter.

Ich wusste, was geschah, und ich dachte nicht, dass es möglich war, aber da war er.

Ich erweckte Roland von den Toten.

Ich gab ihm seinen Körper zurück.

Nein, das war nicht richtig. Ich durfte das nicht tun. Nicht einmal für Roland. Für niemanden.

Sobald sich diese Entschlossenheit in meinem Bewusstsein festsetzte, begann er zu verblassen. „Nora, bitte. Wir sind so nah dran, zusammen zu sein. Nur ein bisschen mehr.“

„Ich – ich kann nicht. Nicht hier. Nicht jetzt.“ Ich schüttelte den Kopf. „Geh zurück nach Hause, Roland. Bitte. Zwing mich nicht, dich zu verbannen.“

Glücklicherweise gehorchte er, und sobald er verblasste, begann mein Kopf klarer zu werden.

Nun, relativ. Donovan war immer noch bei mir, und ich konnte spüren, wie die Anziehung zu ihm zurückkehrte, jetzt, da Roland weg war.

„Nora, was ist gerade passiert?“, fragte er, seine Brust hob sich, seine Augen weit aufgerissen. „Habe ich diesen Geist gerade ...“

„Es spielt keine Rolle“, sagte ich schnell. „Du erzählst niemandem davon, oder?“

„Natürlich nicht. Du weißt, ich kann ein Geheimnis bewahren.“

„Ja, nur zu gut.“

Als mein Adrenalin vom Schock nachließ, schloss sich mein

Fenster der Gelegenheit, das Richtige zu tun und Abstand zwischen uns zu bringen, schnell.

Donovan hatte seine Chance, falls sie für ihn je existiert hatte, schon verpasst. „Wo waren wir?" Er kam näher. Oh-oh.

„Da seid ihr ja!", sagte eine rasselnde Stimme, einen Moment, bevor Ted um die Ecke kam. Er legte eine feste Hand auf unsere Schultern, und es war, als würde man in eine kalte Dusche steigen … in einem Grab. „Ich habe mich gefragt, warum ihr so eilig zusammen rausgerannt seid. Aber jetzt verstehe ich."

„Tust du das?", fragte Donovan.

„Ja, ihr habt Strategien entwickelt, wie ihr mich und den Grafen beim Scufflepuck schlagen könnt."

Ich begegnete Donovans Blick, und dieses Mal, mit Teds buchstäblichem Todesgriff auf den Schultern, fühlte ich keinen Funken von irgendwas. „Richtig", sagte ich. „Scufflepuck."

„Ja", sagte Donovan, „du hast uns erwischt, Ted."

„Gut", sagte der Sensenmann. „Und jetzt weiß ich, wie ihr euch verhaltet, wenn ihr lügt. Also mir nach."

„Was?", protestierte ich, als er uns zurück ins Innere führte. „Was meinst du mit ‚wenn wir lügen'?"

„Ich sehe Dinge, weißt du. Ich weiß, was in dieser Stadt los ist, und ich weiß, was zwischen euch beiden gelaufen ist. Wollt ihr jetzt meine Hilfe oder nicht?"

„Ja, bitte", sagte Donovan nüchtern.

„Ja, ganz meine Meinung", sagte ich.

Wir zogen einige Blicke auf uns, als wir den Pub wieder betraten. Ted hatte einen Arm um unsere Schultern gelegt, als hätten wir gerade zusammen gelacht. Wenn es doch nur so wäre.

Während seine Berührung den Zauber ausglich, war es auch das längste Mal, dass ich je physischen Kontakt mit ihm hatte, und meine Zähne fingen an zu kribbeln.

Wir näherten uns einer Ecknische, wo sich ein Pixie-Mann und eine Elfenfrau, die dreimal so groß wie er war, aneinander kuschelten und noch ein bisschen kuscheliger werden wollten.

„Entschuldigung", sagte Ted. „Ich brauche diese Nische."

Sie starrten zu ihm auf wie Teenager, die beim Plündern der Schnapsvorräte erwischt worden waren, und nickten schnell, bevor sie davonhuschten. „Rutscht rein", wies er uns an. „Ich in der Mitte."

„Gute Idee", sagte Donovan.

Als Ted Malavic herüberwinkte, der wie eine gelangweilte Katze ins Leere starrte, fragte ich mich, warum es um alles in der Welt nötig war, ihn in dieses Chaos einzubeziehen. Wenn er erfuhr, was zwischen mir und Donovan vor sich ging, würde er es mir bis, na ja, in alle Ewigkeit vorhalten, oder zumindest bis ich starb.

Aber Ted klärte ihn nicht auf, als er unseren Tisch erreichte. Stattdessen fragte er: „Könntest du uns zwei Nüchternsauer besorgen?"

Der Graf hob eine Braue, als er uns drei in der Nische ansah. „Hat jemand ein bisschen zu viel getrunken?"

„Mach es einfach", blaffte der Sensenmann. Malavic blinzelte schnell, offensichtlich genauso schockiert über den scharfen Ton wie ich, aber dann nickte er knapp und eilte davon, um Fionas Aufmerksamkeit von Darius loszureißen.

Als er mit den Getränken zurückkam, stellte er sie beide vor Ted ab, der ihm dankte und ihn dann wieder wegschickte, als wäre er nicht mehr als ein Kellner. Zu meiner Überraschung gehorchte Malavic. Seinem Ausdruck nach war er selbst überrascht. Vielleicht hatte sein Freund noch nie so mit ihm gesprochen.

Ich starrte Ted mit neuen Augen an, unsicher, was ich von dieser Seite von ihm halten sollte.

Er schob die Getränke vor Donovan und mich und befahl: „Trinkt!"

„Soll das ein Witz sein?", sagte Donovan. „Die schmecken furchtbar. Es ist, als hätte jemand Cayenne über eine Zitrone gestreut und sie dann in Echinacea-Extrakt getunkt."

„Kein Witz", sagte er. „Trinkt!"

Ich gehorchte, weil das die kluge Entscheidung zu sein schien, wenn ein Sensenmann Befehle gab, und das Getränk fühlte sich an wie ein Blitz, der durch meinen Körper schoss.

„Fänge und Klauen", spie Donovan, nachdem er seinen ersten Schluck getrunken hatte.

So schrecklich es auch war, es brannte durch den Nebel der Lust. Jetzt verstand ich, warum Ted uns dazu zwang. Aber es warf eine weitere Frage auf. „Hast du schon mal mit einem Liebeszauber wie diesem zu tun gehabt?"

Er nickte. „Nur einmal. Vor langer, langer Zeit. Noch bevor dieses Reich existierte."

„Und weißt du, was ihn verursacht hat?" Wenn er es wusste, konnte er uns vielleicht helfen, herauszufinden, was jetzt dahintersteckte. „Waren es die Winde der Veränderung?"

„Nein, nein", sagte er. „Die Winde der Veränderung sind mächtig, aber sie haben selten Einfluss auf die Liebe. Die Winde bringen meist Misstrauen und Hass. Irgendwann, wenn genug Leute diese Emotionen als das benennen, was sie wirklich sind, können die Winde sich in etwas Produktives verwandeln, und die Veränderung kann gut und nützlich für alle sein."

„Passiert das oft?", fragte ich.

„Nur etwa in der Hälfte der Fälle. Was hier passiert, hat damit jedoch nichts zu tun."

Etwas streifte unter dem Tisch meinen Fuß. Wahrscheinlich unbeabsichtigt. Aber dann fuhr dieses Ding fort, meinen Fuß bis zu meiner Wade zu reiben, langsame Striche, die ein wenig höher krochen. Ich begegnete Donovans Blick, und mein Magen zog sich zusammen, als er sich über die Lippen leckte.

„Oh nein", sagte Ted. „Trinkt!"

„Was?", fragte Donovan und spielte den Unschuldigen. „Warum?"

„Du weißt sehr genau, warum", sagte Ted. „Trinkt. Beide."

Ich stöhnte und starrte wehmütig auf das schreckliche Getränk, aber ich tat, wie mir geheißen.

Mein Magen verkrampfte sich wieder, diesmal, um das Würgen zu verhindern.

Mit tränenden Augen von der Schärfe sagte ich: „Okay, erzähl weiter. Ich höre."

„Gut. Donovan?"

Sein Zitronengesicht hinderte ihn am Sprechen, aber er nickte, während sein linkes Auge zuckte.

„Wie schon gesagt, ich habe das schonmal gesehen."

„Und was hat es verursacht?", fragte ich.

Sein Seufzer war ein Todesröcheln. „Wir haben es nie sicher herausgefunden. Aber es gibt nur zwei Arten von Kreaturen, die derzeit in Eastwind leben und mächtig genug sind, um das allein zu schaffen."

„Und die wären?"

„Dschinn und Engel."

Ugh. Wieder eine Sackgasse. „Bloom ist es nicht", sagte ich.

„Natürlich ist es nicht Bloom", antwortete er schnell.

„Und Liberty oder Emagine auch nicht. Ich habe schon mit ihnen gesprochen."

Er nickte mit seinem kapuzenbedeckten Kopf. „Wenn du ihnen glaubst, dann schließt das alle bekannten Individuen aus. Es gibt jedoch andere Möglichkeiten. Zum Beispiel könnte das von einem Hexenzirkel ausgeführt worden sein. Einem vollständigen, nicht diesen Vierergruppen, die der Zirkel als individuelle Zirkel ausgibt."

„Ruby und ich gehören beide nicht zu irgendeinem Zirkel, also, es sei denn, es gibt einen anderen Fünften Wind in der Stadt –"

„Nein, das würde ich wissen. Ich habe es gespürt, in dem Moment, als du und Ruby Eastwind betreten habt. Ich habe seitdem nichts Ähnliches gespürt." Er hielt inne und tippte mit seinen behandschuhten Fingerspitzen auf den Tisch. „Das lässt nur eine weitere Möglichkeit."

Donovan, erholt von seinem letzten Schluck, konnte wieder sprechen. „Und die wäre?"

Ted drehte sich zu ihm. „Es gibt eine andere mächtige Kreatur, die sich in Eastwind versteckt."

Kapitel Siebzehn

„Ich weiß nicht", sagte Donovan und sah mich an. „Das scheint unwahrscheinlich. Ich wette, dass es Emagine ist."

„Sie ist es nicht", wiederholte ich.

„Bist du dir sicher?"

„Na ja … nein", sagte ich, „ich bin nicht sicher, aber ich sehe keinen Grund, warum sie einen Zauber wirken sollte, der Leute dazu bringt, sich in ihre vergangene Liebe zu verlieben."

„*Liebe*?", fragte Donovan und sah mich seltsam an.

„Trink", sagten Ted und ich gleichzeitig.

Er grunzte, gehorchte aber, und ich fuhr fort. „Wenn sie mit Liberty zusammen sein will, ergibt es keinen Sinn, dass sie ihn dazu bringt, sich nach seinen vergangenen Beziehungen zu sehnen. Das nützt ihr nichts."

Ted neigte den Kopf zur Seite. „Liberty ist auch betroffen?"

„Oh ja. Der arme Kerl hat Emagine sogar mit den Namen von zwei seiner Ex-Freundinnen angesprochen."

Donovan sog Luft ein, als hätte man ihm in den Magen geschlagen. „Ooh, das tut weh."

Ich nickte.

„Moment", sagte Ted. „Liberty hatte, soweit ich weiß, nie eine Liebesbeziehung."

„Er sagte, sie sind von vor seiner Zeit in Eastwind. Anscheinend ist er hierhergekommen, um von ihnen wegzukommen."

Ted schwieg. Irgendetwas störte ihn daran, aber ich konnte nicht sagen, was es war.

Schließlich sprach er wieder. „Hat jemand anderes, der nicht ursprünglich aus Eastwind stammt – oh, um der Liebe zur Dunkelheit willen! Trinkt!"

Ich riss meine Hand von Donovans Knie und benutzte sie, um das Glas zu nehmen und einen weiteren Schluck zu trinken.

„Sorry", krächzte ich, meine Zunge und Kehle brannten. „Was hast du gesagt?"

„Ich habe mich gefragt, ob jemand, der nicht ursprünglich aus Eastwind stammt, Gefühle für eine vergangene Liebe außerhalb von Eastwind hat."

Das war dasselbe, was ich mich zuvor gefragt hatte, und ich hatte immer noch keine gute Vorstellung von der Antwort. „Ansel und Jane fingen an, Gefühle für Bruce und Heather zu haben, als sie durch den Schleier zurückgekommen sind", sagte ich. „Sie waren außerhalb von Eastwind ... denke ich." Ich tippte mit einem Finger an meine Lippen. „Oder ... ich weiß nicht, wie das mit dem Jenseits funktioniert."

„Warte", sagte Donovan. „Heather ... Lovelace? Ansel und Heather hatten was am Laufen?"

Ich nickte.

Ted ignorierte den Klatsch. „Aber haben sie diese Gefühle bekommen, bevor die Geister zurückgekommen sind, oder erst, nachdem sie durch den Schleier getreten sind?"

„Weiß nicht. Nach allem, was Bruce und Heather gesagt haben, war es direkt, nachdem sie diese Gefühle hatten, dass sich der Schleier für sie geöffnet hat und sie durchgekommen sind.“

„Das ergibt durchaus Sinn“, sagte Ted. „Es ist fast Halloween, also wird der Schleier natürlich dünner und öffnet sich an verschiedenen Stellen. Trotzdem bleibt die Frage: Empfinden Leute etwas für diejenigen außerhalb von Eastwind?“ Er neigte den Kopf zu mir. „Du hattest doch vor deiner Ankunft hier Romanzen, oder?“

Ich zuckte die Achseln. „Na ja, schon, aber nichts Ernstes.“

„Und hast du seit dem Einsetzen des Zaubers an einen von ihnen gedacht?“

Ich überlegte. Es gab nur eine Handvoll Männer, für die ich in Texas mehr als flüchtiges Interesse empfunden hatte. Neil, mein Manchmal-Freund, den ich in New Orleans kurz vor meinem Tod besucht hatte, war einer Romanze ziemlich nahe gekommen, aber ich hatte seit Monaten nicht an ihn gedacht. Dann war da Steven, ein paar Jahre vorher. Wir waren etwa drei Monate zusammen gewesen, und ich hatte gedacht, er könnte der Richtige sein, bis ich herausgefunden hatte, dass eine andere Frau, mit der ich arbeitete, das auch dachte.

Ich schloss die Augen und versuchte, ein klares Bild von Steven in meinem Kopf zu zeichnen.

Nein, nichts da.

„Nein, ich empfinde nichts für sie“, sagte ich. „Aber sie waren irgendwie Müll, also ...“

„Ich glaube nicht, dass das wichtig ist“, sagte Ted. „Gibt es noch jemanden, den wir fragen können?“

„Denkst du, das ist so wichtig?“, fragte Donovan.

„Ich denke, es ist entscheidend“, sagte der Sensenmann.

Ich sah mich um und fand genau, wen ich brauchte. „Bin gleich wieder da.“

Als ich mit Zoe Clementine zum Tisch zurückkehrte, nickte Ted anerkennend. „Gute Idee.“

„Was gibt's?", fragte sie fröhlich und sah uns nacheinander an.

Ich blieb neben ihr stehen. „Wir müssen dir eine persönliche Frage stellen, und ich verspreche, es ist wichtig, und ich verspreche auch, dass keiner von uns etwas weitererzählen wird, was du sagst, nicht wahr?" Ich funkelte hauptsächlich Donovan an.

„Natürlich nicht", sagte er und funkelte zurück.

Eine Wolke der Sorge zog über ihren sonnigen Ausdruck. „Oh, okay. Was wollt ihr wissen?"

„Warst du je verliebt, bevor du nach Eastwind kamst?"

Ihr Mund spannte sich für einen Sekundenbruchteil an, und ich fürchtete, dass sie nicht antworten würde. Dann seufzte sie schwer und sagte: „Ja, war ich. Zweimal. Ich war beide Male eine Närrin."

Ich winkte letztere Bemerkung ab. „Das ist okay. Liebe macht das mit einem. Aber ich muss fragen, und nochmal, wir werden es Oliver nicht erzählen, aber hast du in letzter Zeit an diese vergangenen Lieben gedacht?"

Ihre Stirn runzelte sich über ihrer Nase, während sie den Hals reckte, um mich anzusehen. „Nein, warum?"

„Schwörst du? Du hast in den letzten paar Tagen nicht daran gedacht, zu ihnen zurückzukehren?"

Eine Falte erschien zwischen ihren Brauen. „Ich schwöre."

Anstatt zu antworten, sah ich Ted an und wünschte mir dieses eine Mal, ich könnte in den Schatten seiner Kapuze blicken, um seinen Gesichtsausdruck zu lesen. Ich wandte mich wieder Zoe zu. „Ich erklär's dir später. Wir können bald einen Kaffee trinken, und ich bringe dich auf den neuesten Stand."

Ihr Gesicht leuchtete wieder auf. „Oh, das klingt toll! Warst du schon im Necro Coffee? Ich liebe diesen Laden."

Ich biss die Zähne zusammen und verkniff es mir, zu sagen:

„Natürlich tust du das." Stattdessen zwang ich ein Lächeln auf mein Gesicht und brachte ein „Ja, der Laden ist nett. Klingt gut" heraus. Ich warf einen Blick zurück auf Oliver, der uns misstrauisch beobachtete, und fügte hinzu: „Du solltest ihn nicht länger warten lassen. Wenn er fragt, hatten wir eine Frage zu Koalas."

Sie nickte und eilte davon, und ich rutschte zurück in die Nische, trank schnell einen Schluck von dem Getränk, als mein Fuß versehentlich dabei gegen Donovans stieß.

Ich schnitt eine Grimasse angesichts des Geschmacks und fragte: „Hast du deine Antwort?"

„Oh ja", sagte Ted. „Und die macht es interessant."

„Wie das?"

„Du hast gesagt, Liberty hat an seine vergangenen Lieben gedacht, richtig?"

Ich nickte. „Richtig."

„Und er hat Zatrian verlassen, um ihnen zu entkommen."

Ich nickte wieder und wartete, um zu sehen, worauf er damit hinaus wollte. Aber ich musste nicht warten, denn es machte Klick.

„Oh, Einhornäpfel", sagte ich. Wenn die Theorie stimmte, dass der Zauber nur auf Leute wirkte, wenn beide beteiligten Parteien im Reich waren … „Eine von Libertys Ex-Freundinnen ist –"

„Nein", korrigierte Donovan, seine Augen weit. „Nicht nur eine."

Wir drehten uns beide zu Ted um, der mit seinen behandschuhten Fingern auf die Tischplatte trommelte. „Wir könnten ein viel größeres Problem vor uns haben, als ich ursprünglich vermutet hatte."

Kapitel Achtzehn

„Was hat er noch über seine Ex-Freundinnen gesagt?", fragte Ted.

Ich zermarterte mir das Hirn und begann erst jetzt die Tragweite der Situation zu verstehen. „Er hat gesagt … was war es nochmal? Ja, er sei immer wieder vom selben Typ angezogen worden."

„Oh, Mann", sagte Ted und senkte den Kopf, während er ihn langsam schüttelte. Als er wieder aufsah, winkte er jemanden herüber.

Malavic erschien wieder am Tisch. „Weißt du, ich bin nicht dein Kellner. Wenn du –"

„Ein Resurrection mit Wermut und einem Schuss Limette", sagte Ted.

Der Graf riss den Kopf zurück. „Ein Resurrection mit Wermut? Muss ernst sein."

„Ist es", bellte der Sensenmann. Er schnippte mit den Fingern, was wie brechende Zweige klang. „Los, beeil dich!"

Der Graf zuckte zusammen und eilte davon, und Donovan und ich nippten vorsichtig an unseren Getränken, bis Ted seines vor sich hatte. Es rauchte ein wenig, und der Geruch von faulen Eiern wehte herüber, was meinem Magen definitiv nicht half. Wenigstens konnte Malavic etwas Abstand zwischen sich und das Getränk bringen, was er prompt tat.

Ted kippte es in einem Zug hinunter.

„Ähm, nur ominöse Andeutungen machen gilt nicht", sagte ich. „Willst du uns einweihen? Ich meine, ich kann mir denken, dass wir völlig am Arsch sind, aber ich würde gerne wissen, warum."

Er legte die Finger auf dem Tisch zusammen. „Liberty hat zwei Namen von Frauen von vor seiner Zeit in Eastwind erwähnt. Die naheliegende Annahme ist, dass beide in Eastwind sein müssen. Es wäre seltsam, wenn sie in Eastwind wären, ohne es ihn wissen zu lassen, es sei denn, sie stecken hinter dem Zauber und wollten nicht, dass er davon erfährt. Ein Fall von eifersüchtigen Ex-Freundinnen, die sich zusammentun, ist sicher erschreckend, scheint aber auch etwas weit hergeholt."

„Ohne dir auf die Robe treten zu wollen, Ted", sagte Donovan, „aber es gibt nicht viel an dieser Situation, das nicht weit hergeholt wirkt."

„Da hast du recht. Vielleicht gibt es zwei ungeheuer mächtige Wesen, die sich am Rande des Reiches verstecken. Ich schließe das nicht aus. Aber etwas an dieser Sache deutet in eine andere Richtung: dass er einen Typ hatte."

Ich zuckte die Achseln. „Wer hat den nicht? Bis Tanner bin ich immer wieder auf dieselben Idioten reingefallen. Wir alle haben sowas."

„Hör mir zu", fuhr Ted fort. „Es ist möglich, dass Liberty nicht mehrere Ex-Freundinnen in diesem Reich hat. Er hat nur eine. Eine, die in mehreren Gestalten aufgetaucht ist. Er wusste vielleicht nicht einmal, dass es dieselbe Frau war, mit der er immer wieder ausgegangen ist."

„Warte, wovon redest du? Liberty war mit jemandem zusammen, der ... Verkleidungen gewechselt hat?" Ich konnte das Lachen über diese absurde Idee nicht unterdrücken. Es war vollkommen unmöglich, dass ein Dschinn von jemandem in, sagen wir, einer Perücke getäuscht würde!

„Nicht Verkleidung per se", sinnierte Ted. „Nicht einmal Magie im traditionellen Sinn. Es gibt Wesen, die neue Personen werden können."

„Doppelgänger?", sagte Donovan. „Ich habe von denen gelesen, aber sie wurden aus Eastwind und Avalon und den meisten anderen zivilisierten Reichen verbannt."

„Ha. Das glaubst du", fügte Ted wenig hilfreich hinzu. „Sie könnten unter uns sein, und wir würden es nie wissen. Das ist der ganze Haken an ihnen. Aber nein, es kann kein Doppelgänger sein, mit dem wir hier zu tun haben, weil sie keine Zauber wirken können. Es gibt nur eine kleine Anzahl von Wesen, die in der Lage sind, einen Liebeszauber wie diesen heraufzubeschwören."

„Bist du sicher?", fragte ich. „Denn ich habe in der Bibliothek eine Liste gesehen, und die war zwei Seiten lang."

„Nun, klar. Was ich meinte, war eine kleine Anzahl im Verhältnis zur Menge der Kreaturen, die in allen Reichen existieren."

„Ah."

„Und eine sticht mir besonders ins Auge."

„Und die wäre?", fragte Donovan und klang genauso ungeduldig, wie ich mich fühlte.

Ted beugte sich vor. „Ein Archetyp."

„Ein was?", fragte ich. „Hast du gerade Archetyp gesagt?" Ich hatte das auf der Liste in der Bibliothek gesehen, aber mein Verstand hatte es größtenteils übersehen, es als das abgetan, wofür ich es gehalten hatte. Zugegeben, ich hatte in der Highschool im Englischunterricht über Archetypen gelernt, also könnte meine Einschätzung vollkommen falsch gewesen sein.

Ich meine, offensichtlich war sie das.

„Ich dachte, es gäbe keinen Beweis, dass die existieren", sagte Donovan.

„Oh, es gibt Beweise, keine Frage", sagte Ted. „Ich habe mit eigenen Augen einen gesehen."

„Langsam", sagte ich. „Was ist ein Archetyp?"

Teds schwerer, rasselnder Seufzer jagte mir Gänsehaut über die Arme. „Das ist schwer zu erklären. Ein Archetyp ist kaum mehr als eine Essenz. Es nimmt physische Formen an, sicher, aber es ist ätherischer als das. Jede Form mag etwas anders aussehen, aber es gibt einen roten Faden, der alle verbindet."

„Welcher Archetyp war der, dem du begegnet bist?", fragte ich. „Und war das in Eastwind?"

„Nein, nein. Das war, bevor ich hier mit der Ernte beauftragt wurde. Ich habe vor diesem in einem anderen Reich gearbeitet – egal, was damit passiert ist, denn es war nicht schön. Sie hatten eine ähnliche Tradition, Münzen auf die Augen ihrer Toten zu legen, was vollkommen unnötig ist, aber ich mag es immer, wenn die Leute Trinkgeld geben. Dann gab es plötzlich keine Münzen mehr. Es dauerte eine Weile, bis ich den Mut aufgebracht habe, Leute nach der Veränderung zu fragen. Schließlich wollte ich nicht gierig klingen, aber ich war neugierig. Nachdem ich mit ein paar Familienmitgliedern der kürzlich Verstorbenen gesprochen hatte, wurde klar: Sie hatten Münzen auf die Augen ihrer Toten gelegt. Aber jemand hatte sie gestohlen.

Nun, das ging ein paar hundert Jahre so, und ab und zu behauptete jemand, gesehen zu haben, wer die Münzen stahl, aber die Beschreibung war nie dieselbe. Dann starb die Tradition, Münzen zu hinterlassen, aus, und andere Dinge begannen zu verschwinden. Zuerst kleine Dinge, aber nach ein paar Jahrzehnten fehlender Magielampen und Ritualkeramik habe ich endlich jemanden auf frischer Tat beim Stehlen ertappt und ihn gejagt. Er versuchte jeden Trick, den man sich vorstellen kann, um mich davon zu überzeugen, ihn gehen zu lassen, aber ich wusste in dem Moment, als ich eine Hand auf ihn legte, dass das etwas Mächtigeres war, als ich es seit Langem erlebt hatte.

Er wurde sofort zum Tode verurteilt – dort gab es keine Geschworenen oder ordentliche Prozesse. Aber er schaffte es, aus seiner Zelle zu entkommen, bevor das Urteil vollstreckt werden konnte. Ich habe ihn nicht wieder gesehen. Aber Monate später habe ich die Höhle gefunden, in der er sich versteckt hatte. Und darin waren all die Dinge, die in den letzten dreihundert Jahren verschwunden waren.“

„Und du denkst, das war ein Archetyp?“, fragte ich.

Ted nickte. „Es passt sicherlich zur Überlieferung.“

„Wir haben es hier aber nicht mit einem Dieb zu tun.“

Er wedelte mit einem behandschuhten Finger vor mir. „Genau! Es gibt Varianten von Archetypen, wahrscheinlich zu viele, um sie zu zählen. Ich hatte es mit dem Dieb zu tun, wie du gesagt hast. Über die Jahre war er viele verschiedene Personen, aber immer ein Dieb. Er hat wahllos gestohlen und um des Aktes des Diebstahls willen. Was wir jetzt haben, ist anders.“

„Okay“, sagte ich langsam, „das klingt wie das, was ich dachte, dass ein Archetyp ist, aber auch irgendwie nicht.“ Ich trank noch einen Schluck, um klarer zu denken. „Zum Beispiel gibt es den Jungfrau-Archetyp, richtig? Sie taucht immer wieder in der Kunst auf, wie eine Standardfigur. Aber es ist nur eine Idee, die in unserem Kopf lebt. Sie ist nicht echt.“

„Sie ist echt“, antwortete Ted. „Und ich kann dir sagen,

wenn wir von einer von Libertys Ex-Freundinnen sprechen, reden wir nicht von der Jungfrau. Ha!"

„Von wem sprechen wir dann?"

„Eher sowas wie eine verschmähte Geliebte", sagte Donovan.

„Richtig! Gute Idee, Donovan. Ha!"

Donovan zuckte die Achseln. „Man erkennt seinesgleichen, schätze ich." Sein Blick wanderte zu mir, und ich ignorierte das Stechen der Schuld.

„Klingt, als müssten wir mit Liberty reden", sagte ich.

„Du musst mehr tun als das. Sprich auch ein Wörtchen mit welchen Göttern du auch immer verehrst und schau, dass du mit ihnen im Reinen bist."

Ich tauschte einen zögerlichen Blick mit Donovan, bevor ich sagte: „Das ist extrem beruhigend. Danke, Ted."

Er ließ die Schultern hängen. „Ich hatte wirklich gehofft, es würde länger dauern, bevor ich anfangen muss, die Leichen meiner Freunde aufzuräumen ..."

„Die Leichen?", keuchte ich. „Warte, wir reden hier nur von einem Liebeszauber. Es gibt keinen Grund zu glauben, dass er uns alle umbringen wird!"

Ted lachte. „Hast du gesehen, was Liebe mit Leuten macht? Trinkt!"

Donovan hörte auf, seinen Zauberstab an meinem Oberschenkel zu reiben, und tat, wie Ted sagte. Ich auch, nur zur Sicherheit.

Donovan würgte. „Es wird einfach nicht leichter, je mehr ich trinke."

„Wie stoppt man einen Archetyp?", fragte ich.

„Das weiß ich nicht sicher. Töten ist es nicht, das weiß ich. Sie sind unsterblich. Allerdings könnte es möglich sein, den Liebeszauber zu beenden. Du könntest den Archetyp sogar verbannen, wenn du besonders schlau bist."

„Irgendwelche Vorschläge?“, fragte ich.

„Du müsstest die grundlegenden Elemente der Liebe in einem mächtigeren Zauber kombinieren.“

„Die grundlegenden Elemente der Liebe?“, wiederholte Donovan.

„Oh! Das weiß ich tatsächlich!“, schaltete ich mich ein. „Verbindung, Emotion, Wille, Intellekt und Geist. Richtig?“

„Ha! Gut gemacht, Nora. Ja.“

Donovan hob die Hände. „Moment. Du hast gerade Kräfte von jedem der fünf Winde aufgezählt. Willst du mir sagen, dass ein vollständiger Zirkel nötig ist, um den Archetyp zu bekämpfen?“

„Genau“, sagte Ted. „Es wär ein ziemlich starkes Verbindungsritual nötig. Eastwind hat seit –“

„Ich bin dabei“, sagte ich und starrte Donovan an, der zurückstarrte, seine eisblauen Augen eine offene Einladung.

„Ich auch“, sagte er.

„Bevor ihr zwei wieder in die Deadwoods verschwindet“, belehrte uns Ted, „schlage ich vor, ihr überlegt, was ich tatsächlich gesagt habe. Ein vollständiger Zirkel. Das bedeutet, ihr braucht drei weitere Winde.“

Ein verschmitztes Lächeln schlich sich über Donovans Lippen, und ich wusste genau, was er dachte. „Habe ich noch nie versucht, aber ich bin offen dafür“, sagte er.

„Ja, könnte Spaß machen.“

Ted ließ den Kopf in die Hände sinken. „Schwefel nochmal ... trinkt!“

Donovan hustete.

Das Getränk war definitiv stärker am Boden des Glases.

Es war jedoch gutes Timing, denn als ich nicht mehr schielen musste, sah ich Eva auf den Tisch zukommen, wie üblich heiter lächelnd.

Ich warf einen schnellen Blick auf Donovan, und wir nickten, bevor wir den Rest unserer Getränke hinunterkippten.

„Hey, Nora", sagte sie. „Ted." Der Sensenmann nickte ihr zu, ohne ein Wort zu sagen. Sie rutschte in die Nische neben Donovan, kuschelte sich an seine Seite und lächelte ihn an. Als keiner von uns sprach, verschwand ihr Lächeln. „Störe ich bei irgendwas?"

Donovan öffnete den Mund, um zu sprechen, aber bevor er konnte, sah ich zwei weitere vertraute Gesichter den Pub betreten. Mein Magen sackte in Richtung meiner Kniekehlen. „Oh, nein!"

Die anderen in der Nische drehten sich um, um zu schauen.

Ansel und Jane hielten an der Tür inne, als der Werbär sich gezielt umsah. Und bevor ich etwas tun konnte, um es zu verhindern, fand er, wen er suchte, und ging direkt auf ihn zu.

Darius sah es nicht kommen.

Und mit „es" meine ich seinen riesigen besten Freund, den Werbären, der sich auf ihn stürzte und ihn vom Barhocker schleuderte.

Kapitel Neunzehn

Ein Tisch voller Kobolds zerstreute sich wie Kegel beim Bowlen, als die beiden großen Werbären über den Boden rutschten und direkt gegen ihn krachten.

Nach dem anfänglichen Lärmausbruch von schockierten Gästen waren die einzigen Geräusche im Pub die Grunzlaute von Ansel und Darius, während sie Schlag um Schlag austeilten, und Fiona Sheehans Schreie, die sie anflehte, aufzuhören.

Donovan drängte Eva aus der Nische, damit er aufstehen konnte, und rannte dann hinüber, um die Männer zu trennen.

Während ich froh war, dass Donovan nicht nach seinem Zauberstab griff, war es auch ein objektiv dummer Zug von ihm. Fast sofort traf Darius Pines Faust Donovans Kiefer.

Donovan taumelte zurück, und ich wusste, dass es nur schlimmer werden würde.

„Pass auf", sagte Ted und bedeutete mir, ihm aus dem Weg zu gehen. Ich tat mehr als das, ich sprang auf und rannte zum Ausgang. Ich musste eine Eule zu Tanner schicken. Wenn er nicht reagierte, wäre ich gezwungen, das Bloom-Signal zu senden.

Ich hörte ein weiteres lautes Krachen hinter mir, als ich die schwere Pub-Tür öffnete, aber ich blickte nicht zurück.

Der Eulenpfahl vor dem Pub war leer, als ich ihn fand. Fänge und Klauen! Was jetzt?

Ugh. Ich musste den Sheriff rufen. War es zu früh? Übertrieb ich? Würde sie verärgert sein?

„Ich habe schon nach Stu geschickt." Ich wandte mich der Stimme zu und fand Oliver, der sich nervös die Hände rang. „Ich hoffe, er kommt bald."

Süßes. Baby. Jackalope. „Stu Manchester? Du hoffst besser, er kommt nicht!" Dieser Zug raste verflixt schnell von den Schienen. „Wir brauchen Tanner, nicht Stu."

„Was? Warum?", fragte Oliver. Dann dämmerte es ihm. „Oh. Ohh!" Seine Augen weiteten sich. „Ja, wir rufen besser Tanner." Er hob seinen Zauberstab, und eine pechschwarze Eule erschien aus der Dunkelheit und landete auf dem Pfahl. Oliver sagte nur: „Deputy Culpepper. Notfall", und die Eule flog wieder los.

Weniger als eine Minute später schoss eine Gestalt aus der Dunkelheit auf uns zu. Es war Tanner.

Mein Verstand rang damit, den Anblick zu verarbeiten, als sein Besen nur wenige Meter vor mir zum Stillstand kam. Ich wusste nicht einmal, dass er sowas fliegen konnte!

Er stieg ab, und Oliver sagte: „Da drin!", und wir drei eilten hinein.

Ted hatte die Situation weitgehend unter Kontrolle, hielt eine Hand auf jeweils einer Schulter der Werbären, während sie nach Luft rangen.

Da der Sensenmann keine Hand für Fiona freihatte, war sie immer noch außer sich und schluchzte, während Donovan sich bemühte, sie davon abzuhalten, sich auf ihre ehemaligen Liebhaber zu stürzen.

Jane stand daneben und wirkte vollkommen unbeeindruckt, die Hände in die Hüften gestemmt, während sie eine Braue angesichts des schlechten Benehmens ihres Ehemanns hob.

„Was zum Zauber geht hier vor?", fragte Tanner und eilte zu Ted.

„Du hast es erfasst. Ha! Es ist ein Zauber."

Tanners Mund blieb offen stehen, als er von Darius zu Ansel und dann zu Fiona sah.

„Ich weiß nicht, was über mich gekommen ist", sagte Ansel. Er wandte sich Darius zu. „Sorry, Bruder."

Darius lief ein Rinnsal aus Blut aus seinem Mundwinkel, aber er schaffte es dennoch zu sagen: „Schon gut. Sorry, dass ich dir auf die Kehle geschlagen habe."

Ansel nickte. „Sorry, dass ich dich in die ... du weißt schon."

Darius verzog das Gesicht. „Oh, ich weiß."

Als Fiona weiter heulte, schoss Tanner einen Zauber in ihre Richtung, um ihnen die Arme hinter den Rücken zu fesseln und sie an die Theke zu binden.

„Danke", sagte Donovan und ließ los.

„Gern geschehen", antwortete Tanner. Den blutigen Männern zugewandt, fügte er hinzu: „Seid ihr zwei fertig?"

Sie nickten wie gescholtene Kinder, und beide starrten zu Boden.

Ted ließ seine Hände vorsichtig über den Schultern der beiden Schuldigen schweben, und als klar war, dass sie nicht direkt dort weitermachen würden, wo sie aufgehört hatten, trat er einen weiteren Schritt zurück und lachte nervös. „Ihr zwei habt wirklich zugeschlagen." Dann ging er hinter die Theke und legte eine Hand auf Fionas Schulter, die sich sofort beruhigte. Als er ihr etwas zuflüsterte, das ich nicht hören konnte, nickte sie, und er machte sich daran, ihr dasselbe starke Getränk zu mixen, das er für Donovan und mich gemacht hatte.

„Wie wär's mit einer Runde davon für alle?", schlug ich vor.

„Gute Idee. Ha!"

Tanner drehte sich zu den stumm zuschauenden Gästen um. „Okay, jetzt beruhigt euch alle, und macht es euch gemütlich. Hier drüben ist alles gut. Macht weiter mit eurem fröhlichen –"

Die Pub-Tür öffnete sich wieder, und eine bullige Silhouette erschien.

Als Stu Manchester in Uniform in das gedämpfte Licht des Sheehan's trat und seine Augen nach dem Grund suchten, warum er in seiner Freizeit gerufen wurde, wartete ich zu lange, um zu reagieren.

Alle taten es.

Besonders Stu.

Der Deputy betrachtete die seltsame Szene – die verstreuten Tische und Stühle, die Werbären mit zerrissenen Kleidern, Ted an der Theke – und hatte nur einen Moment, die Informationen zu verarbeiten, bevor Ansels massive Faust sein Gesicht traf.

„Du kommst Jane zu nahe, und ich bring' dich um!", brüllte Ansel, und das Chaos brach wieder aus. Tanner schoss einen Bindungszauber auf den wütenden Werbären, und die Fesseln schlangen sich für einen Moment um Ansels Arm, bevor Fell spross, der Arm sich im Durchmesser verdoppelte und die Fessel zerriss.

„Oh, Einhornäpfel", seufzte Tanner. Er versuchte es nochmal, diesmal brachte er Ansel gerade lange genug ins Stolpern, dass Stu aus dem Weg kriechen konnte.

Beide Arme von Ansel hatten sich verwandelt, und einen Moment später begannen seine Beine sich zu verändern, und der Bindungszauber zerriss erneut. Der grollende Laut, der dann aus seinem Mund kam, war nicht mehr menschlich.

Stus Rücken fand die Wand, und seine Augen weiteten sich, als Ansel über ihm aufragte.

„Gute Gaia", stöhnte Tanner, „das wird wehtun." Dann steckte er seinen Zauberstab weg und stürzte sich ins Getümmel.

Wehtun? Er ging offensichtlich davon aus, dass er nicht sofort bewusstlos geschlagen würde oder Schlimmeres.

Ansel hatte die Kontrolle verloren, vollkommen unter dem Einfluss des Zaubers, das war klar. Die Magie hatte sich mit seinem übertriebenen Beschützerinstinkt und seinem kurzen Geduldsfaden vermengt, und es war kein schönes Bild. Nicht nur machte ich mir Sorgen, was Ansel mit Stu und Tanner anstellen könnte, ich machte mir Sorgen, was ihm passieren könnte, entweder sofort oder als Folge seiner Taten.

Wenn es je einen Zeitpunkt gab, den Sheriff zu rufen, dann jetzt. Kein Grund mehr, mich zu sorgen, dass ich vielleicht überreagiere.

Fiona hatte wieder angefangen zu schreien, aber diesmal hielt Darius sie zurück.

Donovan schoss an mir vorbei, um Tanner zu unterstützen, der gerade rechtzeitig auswich, um einem Schlag von Ansels Keulenarmen zu entgehen. Ich richtete meinen Zauberstab an die Decke und rief Sheriff Bloom mit einem halben Gebet an.

Sie war sofort da und glitt durch die Vordertür, die sich für sie öffnete, ohne dass sie sie berühren musste. Mit ihr kam ein Lichtstrahl herein, der den Pub erhellte, der sie im jahrealten Staub, den die Schlägerei aufgewirbelt hatte, schimmern ließ.

Ein kurzes Wedeln ihrer Hand, und Ansels beabsichtigter Schlag traf nichts als Luft, während er zwei Meter über dem Boden schwebte, außer Reichweite von allem. Das dichte Fell, das seinen Körper bedeckte, verschwand, und er kehrte zu seiner normalen Gestalt zurück. Sein Hemd war zerrissen, aber glücklicherweise für alle, vor allem für ihn, hielt seine Hose gerade so zusammen und bedeckte seine Kronjuwelen.

Jetzt, da er richtig gefesselt und wehrlos war, marschierte Jane direkt auf ihn zu und ohrfeigte ihn kräftig. „Was ist los mit dir? Ich habe dich nicht gebeten, meine Ehre zu verteidigen."

Dann ging sie neben dem am Boden kauernden Stu in die Hocke, wiegte seinen Kopf in ihren Händen und säuselte beruhigend.

Sheriff Bloom beobachtete schweigend die Szene, dann wandte sie sich an mich. „Du hattest recht, mich zu rufen, aber vielleicht nächstes Mal ein bisschen früher."

„Ja."

„Bitte hört zu", sagte der Sheriff. „Mir ist zu Ohren gekommen, dass diese Stadt unter einen mächtigen Zauber gefallen ist. Wir arbeiten daran, die Situation zu bereinigen, aber bis wir das getan haben, bitte ich euch alle, einfach die Hormone im Zaum zu halten, okay?"

„Was für ein Zauber?", fragte ein Gnom aus der Ecke bei den Scufflepuck-Tischen.

„Leider ein Liebeszauber."

Stu Manchester spuckte einen Mundvoll Blut aus und sagte: „Ein Liebeszauber? Über die ganze Stadt? Wer ist mächtig genug, das zu tun?" Er versuchte, auf die Beine zu kommen, aber Jane zwang ihn, am Boden zu bleiben.

Blooms Lippen spannten sich an. „Das wird untersucht." Sie drehte sich zu mir und sagte leise: „Irgendwas herausgefunden, Detective?"

„Ja, ich glaube, ich weiß, was dahintersteckt."

Sie hob ihre Augenbrauen bis zum Ansatz ihres blonden Kurzhaarschnitts.

Im Pub war es immer noch still, also beugte ich mich näher, um ihr ins Ohr zu flüstern. Dabei fing ich versehentlich einen Hauch ihres Dufts ein. Sie duftete wie ein Bouquet aus

Lavendel und Lilien. Der Duft war so köstlich, dass ich fast vergaß, was ich sagen wollte. „Ein Archetyp."

Sie wich schnell von mir zurück, drehte den Kopf, ihre Augen weit aufgerissen. „Oh!" Sie blinzelte dreimal. „Ich hoffe bei der Göttin, dass Sie sich irren."

„Es ist der Dschinn, oder?", rief eine Männerstimme. Ich sah mich um, konnte den Sprecher aber nicht ausmachen.

„Sie ist es! Diese neue Dschinn!", rief ein anderer Mann.

Bloom fragte leise: „Wissen Sie, wie man dem ein Ende setzt?"

„Ich habe eine vage Idee."

„Toll! Sie können auf mich zählen. Was auch immer Sie brauchen, ich bin da. Wenn wir nicht –"

„Gabrielle." Eine geschmeidige Stimme mit osteuropäischem Akzent schnitt durch den Raum. Die Menge teilte sich, und Graf Malavic trat auf sie zu, sein Rotweinglas locker in der Hand, während er Sheriff Bloom sehnsüchtig anstarrte.

Als ihre Augen seine fanden, wusste ich, dass wir ein ernsthaftes Problem hatten. „Bastian", hauchte sie.

„Das soll wohl ein Witz sein!", schnaubte ich. Donovan sah zwischen den beiden hin und her und begriff.

Malavic durchquerte den Raum schnell, und der Sheriff kam ihm auf halbem Weg entgegen. Sie blieben einen Meter voneinander entfernt stehen. „Ich habe es vermasselt, Gabrielle. Ich hätte dich nie gehen lassen sollen. Ich weiß, wir sind nicht gerade füreinander gemacht, aber dieses untote Herz fühlt sich an, als könnte es seinen endgültigen Tod finden, wenn ich dich nicht wieder in meinen Armen haben kann."

„Ich dachte, Sie haben gesagt, der Zauber hätte keine Wirkung auf Sie", fuhr ich Bloom an.

Sie blieb, wo sie war, und starrte Malavic mit etwas an, das Schock ähnelte, ihr Mund leicht geöffnet. Sie klappte ihn zu und schluckte schwer. „Hat er nicht. Ich weiß nicht, wovon

er spricht. Ich habe nicht … wir haben nicht … ich würde nie
…"

Aber als sich ihr Brustkorb umso schneller hob und senkte,
je näher er kam, wusste ich, dass das so gut wie erledigt war.
Mit Bloom aus dem Spiel war in Sheehan's Pub bestenfalls ein
Knutschfest zu erwarten, im schlimmsten ein Fight Club. So
oder so, es war Zeit zu gehen.

„Über Geschmack lässt sich nicht streiten", murmelte ich
und beeilte ich mich dann, Tanner und Donovan zu schnappen. „Mir nach!" Ich nickte Eva zu, mitzukommen, und ich
muss ihr lassen, dass sie mich nicht fragte, warum. Vielleicht
war sie genauso erpicht wie ich, aus dieser Enge raus-
zukommen.

Wir traten in die kühle Oktoberluft hinaus, und ich hielt
inne, unsicher, was ich als Nächstes tun sollte. Dann begriff
ich. Wir waren immer noch eine Person zu wenig.

Die Eule saß wieder auf ihrem Pfahl, und ich schnappte mir
eine Serviette von einem der Außentische und wandte mich
Donovan zu. „Du kannst damit schreiben, oder?" Ich nickte zu
seinem Hosenbund.

Er verzog den Mund. „Nora, jetzt ist kaum der Zeitpunkt,
um –"

„Dein Zauberstab", erklärte ich. „Du kannst damit schreiben?" Ich vermied es, seinem Blick zu begegnen, da es keinen
Ted oder Nüchternsauer mehr gab, um mich davon abzuhalten, an ihm zu kleben wie schwarzes Katzenhaar an einem
weißen Pullover.

„Oh, richtig." Er zog ihn heraus, und ich diktierte ihm die
Nachricht, die an Liberty geschickt werden sollte. Sobald die
Eule losgeflogen war, bedeutete ich den anderen, dass wir uns
vom Pub entfernen sollten, und führte sie zum nächsten Ziel.

„Wohin gehen wir?", fragte Tanner. „Wir rennen nicht
einfach weg, oder?"

„Keineswegs. Wir machen einen kurzen Halt, dann können wir herausfinden, was wir mit diesem Archetyp anstellen."

„Was ist ein Archetyp?", fragte Eva.

„Das ist kompliziert. Ich bin mir nicht ganz sicher, ob ich es verstehe."

Tanner bewegte seine rechte Schulter langsam, während er vor Schmerz zuckte. „Werden wir über das reden, was da drinnen gerade passiert ist, oder nicht?"

Ich stöhnte. „Du meinst die Tatsache, dass Gabby Bloom und Sebastian Malavic offensichtlich mal was miteinander hatten?"

Tanner nickte nachdrücklich.

„Ich muss sagen", sagte Eva, „jetzt, wo ich weiß, dass ein Engel bei einem Schleimer wie Malavic gelandet ist, fühlen sich meine romantischen Fehler nicht mehr so schlimm an." Als Donovan den Kopf herumriss, fügte sie schnell hinzu: „Nicht du, keine Sorge."

„Ja", sagte Tanner, „nichts könnte sie wegen *dieses* dummen Fehlers aufmuntern."

„Hey, apropos dumme Fehler", sagte ich und wappnete mich für das, wovon ich wusste, dass es gesagt werden musste, aber schwer auszusprechen war, „die, ähm, Liebeszauber-Sache? Ist einer von euch davon betroffen?"

Eva und Tanner tauschten Blicke aus, bevor sie mich wieder ansahen. „Nein", sagte Tanner.

„Soweit ich weiß, nicht", sagte Eva.

„Großartig", sagte ich. „Nun, ähm, wenn ihr zwei Donovan und mir einen Gefallen tun und uns physisch auseinanderhalten könntet?"

Tanner verdrehte die Augen und den Kopf mit dazu und sagte: „Nicht das schon wieder!"

Aber Eva sagte nur: „Geht klar."

Donovan bemühte sich, Eva auf dem Rest unseres flotten

Spaziergangs Archetypen zu erklären, aber wir waren noch nicht beim Grund angelangt, warum wir vermuteten, dass es einer war, als wir im Fulcrum Park ankamen.

Fast niemand war hier. Zwei männliche Faune hielten Händchen und kicherten miteinander auf einer der Holzbänke, die zum Teil von einer Reihe von Sträuchern verborgen war. Es war eine klare Nacht, still bis auf die gelegentliche Böe – ob durch die Elemente oder die Winde der Veränderung –, und die letzten Sommerbaumfrösche riefen sich immer noch zu.

Während der Brunnen die meiste Aufmerksamkeit erhielt, war der gesamte Fulcrum Park bei Nacht wunderschön. Schwebende Öllampen erleuchteten die Wege, und ich hatte oft von den Vollmondfeiern gehört, die dort abgehalten wurden, obwohl ich mir nie die Zeit genommen hatte, selbst an einer teilzunehmen. Es schien eine seltsame Zeit, darüber nachzudenken, angesichts all der Dinge, die vor sich gingen, aber ich tat es. Ich versprach mir, zur nächsten zu gehen und mein sexy Date mitzubringen.

Nur Roland und ich. Nein! Ich meine Donovan! Ach! Tanner! Nur Tanner und ich!

Eins nach dem anderen.

Liberty wartete schon am Brunnen auf uns, als wir ankamen, und wie gewünscht hatte er Emagine zu Hause gelassen.

„Sie wenden sich gegen sie", sagte ich ihm. „Vorausgesetzt, sie sind nicht zu beschäftigt damit, rumzumachen oder sich zu prügeln, werden sie bald nach ihr suchen."

„Keine Sorge", sagte er. „Es gibt überall Orte für Dschinn, um sich zu verstecken, wo wir nicht gefunden werden können. Wir müssen diesen Zauber jedoch aufheben. Er wird mächtiger, ich kann es spüren. Ich denke immer wieder an ... na ja, andere Frauen."

„Was das angeht", sagte ich. „Kannst du mir nochmal die Namen deiner früheren Freundinnen sagen?"

Er fuhr mit einer großen Hand über seinen kahlen Kopf. „Wo soll ich anfangen, wirklich? Da waren Circe, Morgan, Lilith, Morgause –"

„Warte", sagte Eva. „Zurück. Morgans Nachname ist nicht zufällig le Fay, oder?"

Liberty verzog das Gesicht. „Das ist er. Ist das schlimm?"

War das schlimm? Der Name sagte mir nichts. Circe klang vertraut, obwohl ich ihn nicht einordnen konnte, und Lilith erinnerte mich nur an ein Musikfestival, das ich besucht hatte, als ich am College war.

Eva wandte sich mir zu. „Wenn wir es mit dem zu tun haben, was du sagst –"

„Was ist das?", fragte Liberty.

„Ein Archetyp", sagte ich ihm.

Seine Augen weiteten sich. „Du denkst, ich habe einen Archetyp gedatet?"

„Würde einen Sinn ergeben", sagte Donovan.

Liberty starrte zu Boden und schüttelte den Kopf. „Ich wusste, dass ich einen Typ hatte, aber ich wusste nicht, dass es so *wörtlich* war. Das wirft allerdings ein neues Licht auf alles."

„Und es wirft auch Licht auf was anderes", sagte Eva, „und das ist, welcher Archetyp es ist, mit dem wir es zu tun haben."

Ich bedeutete ihr, fortzufahren.

„Circe war eine Zauberin in der griechischen Mythologie. Sie hat Odysseus auf ihre Insel Aeaea gelockt und versuchte, ihn und seine Leute dort festzuhalten. Sie hat ihn verführt und seine Männer in Schweine verwandelt. Morgan le Fay war König Artus' Halbschwester und wird in der Artus-Mythologie als Zauberin beschrieben. Und Lilith, nun, sie ist ein bisschen komplizierter. Es gibt widersprüchliche Berichte, aber sie galt als Dämon oder eine Art Verführerin. Sie war auch die erste Frau Adams in den verschiedenen Interpretationen des Alten Testaments, was sie zur ursprünglichen Ex in der jüdisch-christlichen Mythologie machen würde."

Ich hob eine Hand, um sie zu unterbrechen. „Du denkst, all diese Frauen aus der Mythologie haben mit Liberty gedatet?"

Eva zuckte die Achseln. „Sie oder vielleicht eine Version von ihnen. Ich bin mir nicht sicher, aber ich denke, das spielt keine Rolle. Entweder waren alle in unseren verschiedenen Erden-Mythologien derselbe Archetyp und sie ist wieder in diesem Reich aufgetaucht, oder es ist ein Archetyp, der diese Identitäten einzig und allein aus dem Grund gewählt hat, was sie repräsentieren. Und wenn du die Gemeinsamkeit zwischen ihnen herausfindest, wird ziemlich klar, mit welcher Art von Archetyp wir es zu tun haben."

„Es klingt nach einer Zauberin", sagte Tanner. „Darauf willst du hinaus?"

Eva nickte. „Eine Zauberin oder eine Art magische Verführerin. So oder so, eine mächtige Frau mit Sexappeal, die sich mit Magie auskennt. Und die immer noch was für Liberty empfindet."

„Aber wo ist sie?", fragte Donovan. „Versteckt sie sich nur im Wald und verursacht all diesen Ärger, bis sie bei Liberty zum Zug kommt? Wir sollten anfangen, nach ihr zu suchen. Tanner, du und Eva solltet den Fluke Mountain übernehmen, und Nora und ich können in den Deadwoods suchen."

Tanner trat einen Schritt vor, legte seine Hand fest auf Donovans Brust und schob ihn einen Schritt zurück. „Immer mit der Ruhe. Ich will dich wirklich nicht mit einem weiteren Betäubungszauber treffen, aber ... na ja, nein, ich will es gerade irgendwie. Gib mir also lieber keinen Grund."

Donovan nickte und trat zurück.

Sie versteckte sich irgendwo in Eastwind, aber wo? Und wie lange schon? Irgendetwas sagte mir, dass sie nicht lange hier war, aber –

Oh nein!

Mein Magen sackte in Richtung meiner Kniekehlen, als die Idee in meinen Kopf schoss. „Ich glaube nicht, dass sie sich versteckt", sagte ich düster. „Oder besser, sie tut es, aber sie versteckt sich in aller Öffentlichkeit."

Ich war so ein Idiot. Direkt vor meiner Nase, und ich hatte es nicht gesehen.

„Was meinst du?", fragte Tanner.

Ich sah Eva an und beobachtete, wie es ihr dämmerte. „Oh, Einhornäpfel", sagte sie. „Ich habe es auch nicht gesehen. Aber jetzt scheint es irgendwie offensichtlich, oder?"

„Was?", fragte Tanner. „Was scheint offensichtlich?"

Ich wandte mich Liberty zu. „Besteht die Möglichkeit, dass du eine Hexe von einer Farm außerhalb der Stadt kennst, die Cassandra heißt?"

Libertys Augen sprangen zwischen meinen und Evas hin und her, bevor er den Kopf minimal schüttelte. „Nein, sollte ich?"

„Ja, solltest du", sagte Eva. „Denn du hast sie schon mehrmals gedatet."

Kapitel Zwanzig

„Ich kann helfen", beharrte Liberty. „Ihr werdet alle Hilfe brauchen, die ihr gegen sie bekommen könnt. Glaubt mir. Wenn sie ein Archetyp ist, bedeutet das, dass sie auch eine Meistermanipulatorin ist."

Wir hatten jetzt seit Minuten so hin und her diskutiert, und ich wiederholte mich nur, als ich sagte: „Nein, Liberty. Es tut mir leid, aber ich sehe nicht, wie du helfen könntest, wenn du so unter ihrem Zauber stehst."

„Du stehst doch auch unter ihrem Zauber, oder?" Er schwang die Worte wie ein Schwert und stach sie in meine Richtung.

Etwas unhöflich für den sonst so freundlichen Dschinn, aber ich ließ es nicht an mich heran. „Ich weiß nicht, woher du das weißt, aber ja. Nur, dass sie nicht diejenige ist, an die ich ständig denken muss. Das ist der entscheidende Unterschied."

Was ich unausgesprochen ließ, war, dass ich ihm in dieser Situation schlicht nicht traute. Immerhin war er schon mehrmals auf dieselbe Frau reingefallen, und direkt zurück in ihre

Arme gerannt. Warum sollte es diesmal anders sein? Wenn er dieses Verhaltensmuster nicht durchbrach, würde seine Anwesenheit uns nur in noch größere Gefahr bringen.

Das Einzige, was einschüchternder war, als es mit einem Archetyp aufzunehmen, war, es mit einem Archetyp und einem Dschinn gleichzeitig aufzunehmen.

Er stöhnte. „Okay, also gut. Aber wenn ihr alle ermordet werdet, werde ich mich schrecklich fühlen.“

„Das ist alles, was wir von dir verlangen können“, verkündete Tanner.

Liberty nickte ihm zu. „Keine Sorge. Besonders du.“ Er brach die Spannung mit seinem breiten Lächeln, seine Zähne funkelten vor purem Charisma, als er die Hand ausstreckte und Tanner fest auf die Schulter klopfte.

„Danke, mein Freund“, sagte Tanner und lächelte hoffnungslos zurück.

Eine Eule flog aus der Nacht, und Tanner streckte seine Hand aus, um ihr einen Sitzplatz zu bieten. Er pflückte eine Nachricht aus ihrer Kralle und rollte sie vorsichtig auf. „Ich weiß“, sagte er zur Eule. „Ich tue schon mein Bestes.“ Die Eule kreischte ihn aggressiv an, und Tanner verdrehte die Augen, griff in seine Tasche und zog ein Pellet als Bezahlung heraus. Nachdem sie es gefressen hatte, verschwand die Eule schnell wieder.

Er wandte sich mir zu. „Wir sollten los.“

„War das eine Notfall-Eule?“, fragte ich.

Er stopfte das kleine Stück Papier in seine Tasche. „Ja.“

„Du kannst noch nicht gehen“, sagte ich. „Wir brauchen dich bei uns.“

Er lachte. „Ich habe nicht vor, zu gehen. Ich weiß, wenn ich eine Chance habe, diese Stadt heute Nacht vor der Selbstzerstörung zu bewahren, sollte ich besser deiner Führung folgen.

Ich sage nur, wir sollten wahrscheinlich los, weil es nicht weniger seltsam wird."

„Nimm wenigstens das mit", sagte Liberty und streckte mir seine Faust entgegen. Als er die Finger öffnete, lag ein kleines Metallobjekt in seiner Hand.

„Cooler Trick", sagte ich, „aber was ist das?"

Er hob es höher, wahrscheinlich, um anzudeuten, dass ich es nehmen sollte, also tat ich es. Es war schwerer, als ich erwartet hatte.

„Damit erreichst du mich, wenn du mich brauchst", erklärte er.

Ich hielt es ins Licht der Öllampen des Parks, um es zu inspizieren. „Sieht wie ein Kettenglied aus."

„Weil es eins ist. Genauer gesagt, ein Eisenkettenglied. Gebrochen. Wenn du mich brauchst, halte es einfach in der Hand und wünsche dir, dass ich erscheine."

Ich ließ das Glied in die Tasche meines Mantels gleiten und kniff die Augen zusammen. „Ich dachte, du bist frei. Erfüllst du immer noch Wünsche?"

„Manchmal", sagte er. „Es gibt jedoch einen Unterschied. Ich muss keine Wünsche mehr erfüllen, und das ist der Punkt. Wenn ich nie Wünsche erfülle, wäre es meine Vergangenheit, die mir sagt, was ich nicht tun soll. Also wäre ich immer noch ein Sklave. Ich habe jetzt eine echte Wahl, und manchmal erfülle ich den Wunsch, manchmal nicht." Er zwinkerte.

„Zur Kenntnis genommen", sagte ich und erwiderte das Lächeln, obwohl ich nicht vorhatte, später um seine Hilfe zu bitten.

Er verschwand.

Was jetzt? Ich gönnte mir einen Moment zum Nachdenken, bevor ich mich den anderen drei zuwandte. Wir brauchten noch jemanden, um den Zirkel zu vervollständigen, und ich wusste genau, wer es sein musste.

Er würde nicht begeistert sein, wenn ich wieder unangemeldet auf seiner Türschwelle auftauchte, diesmal mit anderen zur Unterstützung. Aber Landon Hawker war ein relativ kleiner Mann, und wir könnten ihn überwältigen, wenn es darauf ankäme. Ja, ich war bereit, so weit zu gehen.

Aber ich schätzte, das würde nicht nötig sein. Er würde irgendwann lange genug nachgeben, um uns anzuhören und den Grund, aus dem wir tun mussten, was wir vorhatten. Er würde es verstehen. Er musste. Dann könnten wir mit dem kniffligen Teil weitermachen.

Als er die Tür öffnete, lächelte er so breit wie beim letzten Mal, ein Lächeln, das von Ohr zu Ohr reichte und seine Wangen hellrosa glühen ließ.

Es verschwand, sobald er mich dort stehen sah, und an seine Stelle trat ein dunkles Misstrauen, als er von Tanner über Donovan zu Eva blickte. „Was gibt's?"

„Sorry, dass ich dir das antue, aber wir brauchen deine Hilfe."

„Schon wieder?"

„Ja, schon wieder."

Er schlüpfte aus dem Haus und schloss die Tür hinter sich. „Jetzt ist kein guter Zeitpunkt."

„Es gibt keinen guten Zeitpunkt, um es mit einem Archetyp aufzunehmen."

Er neigte den Kopf zur Seite, wie ein verwirrter Welpe. „Hast du gerade Archetyp gesagt?"

„Ja. Sie ist diejenige, die den Liebeszauber über Eastwind gewirkt hat, und die Situation geht schnell bergab. Wir brauchen deine Hilfe, um den Zauber zu brechen und sie zurückzuschicken."

Er öffnete den Mund, um zu antworten, aber es kam nur ein leises Krächzen heraus. Er musterte die Gesichter, die ihn erwartungsvoll ansahen. „Das kann nicht euer Ernst sein.

Nach allem, was ich über sie gelesen habe, können sie nicht besiegt werden. Sie können jeden manipulieren. Sie können in deine persönliche Geschichte eintauchen und sie gegen dich verdrehen. Der einzige Weg, wie wir fünf möglicherweise, vielleicht genug Macht aufbringen könnten, um einem entgegenzutreten, wäre, durch ein Verbindungsritual."

„Ja. Genau das dachte ich mir."

„Warte, was?", sagte Tanner hinter mir. „Ich wusste nicht, dass wir das tun."

Ich ignorierte ihn. Er war sowieso schon an Bord, das war offensichtlich. Ich konnte die Details später mit ihm klären. Landon dagegen war noch nicht einmal mit einem Fuß im Boot.

Eine weitere Eule flog aus dem Nachthimmel, und Tanner winkte sie weg und sagte: „Ich weiß, ich weiß. Bin schon dran."

„Du sprichst im Grunde davon, einen Zirkel zu bilden", fuhr Landon fort. „Du weißt, dass ich daran kein Interesse habe."

„Ich auch nicht", sagte ich ehrlich. „Aber verzweifelte Umstände erfordern verzweifelte Maßnahmen, und wir haben gerade gesehen, wie zwei Werbären sich fast wegen eines Kobolds zerfleischt haben."

Das weckte sein Interesse, und ich dachte: *Ja! Ich hab' ihn!*

Dann machte er einen halben Schritt zur Tür. „Nein. Ich bin nicht interessiert. Ich sehe immer noch nicht, warum eine zweite Chance in der Liebe so schlimm sein soll."

Tanner trat vor. „Willst du, dass ich es dir erkläre?", fragte er, seine Stimme so tief, dass es fast ein Knurren war. „Ich schätze, ich habe weniger als zwölf Stunden, bevor ich meine Freundin und meinen besten Freund mit Gewalt daran hindern muss, zusammen in die Deadwoods zu rennen."

Landon kniff die Augen zusammen. „Stimmt das, Nora?"

„Oh ja", sagte ich. „Ich stelle mir gerade alle möglichen Wege vor, wie das passieren könnte."

„Dito", sagte Donovan. Eva schlug ihm mit dem Handrücken auf die Brust.

Tanner winkte eine weitere Eule weg.

Landon seufzte, öffnete dann seine Haustür einen Spalt und schlüpfte hindurch. „Tut mir leid. Wirklich. Aber ihr müsst einen anderen Nordwind finden, der euch hilft."

„Landon", tadelte ich ihn. „Was ist in dich gefahren? Seit wann hast du null Interesse daran, in Schwierigkeiten zu geraten?" Ich legte eine Hand an die Tür, um ihn davon abzuhalten, sie mir vor der Nase zuzuknallen. Es gab keinen anderen Nordwind, den wir einspannen konnten. Ich wusste, dass er es sein musste. Und die Tatsache, dass er nicht vom Liebeszauber betroffen war, machte ihn nur noch geeigneter.

Als ich begann, die Tür aufzuziehen, riss er sie zurück.

„Was versteckst du?", fragte ich. Ich zog stärker an der Tür und wippte hin und her, um an ihm vorbei ins Haus zu sehen. Er bewegte sich jedes Mal, um mir die Sicht zu versperren.

„Nichts", beharrte er.

Ich glaubte ihm natürlich nicht und versuchte weiter, an ihm vorbei in sein Haus zu spähen. „Dann können wir reinkommen?"

„Nein!", blaffte er. Dann weniger eindringlich: „Ich habe nicht aufgeräumt."

„Einhornäpfel", sagte ich. „Du versteckst was vor uns. Hat das was mit dem Archetyp zu tun? Warte!" Mein Mund blieb offenstehen, und ich keuchte. „Ist sie *da drin*?"

Entsetzen huschte über sein Gesicht. „Was? Nein! Sie ist nicht hier. Ich, äh, ich weiß nicht, wo sie ist." Er blinzelte zweimal. „Warte, von wem redest du?"

„Cassandra!"

Die Hinweise ergaben in diesem Moment einen Sinn.

Cassandra wirkte süß und jung, aber keineswegs dumm. Sie wäre der perfekte Schwarm für Landon, und wenn sie wirklich der Archetyp war, den wir jagten, könnte sie seine Gefühle beliebig manipulieren. Selbst ohne das würde Landon ihr wahrscheinlich helfen, sich zu verstecken, wenn sie behauptete, in Gefahr zu sein. Besonders, nachdem er das letzte Mädchen, das er geliebt hatte, nicht hatte beschützen können.

Aber seine Reaktion war nicht das, was ich nach der Anschuldigung erwartet hatte. Anstatt es zu leugnen, fragte er: „Wer?", und verwirrt, wie er war, lockerte sich sein Griff um die Tür. Ich nutzte meine Chance und riss sie auf.

Er versuchte, vor mich zu springen, aber Tanner griff ein und schob ihn zur Seite, damit ich vorbeikonnte.

Wenn mich die letzten paar Tage etwas gelehrt hatten, dann, dass ich die Person, die ich suchte, im Schlafzimmer finden würde.

Da ich nicht genau wusste, wo sein Schlafzimmer war, musste ich suchen, aber ich fand es leicht genug; es war das mit der geschlossenen Tür.

Hera, Landons Luchs-Vertraute, schlief wie ein Wachhund vor dem Raum, hob aber den Kopf, als ich auf sie zustürmte. „Ich will dir nichts Böses", sagte ich vorsichtig.

Sie stand auf, und machte einen Katzenbuckel.

„Whoa, whoa, whoa, Mädchen." Ich hob beschwichtigend die Hände. Sie war vielleicht kein Berglöwe wie Evas Vertrauter, aber die Wildheit eines Luchses war nichts, was man auf die leichte Schulter nehmen sollte. „Du kennst mich. Wir sind cool. Und ich habe Grim nicht mitgebracht."

Langsam legte sie sich wieder hin, und ich machte einen weiten Bogen um sie, als ich mich der Tür näherte.

Ich griff nach dem Knauf und schloss kurz die Augen, da ich wusste, dass Landon und die anderen wahrscheinlich nicht weit hinter mir waren.

Bitte lass mich nicht etwas sehen, das ich nie wieder vergessen werde.

Dann stieß ich die Schlafzimmertür auf.

Und als mein Blick auf sie fiel – wie sie dort saß, ganz versunken in ihrem Buch –, brach plötzlich ein ganzer Schwall Realität über mich herein.

Kapitel Einundzwanzig

Sie saß auf einem Kissen im Erkerfenster von Landons Schlafzimmer. Die Vorhänge waren hinter ihr zugezogen, und sie hatte ein dickes, aufgeschlagenes Buch gegen ihre angewinkelten Knie gelehnt. Zu ihren Füßen ruhte ein Schneeball von einer Katze, die sich nicht die Mühe machte, bei dem plötzlichen Geräusch und der Bewegung aufzusehen. Der Kopf der Hexe jedoch zuckte zur Tür, als ich hereinplatzte, und der Ausdruck eines gefangenen Beutetiers blitzte in ihren Augen auf, sobald ihr bewusst wurde, dass ich nicht Landon war.

Sie wusste vielleicht nicht, wer ich war, aber ich erkannte sie sofort von den Bildern.

„Grace?", sagte ich.

Schritte donnerten den Flur entlang, und Landon blieb abrupt vor mir stehen und versperrte mir den Blick auf die zuvor verschwundene Hexe. „Ich kann es erklären."

Es fühlte sich an, als hätte ich einen Betonklotz geschluckt. „Musst du nicht. Ich verstehe."

Er schluckte schwer. „Jetzt weißt du, warum ich dir nicht

helfen kann, den Zauber zu brechen." Er klang elend, und ich beneidete ihn nicht um die Lage, in der er sich jetzt befand.

„Oh, Fänge und Klauen ...", murmelte Tanner hinter mir. „Wenn jemand fragt, ich habe die Vermisste nie gesehen. Ich habe derzeit genug um die Ohren, ohne dass ich diesen Fall wieder aufrollen muss."

Donovan und Eva kamen endlich im Flur hinter uns an und spähten ins Zimmer.

„Beim Rätsel der Sphinx", sagte Eva. „Ist das, wer ich denke?"

Landon näherte sich Grace und setzte sich dann neben sie auf die Fensterbank. „Es ist okay", sagte er. „Sie werden niemandem sagen, dass du hier bist" – er funkelte uns an – „nicht wahr?"

Wir nickten gehorsam.

„Ich will euch wirklich helfen", sagte er, „aber ich wäre ein Idiot, einen Zauber zu brechen, der, na ja ..." Er nickte zu Grace.

„Ich verstehe." Aber gleichzeitig löste sich mein einziger Plan in Wohlgefallen auf. „Ich hoffe, du nimmst es uns nicht übel, wenn wir trotzdem versuchen, ihn zu brechen."

„Natürlich nicht", sagte er.

Ich wandte mich Tanner, Donovan und Eva zu. „Ich schätze, wir müssen einen anderen Nordwind finden." Aber wen? Wem konnten wir vertrauen? Wer war gerade genug bei Verstand? Wer wäre bereit, sich mit etwas so potenziell Gefährlichem wie einem Archetyp anzulegen?

Hinter mir meldete sich Grace zu Wort. Ihre Stimme war entschlossen. „Ich bin ein Nordwind. Ich helfe euch."

„Grace, nein", sagte Landon, das Gefühl des Verrats schwang in seinem Flehen mit.

Die zierliche blonde Hexe mochte zerbrechlich wirken, aber ich hatte sie offensichtlich unterschätzt. Sie markierte die Stelle in ihrem Buch mit einem hellblauen Band, klappte es zu und legte es ordentlich auf das Kissen, während sie aufstand und Landon anstarrte. „Irgendjemand muss es tun, du Genie.“

Er sprang auf die Füße. „Ja, aber das musst nicht du sein.“

„Doch, wenn du es nicht tust“, antwortete sie.

„Bitte!“, flehte er. „Lass sie das regeln, wir können einfach hierbleiben und –“

„Auf keinen Fall“, sagte sie. „Du weißt, wie viel ich riskiere, nur um in diesem Reich zu sein. Denkst du, ich werde tatenlos zusehen, wie die Stadt, die ich liebe, den Bach runtergeht?“

Er legte seine Hände auf ihre Arme und murmelte: „Aber ... *das Baby*.“

Uff. Wie unbehaglich.

Ich war sofort dankbar, dass ich nicht bei ihrem ersten Gespräch über das Baby dabei gewesen war, das ganz sicher nicht von Landon war. Hatten sie Vorkehrungen für die Geburt getroffen? Was, wenn es ein Werwolf wie sein Vater war, nicht eine Hexe wie seine Mutter?

Nicht der Moment dazu, Nora.

Grace stemmte die Hände in die Hüften. „Wenn du nicht willst, dass ich etwas Gefährliches tue, gibt's eine einfache Lösung. Aber einer von uns wird da rausgehen, diesen Zirkel vervollständigen und versuchen, was auch immer diese Stadt bedroht, aufzuhalten. Es ist deine Wahl, wer geht.“

Landon presste seine Lippen zu einer dünnen Linie zusammen, und selbst aus drei Metern Entfernung konnte ich ein angespanntes Muskelzucken in seinem Kiefer sehen. „Nein“, sagte er. „Wir bleiben beide hier.“

Grace kicherte, legte eine Hand an seine Wange und blickte ihm in die Augen. „Oh, Landon, es ist wirklich süß, dass du denkst, du könntest diese Wahl für mich treffen.“ Sie hielt inne. „Geh. Ich verspreche, ich werde hier sein, wenn du zurückkommst.“

„Nein, wirst du nicht. Nicht, wenn wir den Zauber brechen."

„Ich glaube, du unterschätzt, was ich tun kann, wenn ich mir etwas in den Kopf setze. Du musst mir vertrauen, wenn ich sage, dass ich nicht wegen des Zaubers zurückgekommen bin. Ich bin zurückgekommen, weil mir bewusst geworden ist, dass es hier jemanden gibt, dem ich nicht egal bin, und ich war eine Idiotin, das zurückzulassen."

Landon schwieg, während er eine Hand an sein Gesicht hob und sie über ihre legte. „Okay. Ich vertraue dir."

Er wandte sich uns zu. „Nur damit das klar ist, ich esse bis zum Tag meines Todes kostenlos im Medium Rare."

Ich nickte begeistert.

Donovan verdrehte die Augen. „Angesichts der Tatsache, dass das heute sein könnte, ist das kein schlechter Deal."

„Egal. Los geht's." Landon rauschte ohne ein weiteres Wort an uns vorbei, und wir folgten ihm.

Aber nicht, bevor ich einen letzten Blick ins Schlafzimmer warf und Grace Merryweather zunickte. „Freut mich, dass du in Sicherheit bist."

Sie schenkte mir ein strahlendes Lächeln. „Wenn du zulässt, dass er stirbt, bekommst du es mit mir zu tun."

Ich schauderte und zuckte zurück. Ich räusperte mich. „Richtig. Verstanden." Ich zwang mich zu einem Lächeln, wohl wissend, dass ich heute Nacht mein Glück strapazierte; die letzte Komplikation, die ich brauchte, war, es mir mit einer schwangeren Hexe zu verscherzen.

Kapitel Zweiundzwanzig

Als Landon nach einer Jacke griff, fragte Tanner: „Gehen wir sie suchen, oder rufen wir sie zu uns?"

„Ich weiß schon, wo sie ist", sagte ich. „Sie ist im Medium Rare. Ich habe sie mit der Nachtschicht unter Bryant anfangen lassen, bis sie den Dreh raus hat. Irgendwann werde ich sie in der Tagschicht einsetzen, damit Eva nach einem besseren Job suchen kann."

„Ähm ...", sagte Eva. „Ich glaube, das ist dir noch nicht klar, aber du wirst sie nicht in der Tagschicht einsetzen."

„Oh, richtig." So viele Details, die man im Kopf behalten musste. „Dann, ähm, sorry, aber ich werde dich noch eine Weile länger brauchen."

Sie nickte. „Ich verstehe, und vorausgesetzt, ich bin morgen noch am Leben, mache ich das gerne."

Landon öffnete die Haustür, und wir traten nacheinander hinaus. Hera versuchte, uns zu folgen, aber Landon streckte sein Bein aus, um sie aufzuhalten. „Nein, Mädchen. Du bleibst hier bei Grace und Daisy. Wenn mir was passiert, ist es deine

Aufgabe, sie zu beschützen." Er hielt inne und starrte auf den Luchs hinunter. „Ja, natürlich will ich, dass du meinen Tod rächst. Wir haben darüber gesprochen." Er machte wieder eine Pause. „Genau. Lass dich nur nicht erwischen."

Nachdem Hera nun beruhigt war, schloss er die Tür hinter sich und verriegelte sie. „Also sehe ich das richtig?", begann er und zog seine Jacke gegen die Kälte fester um sich. „Wir fünf werden ein Verbindungsritual durchführen, um unsere Kräfte zu bündeln und einen verdammten Archetyp zu besiegen?"

„Ja", sagte ich.

„Vielleicht ist das kleinlich, aber weiß jemand, wie man ein solches Ritual durchführt?"

Ich schauderte und warf einen Blick auf die anderen, in der Hoffnung, dass einer von ihnen zuversichtlich nicken würde.

Keiner tat es.

„Toll", sagte Landon und warf die Hände in die Luft. „Das ist vollkommen in Ordnung, denn Magie ist super einfach, und man braucht überhaupt keine Übung."

„Ich spüre da ein bisschen ...", sagte Tanner und winkte eine weitere Notfall-Eule weg. „... Sarkasmus?"

„Vielleicht hat er recht", sagte Eva. „Vielleicht sollten wir warten, bis die Bibliothek morgen früh öffnet, und sehen, ob wir dort nicht eine Anleitung finden."

„Nein", sagte ich, „das kann nicht warten."

Donovan trat Schulter an Schulter mit mir. „Ich muss Nora Recht geben."

Eva schmollte genervt und verschränkte die Arme vor der Brust. „Große Überraschung."

Eine Hand glitt in die Gesäßtasche meiner Hose. Es war nicht Tanners.

„Fänge und Klauen", knurrte Tanner. „Muss ich dich fesseln?"

„Was?" Donovan zog seine Hand heraus und hob beide Hände in die Luft. „Ich habe nichts getan!"

„Einhornäpfel!", sagte Tanner. „Ich hab's gesehen!"

Eva seufzte und stellte sich zwischen Donovan und mich. „Sie können nicht anders, Tanner."

Landon beobachtete uns genau. „Es ist schlimm, oder?"

Tanner nickte, dann fluchte er, als zwei weitere Eulen herabschossen. „Ich weiß, okay?!", polterte er. „Sagt euren Freunden, sie sollen mich in Ruhe lassen, damit ich tatsächlich was tun kann!" Er richtete seine Aufmerksamkeit wieder auf Landon. „Im Sheehan's ist es noch schlimmer. Als wir gegangen sind, waren Bloom und Malavic kurz davor, eine Romanze für die Ewigkeit wiederzubeleben."

Ich mischte mich ein, bevor Landon die offensichtlichen Nachfragen stellen konnte. „Der Punkt ist, die Situation wird komplizierter, die Emotionen werden stärker, und ich weiß nicht, ob wir bis morgen warten können, um dem ein Ende zu setzen."

Donovan stöhnte: „Es wäre die längste Nacht meines Lebens, wenn wir das täten."

Landon nickte, und ich konnte sehen, wie sich der Schalter von widerwillig zu voll dabei umlegte. Ich wünschte, wir hätten seine Verschwörungstafel griffbereit. „Ich sage, wir finden einen guten Ort und locken sie zu uns."

„Und wo ist ein guter Ort?", fragte ich. „Nicht in der Nähe des Medium Rare, bitte. Ich bin mir ziemlich sicher, dass unsere Versicherung Schäden dieser Art nicht abdeckt." Ich sah Tanner an, der es mit einem „Definitiv nicht" bestätigte.

„Angesichts dessen, dass wir keine Ahnung haben, was wir tun", sagte Landon, „ist das Beste, was wir uns erhoffen können, etwas, wo all unsere Stärken unterstützt werden. Ich bin am besten, wenn es einen guten Luftstrom gibt, aus dem ich schöpfen kann."

„Gute Idee", sagte Donovan. „Ich brauche irgendwo Wasser."

„Ich brauche nur Feuer", sagte Eva. „Aber das können wir überall heraufbeschwören."

„Und ich brauche festen Boden, um daraus zu schöpfen", sagte Tanner.

Dann merkte ich, dass sie alle mich ansahen. „Was?", sagte ich. „Oh, ihr fragt euch, was ich brauche? Hmm, ich weiß nicht, noch zehn weitere Jahre Training und Ruby, die mir bei jedem Schritt sagt, was zu tun ist?"

Landon verdrehte die Augen. „Klar, wir könnten alle zehn weitere Jahre Training gebrauchen, bevor wir es mit sowas aufnehmen. Verdammt, ich würde sogar einen weiteren Tag nehmen, aber wir haben schon festgestellt, dass wir so viel Zeit nicht haben. Macht sowieso keinen Unterschied. Wir sprechen von natürlichen Fähigkeiten, nicht von Studien. Du bist eine Nekromantin, also wo musst du sein? Ein Friedhof? Die Deadwoods?"

„Die Deadwoods", sagte Donovan.

Tanners Augen schossen Dolche in seine Richtung, und Donovan räusperte sich und schwieg wieder.

„Keinen Friedhof", sagte ich. „Ich bezweifle, dass es mir hilft, mich zu konzentrieren, wenn ich von Geistern umgeben bin. Es gibt einen Grund, warum ich mich von dort fernhalte."

Ich dachte weiter darüber nach, wo es für mich am besten wäre. Ich wusste, dass die Nacht gut war, aber die hatte ich ohnehin überall. Dann erinnerte ich mich an etwas, das Ruby vor langer Zeit gesagt hatte, als ich in Eastwind angekommen war.

Der Grund, warum Nekromanten bei Nacht am stärksten sind, ist, dass wir eine enge Verbindung zu den Sternen haben. „Irgendwo unter freiem Himmel", sagte ich. „Ich muss so viele Sterne wie möglich sehen können."

Ich hatte noch nicht einmal meine große Zehe in die Astrologie getaucht, aber wenn wir das auf die natürliche Weise angingen, wie Landon vorgeschlagen hatte, und nur auf unsere angeborenen Fähigkeiten setzen wollten – würde das nicht viel ausmachen. Sterne würden reichen müssen.

„Fulcrum Park?", schlug Donovan vor. „Ich kann aus dem Brunnen schöpfen."

„Nicht gut", sagte Tanner, die Hände in die Hüften gestemmt. „Zu zugepflastert. Ich muss die Erde unter mir spüren."

„Und zu sehr von Bäumen abgeschirmt", sagte Landon. „Wenig Luftstrom und geringe Sicht auf den Nachthimmel."

Eine Erinnerung aus meinem früheren Leben blitzte in meinen Kopf, und ich war mir nicht sicher, ob es Einsicht oder eine Manipulation von Roland war, aber ich hatte eine Idee.

„Was ist mit den Regenbogenfällen?"

Das kam bei den anderen gut an, also machten wir uns auf den Weg.

Die Flashbacks kamen mit zunehmender Häufigkeit, als wir den steilen, grünen Hang direkt außerhalb von Erin Park erklommen, auf dem Weg zum Gipfel der Fälle. Selbst im Mondlicht leuchtete das bunte Wasser hell.

Während die anderen sich daran machten, ein sicheres und kontrolliertes Lagerfeuer für Eva zu entfachen, löste ich mich, ging zum Rand der grünen Klippe und starrte hinaus auf die Wildnis aus Wald und Fluss unten. Es war eine klare Nacht, und als ich die Augen schloss, konnte ich fast den Puls der Sterne spüren. Wenn ich lauschte, hörte ich ein summendes Geräusch wie Millionen flüsternder Stimmen.

Ich hatte das seit meinem Übergang nicht getan. Ich hatte mir nie die Zeit genommen, hier draußen unter dem Nachthimmel zu sein, um einfach zuzuhören.

Und das brachte mich dazu, mich selbst treten zu wollen.

Das Gefühl einer immensen Kraftquelle, die gerade außerhalb meiner Reichweite war, war eine Erinnerung daran, wie viel ich noch zu lernen hatte und wie sehr ich geschludert hatte. Weil ich meine Aufmerksamkeit zu sehr zwischen Lektionen und Tanner und dem Lösen von Kriminalfällen und dem Führen des Medium Rare aufgeteilt hatte, war ich nicht so weit, wie ich hätte sein können, und jetzt gefährdete das meine Freunde unnötig.

Ich öffnete die Augen wieder, und für einen Moment musste ich kämpfen, mich zu erinnern, wo ich in Raum und Zeit war. War das Eastwind? Irland? Oder war es der Rand der Welt in jenem Reich, verborgen hinter dem Tunnel aus Bäumen tief in den Deadwoods?

Vielleicht spielte es keine Rolle. Vielleicht war es alles dasselbe. Wieder und wieder und wieder. Ich hatte bis dahin nicht bemerkt, in welchen starken Kreislauf ich geraten war. Donovan war wie ein Echo von Roland. Gab es etwas, das ich tun konnte, um das aufzuhalten? Um dem neuen Weg, den ich mit Tanner einschlug, treu zu bleiben?

Rolands Stimme kam als Flüstern in der Brise zu mir. „Hier bist du wieder, Liebste.“

Auch er war gerade außerhalb meiner Reichweite, doch jetzt wusste ich, dass ich vortreten und ihn herüberziehen, ihn real machen könnte. Wie hatte ich das zuvor gemacht? Was war an diesen Momenten mit ihm gewesen, die es ermöglicht hatten, dass er eine feste Gestalt anzunehmen begann?

Ich konnte ihn neben mir spüren, und als ich mich umsah, war er da, schimmerte im Mondlicht. Sein Blick ging weit über uns hinaus, vorbei an der Klippe.

Ich spürte die enorme Anziehungskraft, die von ihm ausging, als würden alle Atome in meinem Körper zu ihm gezogen. Ich wich seinem Blick aus, um mir eine Chance zu geben, zu widerstehen, und vor Anstrengung schmerzten meine Knochen.

„Es wäre so gut", sagte er. „Und jetzt wissen wir, dass du es möglich machen kannst."

„Ich weiß", flüsterte ich. „Was ich nicht weiß, ist, wie ich dazu in der Lage bin."

„Ich dachte, es wäre offensichtlich."

„Ist es nicht." Eine Windböe stieß gegen meinen Rücken und drückte mich näher an die Klippe heran. Ich erkannte sie sofort als das, was sie war: die Winde der Veränderung.

„Deine Kraft ist der Tod. Es mag morbid erscheinen, Liebste, aber nur, wenn du es von der falschen Seite betrachtest. Komm dem zuvor und schau zurück, und du wirst sehen, dass es auch Wiedergeburt ist. Die Magie der Wiedergeburt ist in der Tat mächtig. Kombiniert mit einem Liebeszauber dieser Größenordnung, und es ist nur natürlich, dass du eine vergangene Liebe wiederbeleben kannst. Aber nur, wenn du aufhörst, dich zurückzuhalten, und dich hingibst."

Wenn er die Wahrheit sagte, hieß das dann, dass mit dem Liebeszauber auch meine Chance verschwinden würde, ihn zurückzuholen?

„Es ist nicht der einzige Weg", sagte er und beantwortete meine Frage, ohne dass ich sie ausgesprochen hatte. „Aber es ist der, der greifbar ist. Ich habe viele Dinge in meiner Suche nach dir gelernt, und wenn du mich zurückbringst, könnte ich dir helfen, den Archetyp zu besiegen. „Vielleicht kann ich helfen, deine Freunde zu beschützen."

„Was weißt du?" Ich zwandte mich ihm zu, erinnerte mich dann und sah schnell weg.

„Viele Dinge", begann er. „Zum Beispiel weiß ich, dass dies nicht dein Kampf ist."

„Hör auf!", zischte ich. „Hör einfach auf damit! Du wirst

mich nicht davon überzeugen, einfach aufzugeben und dabei zuzusehen, wie die Stadt im Chaos versinkt."

„Ganz und gar nicht, was ich sage, Diana."

Der Name fühlte sich wie eine Ohrfeige an. „Ich bin nicht Diana. Siehst du? Wie kann ich dir vertrauen, wenn du genauso unter dem Zauber stehst wie der Rest von uns? Du bist nicht in mich verliebt, Roland, du bist in *sie* verliebt. Bitte. Geh einfach zurück ins Haus. Du bist nur eine Ablenkung." Ich schob meine Hände in die Manteltaschen und ballte sie zu Fäusten.

„Lass mich bleiben", sagte er sanft.

Ich grub meine Fingernägel in das Fleisch meiner Hand, um mich bei Verstand zu halten. „Nein. Das kannst du absolut nicht. Du hast gesehen, was im Sheehan's passiert ist. Ich kann kaum denken, wenn du und Donovan so nah bei mir seid. Dann nimm noch Tanner in die Gleichung auf, und es geht einfach nicht."

„Ich verlasse dich nicht", sagte er entschieden.

„Wenn du bleibst, bringst du mich in Gefahr." Ich biss die Zähne zusammen, um den Mut aufzubringen, fortzufahren. „Verschwinde hier. Zwing mich nicht, dich für immer zu verbannen."

„Das würdest du nicht tun."

„Ich – okay, wahrscheinlich nicht. Aber bitte, geh."

„Nur, weil du nett gefragt hast."

Ich musste ihn nicht verschwinden sehen, um zu wissen, dass er weg war. Der Knoten in meinem Magen löste sich, und ich fühlte mich benommen von der Konzentration, die es erfordert hatte, Abstand zu halten.

„Bist du okay?"

Ich drehte mich um, gerade als Tanner zu mir kam. Das Gras und der Boden waren so weich, ich hatte ihn nicht kommen hören. Oder vielleicht war ich einfach so in Gedanken versunken. Er legte seine Arme um meine Taille und presste die

Vorderseite seines warmen Körpers gegen meinen Rücken. Sein Dienstgürtel drückte ein wenig, aber es machte mir nichts aus. Ich lehnte den Kopf gegen seine Brust. „Ich hätte disziplinierter lernen sollen“, klagte ich. „Ich bin nicht vorbereitet. Ich bin nie vorbereitet.“

„Niemand ist das“, sagte er schnell. „Niemand ist je auf das Unerwartete vorbereitet. Du kannst dich verrückt machen, wenn du versuchst, dich darauf vorzubereiten, was sowieso nie funktioniert, oder du kannst es einfach auf dich zukommen lassen und improvisieren.“

„Ich bin schrecklich darin“, sagte ich.

Er kicherte. „Machst du Witze? Du bist darin die Beste, die ich kenne. Du bist vor kaum mehr als sechs Monaten gestorben und in eine neue Welt gekommen. Sieh dir alles an, was passiert ist, seit du angekommen bist. Du konntest dich unmöglich auf die gefährlichen Dinge vorbereiten, die seitdem passiert sind, und doch bist du hier.“ Er drückte einen flüchtigen Kuss auf meinen Nacken. „Nichts, was ich hätte tun können, um mich darauf vorzubereiten, dich zu treffen, so viel ist sicher. Ich war erledigt, in dem Moment, als ich dich gesehen habe.“ Die Wärme seines Körpers war angenehm gegen die heftige, kalte Brise, und als er sich zurückzog, stöhnte ich.

„Ich denke, sie sind bereit für uns“, sagte er. Ich drehte mich von der Klippe weg und lächelte, als ich sah, dass er ein paar Schritte voraus auf mich wartete und mich über seine Schulter ansah, mit ausgestreckter Hand.

Natürlich nahm ich sie.

Wir versammelten uns im Kreis um das Feuer. Ich stand mit Landon zu meiner Linken, Tanner zu meiner Rechten. Eva stand auf der anderen Seite von Tanner, und Donovan trat unruhig von einem Fuß auf den anderen zwischen Eva und Landon.

„Was jetzt?", fragte Donovan.

„Sag du es mir", antwortete Tanner. „Du und Nora seid die Einzigen, die je ein Verbindungsritual durchgeführt haben."

„Mag sein", erwiderte Donovan, „aber ich hatte einen Zauber und ein vorgeschriebenes Ritual. Hier habe ich nichts, worauf ich zurückgreifen kann."

Ich mischte mich ein. „Ich muss wahrscheinlich die Führung übernehmen." Ich wollte nicht, aber Schritt eins dieses ganzen Prozesses war, Cassandra zu uns zu rufen, und soweit ich wusste, war ich die Einzige im Kreis, die Erfahrung damit hatte. „Ich werde versuchen, sie hierher zu rufen, aber ich habe bisher nur Geister beschworen, also kann ich nichts versprechen."

„Und dann was?", sagte Eva. „Wir wissen nicht einmal, wie wir sie besiegen sollen. Wir rufen sie einfach her und bitten sie höflich zu gehen?"

Sie scherzte natürlich, aber hey, vielleicht würde es funktionieren. „Zugegeben, ich weiß nicht, was als Nächstes passiert. Ich hoffe, meine Einsicht sagt mir das."

„Wir könnten einen analytischeren Ansatz wählen", schlug Landon vor. „Was wissen wir über einen Archetyp?" Aus irgendeinem Grund, den ich nicht kannte, sah er uns fragend an. Aber nachdem jeder von uns mit den Schultern zuckte oder den Kopf schüttelte, verdrehte er die Augen und seufzte. „Okay, ich schätze, ich bin der, der über dieses Thema am meisten weiß. Nur damit ihr es wisst, das verheißt nichts Gutes für uns, denn mein Wissen ist extrem begrenzt. Was ich über sie weiß, ist, dass sie in einen hineinsehen können. Sie nutzen die Schwächen ihres Gegenübers, indem sie Erlebnisse aus der Vergangenheit triggern."

„Weißt du", sagte Tanner, „ich bin mir nicht sicher, ob mir der analytische Ansatz gefällt. Nicht besonders beruhigend."

„Bevorzugst du Unwissenheit?", fragte Landon.

„Ganz und gar nicht", antwortete Tanner. „Dein soge-nanntes Wissen hilft aber nicht wirklich, oder? Es liefert nur eine Erklärung, warum wir überfordert sind. Ich bevorzuge Noras Herangehensweise – sie lässt wenigstens noch ein biss-chen Raum für Spekulation, wie gearscht wir wirklich sind."

Das war Tanner in Panik. Die anderen konnten es vielleicht nicht als das erkennen, was es war, aber ich sah es. Die Verkör-perung von „wer nachdenkt, verliert". Tanner Culpepper war am besten, wenn er sich in die Action stürzte. Was bedeutete, es war Zeit, loszulegen.

Ich griff nach Landons und Tanners Händen. „Wir fangen an, indem wir uns an den Händen fassen", sagte ich.

Das Gefühl wirbelnder Energie, das ich erlebt hatte, als ich das Verbindungsritual mit Donovan durchgeführt hatte, wurde nur intensiver, sobald wir fünf uns an den Händen hielten. Es war gleichzeitig schwindelerregend und erdend.

„Whoa", keuchte Tanner.

„Ganz meine Meinung", sagte Eva.

Landon sagte: „Greift nach euren Elementen. Wir brauchen mehr Macht als das."

Ich schloss die Augen. Die Energie, die durch mich floss, fühlte sich an wie ein Tsunami, der sich auf See aufbaut, ein tosender Hurricane, ein grollender Vulkan, ein Erdbeben. Die Kraft sammelte sich, bettelte darum, angezapft zu werden, und ich wusste, ich war diejenige, die es tun musste, aber ich machte mir Sorgen, was mit mir passieren könnte, wenn ich es tat. Ich war nicht stark genug oder würdig genug, um sie zu nutzen. Was ich damit tun könnte, könnte erschreckend sein.

Ruby machte oft Anspielungen darauf, eine Armee der Toten zu erwecken, und als ich mich mit meinem Bewusstsein vortastete und an den Vorrat an Magie stieß, der uns fünf zur Verfügung stand, wusste ich, dass das nicht außerhalb der Möglichkeiten lag.

Und doch, würde es reichen?

Die Magie füllte den Raum des Kreises, drängte nach außen, brauchte ein Ventil, mehr Platz zum Ausdehnen.

Komm schon, Nora. Konzentrier' dich!

Wie sollte ich ein lebendes Wesen beschwören? Oder war ein Archetyp überhaupt eines?

Ich beschloss, es genauso zu versuchen, wie ich alles andere beschwören würde. Nur dass ich, anstatt mir vorzustellen, in Zilker Park zu sein, einen anderen Ort heraufbeschwor, der mir genauso vertraut geworden war.

Dann rief ich in den Nachthimmel hinaus. Und zu meiner Überraschung antwortete er. Stellen Sie sich vor, tausend der größten Geschichten, die je erzählt wurden, zu hören, alle auf einmal, und Sie haben vielleicht eine Vorstellung davon, wie es sich anfühlte, diese Kraft zu empfangen. Meine Haare stellten sich auf, und mein rasender Herzschlag beruhigte sich.

Vorsichtig zapfte ich das kleinste bisschen Magie an, das ich konnte, nahm nur, was ich brauchte, um anzufangen.

Ich stellte mir jeden Tisch, jeden Stuhl, die Schachbrettfliesen auf dem Boden, die Kaffeekannen, die Kunst an den Wänden, das blinkende Schild vor dem Diner vor. Ich konzentrierte mich auf die genaue Form des Kirschflecks auf der Theke, den niemand herausbekam, egal wie viel Schrubben oder Magie angewendet wurde. Und als ich von diesem Fleck aufsah, hatte ich es geschafft. Ich war da und stand hinter der Theke im Medium Rare.

Gäste waren überall an den Tischen verteilt, und nicht irgendwelche Gäste, sondern genau die, die tatsächlich um diese Uhrzeit vorbeikamen. Das waren keine herumwandernden Geister; es waren lebende, atmende Wesen. War das Teil meiner Vorstellung, oder war es real? Seltsamerweise vermutete ich Letzteres.

Bryants silbernes Haar fiel mir ins Auge, als er die Bestellung einer gemischten Kobold- und Goblinfamilie aufnahm. Er machte einen Witz, den ich nicht hören konnte, und erst als die Geräusche des Diners mit ihrem Lachen hereinstürmten, merkte ich, dass die Welt zuvor still gewesen war.

Wo war sie? Ich sah mich im Gastraum um, aber sie war nicht da. Sie musste in der Küche sein. Das wäre eine schwierigere Kulisse, mit den detaillierten Lagerflächen und Anton, der seine Werkzeuge regelmäßig umräumte.

Bevor ich mich daran machte, sie heraufzubeschwören, eilte Cassandra aus dem Hintergrund heraus, die Tür klappte hinter ihr zu, als sie ein Tablett mit Burgern und Pommes zu Lot Flufferbum und seiner Frau Gwen trug.

Wenn ich sie jetzt beschwor, was würde passieren? Würden alle im Restaurant sehen, wie sie verschwindet? Das wäre Teleportation, oder? War ich dazu fähig? Wenn ja, wäre es wahrscheinlich am besten, es nicht direkt vor allen zu tun. Das Letzte, was das Medium Rare brauchte, war, dass jemand vom Personal direkt vor einem Redakteur der Eastwind Watch verschwindet. Lot würde mit dieser Schlagzeile einen Freudentag haben.

Sie stellte das Essen vor Mr. und Mrs. Flufferbum ab, und für einen Moment bereute ich, was ich vorhatte, denn es war nicht leicht, in dieser Stadt gute Bedienungen zu finden.

Zugegeben, ihre Manipulationskräfte halfen ihr wahrscheinlich beim Kundenservice, aber dennoch.

„Was zum Höllenhund?"

Ich senkte abrupt den Blick, und da war Grim, eingekuschelt in die Ecke unter der Theke, direkt unter den Kuchenständern.

„Du kannst mich sehen?", fragte ich.

„Klar kann ich das. Aber wie kannst du mich sehen?"

„Bin mir nicht ganz sicher. Wie sehe ich aus?"

Er neigte den Kopf zur Seite. *„Du siehst aus wie ein Geist."*

„Ein Geist?!"

„Habe ich gestottert?"

Ich streckte meine Arme aus und sah sie an. Sie sahen solide und echt aus, überhaupt nicht durchsichtig.

„Weiß Ruby, dass du das machst?", fragte Grim.

„Warum? Überlegst du, ob du mich später damit erpressen kannst?"

„Du kennst mich so gut. Auch, wenn sie davon weiß und ihren Segen gegeben hat, besteht die Chance, dass du was unglaublich Dummes tust."

Ich schüttelte den Kopf. *„Nein. Sie weiß nichts davon. Und ich tue definitiv was unglaublich Dummes."* Ich hielt inne. *„Warte, bist du den ganzen Tag hier gewesen und hast um Reste gebettelt?"*

„Nein. Ich war ein paarmal draußen, um mich zu erleichtern."

„Danke, dass du das nicht drinnen gemacht hast, aber auch: Du warst also doch den ganzen Tag hier."

„Richte zuerst über dich selbst, Frau. Klar, ich habe mich an Speck und Würstchen und Hamburger und vielleicht einem kleinen Stapel Pfannkuchen vollgefressen, den eines der Tomlinson-Kinder nicht essen wollte. Und, ja, wenn jemand meine Dienste anfordert, seinen Teller zu säubern, werde ich tun, was ich kann, um zu helfen. Das sind einfach gute Manieren. Ich könnte fett werden, das gebe ich zu, aber das, was du machst? Du könntest am Ende tot sein." Er hielt inne und spitzte die Ohren. *„Eigentlich klingt das gar nicht so schlecht."*

„Was, fett zu sein?"

„Nein. Tot zu sein."

Cassandra blickte am nächsten Tisch vorbei, und als sie sich auf den Weg zurück zur Küche machte, sah sie direkt zu mir. Ein Schauer schoss wie Elektrizität durch meinen Körper.

Sie zwinkerte und nickte mir zu, ihr zu folgen.

„Warte", sagte Grim. *„Hat sie dich gerade direkt angesehen?"*

„Ja."

„*Ist sie ein Fünfter Wind? Ich glaube, ich hätte das gewusst, wenn sie einer wäre.*"

„*Ist sie nicht.*"

Er steckte seinen Kopf unter seine riesigen Pfoten. „*Oh Junge. Du bist damit wirklich in ein paar Einhornäpfel getreten, oder?*"

Ich seufzte. „*Zweifellos. Die anderen warten auf mich. Ich muss gehen.*"

„*Wo warten sie?*"

„*Bei den Regenbogenfällen.*"

„*O du lieber Speck! Mit wem bist du dort? Und warum bist du so spät noch bei den Regenbogenfällen?*"

„*Warum bist du so spät noch im Medium Rare?*", antwortete ich.

„*Wie ich gerade sagte: aus Liebe zum Speck.*"

Die Küchentür klappte noch sanft hin und her, als ich sie erreichte und hindurchtrat.

Sofort verschwand der Boden unter mir, und mit einem zähneklappernden Ruck öffnete ich die Augen und fand mich bei den Regenbogenfällen wieder.

„Einhornäpfel!", fluchte ich.

Tanner öffnete ein Augenlid. „Was ist passiert?"

Ich ließ seine Hand los, und in dem Moment, als ich es tat, verschwand der Druck der Magie, die von unserem Kreis nach außen drängte. Ich stolperte vorwärts, hatte nicht bemerkt, dass ich mich dagegen gelehnt hatte. Donovan und Eva mussten auch jeweils einen schnellen Schritt machen, um auf den Beinen zu bleiben. „Ich habe sie gesehen, und ich weiß, dass sie mich gesehen hat. Sie wollte, dass ich ihr folge, und das habe ich getan, aber sobald ich in die Küche kam ... ich weiß nicht, was passiert ist. Ich wurde hierher zurück-gerissen."

„Sollen wir es nochmal versuchen?", fragte Eva. „Es war

nur dein erster Versuch. Vielleicht brauchst du nur noch einen Anlauf."

Ich öffnete den Mund, um zu antworten, aber bevor ich es konnte, meldete sich eine andere Frauenstimme zu Wort. „Nicht nötig."

Ich wirbelte zur Quelle links von mir, hinter Landon herum, und eine Gestalt schlich aus der Dunkelheit und pirschte auf das Leuchten des Feuers zu.

Kapitel Dreiundzwanzig

„Du hast dir verdammt viel Mühe gegeben, mich zu rufen“, sagte sie. „Du hättest einfach eine Eule schicken können, und ich wäre gekommen.“ Sie blieb ein paar Meter entfernt stehen und nahm sich Zeit, uns zu mustern. „Wobei kann ich euch helfen?“

„Wir wissen, was du bist“, sagte ich, bevor ich mich innerlich dafür tadelte, so dramatisch zu klingen. „Du musst den Liebeszauber über Eastwind aufheben. Er zerreißt diesen Ort.“

Sie spitzte die Lippen und blinzelte schnell. „Liebeszauber? Wovon redest du?“

Tanner trat neben mich, die Hand am Zauberstab. „Oh, komm schon. Heb den Zauber einfach auf, und wir können fröhlich unserer Wege gehen.“

Cassandra lachte. „Kommt gleich zum Kern der Sache, dieser hier.“ Sie zwinkerte mir zu. „Ich mag ihn. Wenn ich nicht schon den Mann meiner Träume getroffen hätte, würde ich ihn dir direkt vor der Nase wegschnappen.“ Ihr Lächeln verblasste, und sie stemmte die Hände mit einem Seufzer in die Hüften. „Der Zauber liegt nicht auf Eastwind. Zumindest nicht absichtlich. Eastwind erlebt nur die Auswirkungen eines mächtigen Zaubers. Das passiert manchmal. Unglücklich, aber unvermeidbar. Alles, was ihr wirklich tun müsst, um ihn loszuwerden, ist, das beabsichtigte Ziel wegzuschicken. Oder, wisst ihr, seine neue Tussi dazu zu bringen, zu gehen, damit er frei ist, zu der zurückzukehren, mit der er eigentlich zusammen sein sollte."

„Wenn er wirklich mit dir zusammen sein sollte", sagte ich, „würdest du keinen Zauber brauchen, um ihn dazu zu bringen."

Sie zuckte mit einer Schulter. „Darüber lässt sich streiten. Manchmal braucht das Universum einen kleinen Schubs, und ich bin gerade mächtig genug, um ihm einen zu geben."

Donovan machte einen weiteren Schritt nach vorn. „Bitte, heb den Zauber auf. Wir helfen dir, Liberty auf andere Weise zurückzugewinnen, wenn das nötig ist."

Cassandra grinste ihn an. „Nun, da du so nett fragst, natürlich." Sie hob eine Hand in die Luft und schnippte. „Da, alles weg."

Ich warf einen verstohlenen Blick auf Landon, der mich mit derselben Unsicherheit anstarrte. Dann nickte er in Donovans Richtung. Ich verstand die Botschaft.

Nach einem kleinen Tritt von Landon sah Donovan zu mir herüber, und als sich unsere Blicke trafen, bekam ich die Antwort auf meine Frage. „Sie lügt", sagte ich und widerstand dem Drang, eine körperliche Demonstration zu geben, wie stark der Zauber noch immer war.

„*Natürlich* lüge ich!", kicherte Cassandra. „Denkt ihr, ich würde das einfach beenden, nur weil Mr. Herzensbrecher so nett gefragt hat? Wenn es euch nicht gefällt, müsst ihr nur den nächsten Zug nach Avalon nehmen."

„Du wirst uns nicht aus unserer eigenen Stadt vertreiben", sagte Landon, die Fäuste an seinen Seiten geballt.

„Wenn du es nicht freiwillig tust, werden wir dich dazu zwingen."

Cassandra lachte. „Oh, er ist süß. Welche von euch hat eine Romanze mit ihm?" Sie grinste. „Eva? Du scheinst sein Typ zu sein."

„Du weißt, dass ich mit Donovan zusammen bin", sagte Eva entschieden und trat näher an ihren Freund heran.

„Ah, stimmt ..." Der Archetyp schüttelte einen Finger in seine Richtung. „Und jetzt ergibt es einen Sinn. Wow, dieser Zirkel, den ihr Hexen zusammengeschustert habt, ist wirklich ein verworrenes Netz." Sie hielt inne. „Ich sollte besser zurück an die Arbeit. Wie du weißt, Nora, bedient sich das Medium Rare nicht von selbst."

Aber in dem Moment, als sie uns den Rücken zukehrte, trat Landon vor, zog seinen Zauberstab und tat etwas so Dreistes und Idiotisches, dass ich fast stolz auf ihn war. Licht schoss aus seinem Zauberstab, traf Cassandra im Rücken und ließ sie einen halben Schritt nach vorn stolpern.

Sie wirbelte herum, eher genervt als wütend. „Ihr könnt mich nicht aufhalten. Egal, was ihr tut, weder ihr noch eure Freunde habt eine Chance gegen mich. Der einzige Grund, warum ich euch noch nicht alle in den Wahnsinn getrieben habe, ist, dass ich nicht gefeuert werden will, verstanden?"

„Ähm, wirklich?", sagte ich, „Du bist gefeuert, Cassandra. Aber sowas von."

Sie kniff die Augen zusammen. „Das war flapsig gemeint. Ich mag dich eigentlich, Nora, und ich will weder dich noch deine Freunde verletzen."

„Aber das tust du", sagte ich. „Du verletzt mich und meine Freunde, indem du diesen Zauber über Liberty aufrechterhältst. Wir werden nicht aufhören, bis er aufgehoben ist."

„Das ist nicht dein Kampf", fauchte sie. „Ihr könnt mich nicht aufhalten."

„Ich hoffe, du entschuldigst, wenn ich dir da nicht glaube." Ich griff wieder nach Tanners und Landons Händen. Die anderen folgten meinem Beispiel, und wir bildeten wieder unseren Kreis.

Cassandra seufzte und beobachtete uns mit gelangweiltem Interesse.

Ich war entschlossen, sie das bereuen zu lassen.

Die Kraft begann, sich wieder zwischen uns aufzubauen, und ich nutzte meine Einsicht, um die richtige Frage zu stellen: was jetzt? Würde irgendetwas die Antwort liefern? Da begannen Worte, in meinem Kopf zu hallen: *Das ist nicht dein Kampf.*

Aber wenn nicht wir, wer dann?

Die Antwort war direkt da ...

„Wir machen das auf die hässliche Weise, wie ich sehe", sagte sie. Eine Sekunde später klatschte sie in die Hände, und es fühlte sich an, als hätte jemand jede meiner Hände mit einem Starkstromkabel berührt. Ich schrie auf und ließ los, zusammen mit den anderen. Obwohl unser Kreis gebrochen war, konnte ich diesmal immer noch die Kraft in meinem Körper pulsieren spüren, was eine unerwartete Überraschung war.

Sie pirschte wieder auf uns zu, ihr intensiver Blick auf Landon gerichtet. „Ich hoffe, du weißt, dass sie nicht auf dich warten wird. Was denkst du, dass sie den ganzen Tag tut, während du bei der Arbeit bist? Glaubst du wirklich, sie bleibt im Haus versteckt und liest ein Buch? Oder ist das nur das, was du glauben willst? Wie schnell du den wahren Grund vergisst, warum sie verschwunden ist, das Leben, das sie geführt hat, von dem niemand wusste. Du kannst sie nicht ändern. Sie mag ihre Männer gefährlich, und du, Kätzchen, bist das nicht. Es ist nett von dir, ihr dein Haus anzubieten und ..." Sie hielt inne, grinste. „Oh, ich sehe, sie hat dich glauben lassen, ihr wärt mehr als nur Freunde. Sie bleibt bei der Scharade. Nun, gut für sie."

Landons Hände hingen nutzlos an seinen Seiten. „Das ist nicht wahr", murmelte er.

„Du hast recht", sagte ich. „Es ist nicht wahr. Sie versucht nur, dich zu beeinflussen. Hör nicht zu."

Cassandra stöhnte. „Du musst gar nicht reden, Nora. Ich habe in deinen Kopf gesehen, und lasst mich euch zwei sagen" – sie zeigte auf Donovan und Tanner – „ihr wärt schockiert, wie oft sie nachts im Bett nicht an einen von euch denkt."

Beide drehten sich zu mir und starrten missbilligend. „Hey", blaffte Tanner Donovan an, „sie soll nicht an dich denken. Sieh nicht so beleidigt aus."

Cassandra lachte. „Das ist zu einfach. Denkt ihr, es ist jetzt schlimm? Ihr spürt nicht einmal die volle Stärke des Zaubers. Wie wäre es, wenn ich euch eine Kostprobe davon gebe und sehe, wie es euch gefällt?" Sie stieß ihre Hände, die Handflächen nach außen, auf uns zu, und meine Beine gaben unter mir nach, als die Luft aus meinen Lungen wich.

Das erdrückende Gewicht, das mich traf, war nicht Liebe. Das konnte es nicht sein, oder? Mein Körper schmerzte, und das plötzliche Bedürfnis zu weinen war zu stark, um tatsächlich Tränen hervorzubringen. Ich biss mir auf die Zunge, um nicht zu heulen. Konnte extreme Liebe wirklich so tiefen Schmerz verursachen?

Donovan und Landon fielen neben mir zu Boden und stöhnten genauso gequält.

„Hör sofort auf", sagte Tanner. Er und Eva bewegten sich auf sie zu, ihre Zauberstäbe gezückt. „Was auch immer du tust, hör auf damit."

„Ähm, neeein, und ich bin überrascht, dich noch auf den Beinen zu sehen, Eva ... angesichts dessen."

Evas Gesicht war wie Stein. „Er ist nicht in Eastwind, also kannst du mich mit ihm nicht kontrollieren."

„Hmm ... Dann sollte ich ihn vielleicht hierher bringen. Das könnte ich, weißt du? Wärst du dann in der Lage, ihm zu widerstehen? Alte Liebe ist alte Liebe."

„Du täuschst dich", knurrte Eva, kaum mehr als ein Flüstern. „Diese Fesseln sind zerrissen, als er versucht hat, mich zu töten. Ich bin jetzt eine neue Frau. Bring ihn her, und ich werde ihn selbst töten. Und danach töte ich dich."

Cassandra hob die Augenbrauen. „Große Worte. Leider kannst du mich nicht töten." Sie setzte ein beeindrucktes Gesicht auf. „Aber gute Rede." Sie seufzte. „Mist. Ich wollte heute Nacht wirklich niemanden töten müssen. Jetzt scheint es mir, als hätte ich keine Wahl." Sie tippte mit einem Finger an ihre Lippen. „Wen sollte ich zuerst nehmen? Ah, das ist offensichtlich. Wie wäre es mit der, die sich nicht so leicht ersetzen lässt?"

Meine Sicht war unter dem Gewicht des Zaubers verschwommen, der wie eine tonnenschwere Decke über mir lag, aber ich konnte erkennen, auf wen sie zeigte.

Ja, mich.

Tanner feuerte seinen ersten Zauber ab, und Eva war nicht weit dahinter. Jeder traf und explodierte in einem Funkenregen, doch das verlangsamte Cassandra nicht, als sie auf mich zukam, mich, ohne einen Finger an mich zu legen, auf die Füße zog.

„Sorry, dass ich dir das antun muss. Vielleicht gibt dir ein anderer Fünfter Wind eine Chance, Frieden zu finden. Oder vielleicht kannst du endlich mit diesem Geist zusammen sein, den du –"

Ich brach zusammen, als Cassandra von etwas Massivem, Schwarzem und Pelzigem von der Seite umgerissen wurde. Sie kreischte, und der Bruch in ihrer Konzentration reichte gerade aus, um den Zauber von Donovan, Landon und mir zu lösen.

Ich rappelte mich auf, griff nach meinem Zauberstab, bevor mir bewusst wurde, dass das nicht das war, was ich jetzt brauchte. „Grim!", rief ich.

„*Beschäftigt*", antwortete er, knurrte wild und schnappte mit seinen massiven Kiefern nach dem Archetyp, der verzweifelt versuchte, ihn auf Abstand zu halten. „*Hm ... sie riecht immer noch nach Speck.*"

„*Ich würde nicht empfehlen, sie zu essen, wenn du das denkst.*"

„*Das ist genau, was ich —*"

Die Luft um sie herum verzerrte sich wie eine Hitzewelle, und Grim wurde mit einem Jaulen von ihr geschleudert und flog in einem hohen Bogen, bis er zwanzig Meter entfernt im weichen Gras landete. Ich hörte die Luft aus seinen Lungen rauschen, aber ich musste mich nicht lange um ihn sorgen.

„Man kann nicht sagen, ich hätte es nicht versucht", stöhnte er. „Ich bleibe eine Weile hier und überdenke meine Lebensentscheidungen. Viel Spaß, Kinder."

„Nora", sagte Tanner.

Ich sah hinter mich, und er winkte mich herüber. „Wir müssen zusammenbleiben."

Ich nickte und eilte, um Schulter an Schulter mit ihm und Eva zu stehen.

Cassandra war wieder auf den Beinen, und ein hungriges Grinsen breitete sich über ihr Gesicht aus, als sie auf uns zukam.

„Hände zusammen!", befahl er, und wir taten es, doch diesmal standen wir nach außen gewandt. Donovan griff nach meiner freien Hand, und die Kraft, die durch mich brandete, war gewaltig.

Der Boden bebte unter mir, und erst, als ich Cassandra stolpern sah, bemerkte ich, dass sie es nicht verursachte.

Tanners Augen waren geschlossen, als meditierte er, was wahrscheinlich nicht weit von der Wahrheit entfernt war. Sein Kopf war gesenkt, und er murmelte etwas vor sich hin.

Ich hoffte, er wusste, was er tat, da eine Klippe nicht der sicherste Ort während eines Erdbebens war, besonders, wenn der Abgrund nur zehn Meter entfernt war und Cassandra unseren einzigen Fluchtweg blockierte.

Ein Riss öffnete sich in der Erde, trennte Cassandra von uns und wurde mit jeder Sekunde breiter.

„Stopp!", sagte Landon plötzlich. Ich warf einen Blick über die Schulter, gerade rechtzeitig, um zu sehen, wie der Rand der Klippe abbröckelte und in die Schlucht darunter fiel. Jetzt war der Abgrund nur noch acht Meter entfernt. Toll!

Eva brach den Kreis, aber die Halbwertszeit der Kraft, die wir erzeugt hatten, war lang. Sie schien jedes Mal zuzunehmen, wenn wir uns die Hände reichten.

Sie trat vor Tanner und stieß beim Ausatmen ihre Handflächen auf den Boden zu Cassandras Füßen, was einen Feuerring um den Archetyp aufflammen ließ.

„Whoa", sagte ich und machte einen schnellen Schritt weg, als die Hitze der Flammen nach meiner Haut leckte. Wie hatte sie das ohne Zauberstab gemacht? Hatte sie das je zuvor getan? Wusste sie, dass sie das konnte? Ich sah Donovan an, der sie mit großem Interesse beobachtete, und ich vermutete, dass das auch für ihn eine Überraschung war.

„Du wirst nicht durch dieses Feuer kommen", sagte Eva.

Das orangefarbene Leuchten warf tanzende Schatten auf Cassandras Gesicht. „Oh, Eva. Drohst du mir wirklich mit Feuer? Nach dem, was dir passiert ist? Ich dachte, du willst nichts damit zu tun haben. Aber ich schätze, Gift wie seines ist ansteckend."

„Wovon spricht sie?", fragte Donovan.

„Nichts", knirschte Eva. Sie trat vor, und der Kreis schloss sich enger um Cassandra. „Du kannst ihn nicht gegen mich verwenden." Sie bewegte sich auf den Riss in der Erde zu, ihre Zehen hingen praktisch über den Rand.

Der Archetyp zuckte die Achseln. „Na gut. Und du kannst das" – sie zeigte auf die Flammen – „nicht gegen mich verwenden. Clevere Eindämmungsmagie, aber letztlich wirkungslos gegen meinesgleichen."

Cassandra schlenderte direkt durch das Feuer, und während die Säume ihrer Kleidung in den Flammen knisterten, kam sie unversehrt heraus und bewegte sich zum Rand des Spalts in der Erde. Die Frauen standen nur wenige Meter voneinander entfernt und starrten sich einen wortlosen Moment lang an.

Dann beugte sich Cassandra vor, streckte die Hand nach Eva aus, um sie in den tiefen Spalt zu ziehen, und dann ging alles ganz schnell.

Kapitel Vierundzwanzig

Das Wasser der Regenbogenfälle krachte wie ein Hammer auf Cassandra nieder, aber nicht, bevor Tanner nach vorn stürzte und Eva aus der Gefahrenzone zurückkriss.

Eine Böe eisiger Luft warf mich von hinten auf die Knie, und als ich wieder aufsah, konnte ich nicht glauben, was ich sah.

Evas Feuerring war erloschen, und Cassandra war in einer kristallklaren Eiskugel eingefroren.

Ihre Arme waren über ihrem Kopf erhoben, um sie vor dem Ansturm des Wassers zu schützen. Die Pose wirkte so wehrlos, dass ich fast Mitleid mit ihr hatte.

Tanner hielt Eva am Boden umschlungen, während Landon und Donovan genauso entsetzt aussahen, wie ich mich fühlte, obwohl sie für das Eis verantwortlich waren.

Donovan wandte sich Landon zu. „Warum hast du das gemacht?“

Landon keifte zurück. „Meinst du, warum ich sie eingefroren habe, anstatt sie einfach in das Loch in der Erde spülen zu lassen?“

„Ja!", sagte Donovan, ohne Landons Sarkasmus zu bemerken.

„Man spült Leute nicht einfach in Erdlöcher!"

Tanner ging auf die Knie. „Ich glaube nicht, dass es ein Gesetz dagegen gibt."

„Mord!", zeterte Landon und warf die Arme in die Luft. „Das nennt man Mord! Und ich bin mir ziemlich sicher, dass es dagegen ein Gesetz gibt."

Tanner lenkte mit einem Nicken ein.

„Außer, dass wir sie nicht töten können", sagte ich. „Ist das nicht der Punkt?"

„Wie verbannen wir sie dann?", fragte Eva. „Oder sollen wir sie einfach für alle Ewigkeit in einem Gefrierfach einsperren?"

Als ich einen verstohlenen Blick auf Donovan warf, wusste ich, dass das nicht funktionieren würde. Mein Verlangen nach ihm war immer noch sehr stark, trotz des Schocks der letzten Minuten. Wir hatten den Zauber nicht neutralisiert, sondern sie nur eingesperrt. Das würde nicht reichen.

Und ich bezweifelte, wie lange es überhaupt halten würde.

Ich hielt inne und klärte meinen Geist, um meine Einsicht in den Vordergrund treten zu lassen.

Archetypen waren Kreaturen, die Muster liebten. Das bedeutete, sie waren zyklisch. Sie waren Geschichte, die sich wiederholte. Meine Augen wanderten zu Tanner. Er war der beste Mann, den ich kannte. Und er war mein Neuanfang. Er war ein Bruch mit dem Kreislauf der falschen Männer. Er war das Zeichen des Todes der alten Nora und die Geburt der neuen.

Donovan und Roland jedoch …

Wie sich herausstellte, hatten sowohl Roland als auch Cassandra in einer Sache recht: „Das ist nicht unser Kampf. Sie ist nicht unseretwegen hier. Es gibt nur eine Person, die dem ein Ende setzen kann." Ich schüttelte den Kopf. „Ich bin so ein Idiot. Ich habe ihm gesagt, er soll nicht kommen, weil ich ihm nicht zugetraut habe, damit umzugehen, aber er ist der Einzige, der es kann." Meine Hand lag schon auf dem Eisenkettenglied in meiner Tasche. Ich schloss die Augen und dachte meinen Wunsch.

Liberty erschien in einem Blitz. Wörtlich. Ich blinzelte die Lichtflecken aus meiner Sicht.

Sein Rücken war zu Cassandra gewandt, als er erschien, und er nahm unseren traurigen Haufen mit einer gehobenen Braue in Augenschein. „Was ist hier passiert?"

Als sein Blick auf mich fiel, nickte ich ihm zu, sich umzudrehen. „Whoa", sagte er, bevor er den Spalt mit einem mühelosen Sprung überwand und nur einen Meter von dem Eisblock entfernt stehen blieb.

„Cassandra", erklärte ich, „und Morgan und Circe."

Er legte seine flache Hand auf die Oberfläche. „Was habt ihr mit ihr gemacht?", hauchte er.

Bevor er sie befreien konnte, beeilte ich mich, zu erklären. „Ihr geht's gut. Wie du gesagt hast, kann man sie nicht töten. Ich dachte, wir könnten das ohne dich schaffen, aber das können wir nicht. Das ist dein Kampf, nicht unserer, und wir brauchen dich, um ihn zu beenden."

Er drehte sich an der Taille, und der Schmerz in seinen Augen war unübersehbar. „Ich weiß nicht, was ich tun soll."

„Ich schon. Du musst dich entscheiden, Liberty. Du kannst immer wieder zu ihr zurückgehen, oder du kannst dich etwas Besserem zuwenden. Du musst zwischen deiner Vergangenheit und deiner Zukunft wählen. Du kannst nicht beides haben."

Er wandte sich wieder seiner ehemaligen Geliebten zu. „Dann wähle ich die Vergangenheit."

„Oh-oh", murmelte Landon.

Aber ich war nicht bereit aufzugeben. „Einhornäpfel!",
fluchte ich. „Sie trifft diese Wahl für dich, Liberty. Die Vergangenheit hat dich aus Zatrian vertrieben. Die Vergangenheit hat
dich versklavt! Wage es nicht, sie zu beschönigen und durch
eine rosarote Brille zu sehen. Ich lasse das nicht zu."

„Du weißt nichts", sagte er. „Du warst nicht dabei."

Eva trat vor. „Nein, aber du warst es. Ich weiß nicht, was
dir passiert ist, aber ich weiß ein oder zwei Dinge darüber, wie
leicht es ist, die schlimmsten Teile zu vergessen. Leute, die
mehr daran interessiert sind, dich zu kontrollieren als zu
lieben, ändern sich so gut wie nie. Du kannst sie auch nicht
dazu bringen. Du musst die Ketten brechen. Ich weiß, Freiheit
ist eine beängstigende Sache, Liberty, aber du hast eine Wahl
zu treffen. Du. Du kannst ihr erlauben, dich zu manipulieren,
zu ihr zurückzugehen, weil es einfach und vertraut ist, oder du
kannst entscheiden, dass du das nie wieder zulässt, dass du
bereit bist, dich selbst zu wählen."

„Ich glaube nicht, dass ich das kann", sagte er.

Eva bewegte sich wieder zum Rand des Spalts in der Erde.
„Ich verstehe es. Glaub mir, ich verstehe es wirklich. Selbst die
Besten von uns fühlen sich unwürdig dessen, was sie verdienen. Wenn du deinen Wert unter diesem Zauber nicht sehen
kannst, dann triff die Wahl nicht für dich selbst. Tu es für alle
anderen. Du liebst diese Stadt, und dieser Zauber ist nicht gut
für sie. Sie hat uns alle versklavt. Du bist der Einzige, der uns
jetzt befreien kann. Deshalb liebt Eastwind dich, Liberty. Wir
wissen, dass wir auf dich zählen können, unsere Freiheit zu
bewahren."

Er senkte den Kopf, hielt seine Handfläche auf dem Eis.
„Ich bin ein Schwindler. Ich weiß, ich predige es, aber ich fühle
es nicht immer."

„Du bist kein Schwindler", sagte Eva entschieden. „Sie lässt
dich das glauben, aber so ist es nicht. Wir alle haben unsere

ungesunden Muster. Die Dinge, die wir am meisten verabscheuen, sind die, denen wir am meisten ausgesetzt sind. Jedem geht es so, Liberty. Bitte. Du musst dir selbst vergeben und ihr sagen: *genug, es reicht, nie wieder.*"

„Woher weiß ich, dass es nicht wieder passiert?", fragte er. „Ich traue mir selbst nicht, nicht wieder getäuscht zu werden, falls sie wieder zurückkommt."

Ich nutze den Moment. „Du musst dich nicht allein auf dich selbst verlassen. Wir helfen dir. Sieh dich um. Wir sind alle hier, um zu helfen. Du fragst, warum es diesmal anders sein sollte als die Male zuvor, und das ist deine Antwort: Du hast jetzt Hilfe."

Er legte seine andere Hand auf das Eis. „Ich sollte eure Hilfe nicht brauchen, um das zu tun."

„Tut mir leid, aber so ist es", sagte Tanner. „Du brauchst unsere Hilfe, genauso wie wir deine brauchen. So läuft das manchmal, und du musst es einfach schlucken und damit klarkommen. Also, wirst du das Richtige tun oder nicht? Zeit, eine Entscheidung zu treffen."

Libertys Hände fielen vom Eis, und er drehte sich langsam zu uns um. Ich wartete reglos, unsicher, was er tun würde, und mir schmerzlich bewusst, dass er uns alle mit einem Fingerschnippen töten könnte. Alles hing davon ab, wie sehr er unter dem Einfluss des Zaubers stand, und das konnte ich nicht wissen.

Dann begann Cassandras gefrorenes Gefängnis plötzlich zu schmelzen, und mein Magen drehte sich. Er ließ sie heraus.

Wir hatten unsere Antwort.

Kapitel Fünfundzwanzig

Cassandras Haare und Kleidung waren klatschnass, aber es schien ihr nichts auszumachen. „Ich wusste, dass du zur Vernunft kommen würdest, mein Liebster."

Sie pirschte auf Liberty zu, der uns weiter mit traurigem Blick anstarrte. „Es tut mir leid", sagte er.

„Bitte", flehte Eva, ihre Stimme angespannt.

Ich hatte das Gefühl, mich setzen zu müssen. Meine Gliedmaßen fühlten sich schwerer an als eine Wagenladung Koboldgold. Wir waren besiegt. Ich hatte meine Freunde in eine weitere gefährliche Situation geführt. Jetzt standen wir nicht nur einem Archetyp gegenüber, sondern auch einem Dschinn.

Cassandra schlang ihre Arme um Libertys Taille. „Sie werden von jetzt an nur noch lästig sein. Beende es schnell für sie. Sie müssen nicht leiden."

Ich hätte Liberty nicht herwünschen sollen. War das wirklich meine Einsicht gewesen, die zuvor zu mir gesprochen hatte, oder war es nur eine weitere von Cassandras Manipulationen? Ich wusste es nicht.

Ich griff mit meinem Geist hinaus, aber nichts kam mir entgegen. Jegliche Kraft aus dem Verbindungsritual war nun erschöpft.

Grim knurrte zu meiner Rechten, und ich warnte ihn: *„Tu's nicht. Er macht Wurst aus dir, wenn du es versuchst. Er ist ein Dschinn."*

„Du weißt, dass ich Wurst liebe. Aber wenn ich raten müsste, würde ich sagen, wir sind Toast." Grim hörte auf zu knurren, aber seine Nackenhaare blieben erhoben.

„Böser Junge!", tadelte ich ihn. *„Keine Wortspiele, wenn wir im Begriff sind, ermordet zu werden."*

„Jetzt kann ich in Frieden sterben, nachdem du akzeptiert hast, dass ich ein böser Junge bin. Danke. Du hast mir ein großes Geschenk gemacht."

Der Moment schien sich stundenlang hinzuziehen. Warum ließ er sich so viel Zeit?

Schließlich drehte er sich langsam um und kehrte uns den Rücken zu. „Ich wähle die Zukunft."

Sie lachte. „So läuft das nicht, auch wenn sie es dir so verkaufen wollen. Klar, du wählst jetzt die Zukunft. Aber was ist mit morgen? Oder übermorgen? Oder in einem Jahrhundert? Das hier ist kein endgültiger Schnitt, Liberty."

„Macht nichts. Ich werde dieselbe Entscheidung eine Million Mal treffen", sagte er, „auch wenn es ungewiss und beängstigend ist. Ich wähle die Zukunft, und im Moment bedeutet das Emagine."

„Das wird nicht funktionieren", fauchte Cassandra. „Sie hat nicht halb so viel Hingabe wie ich. Sieh dir an, was ich alles getan habe, nur um dich zu mir zurückzubringen! Ich wette, wenn du mit ihr Schluss machst, hat sie in einem Tag einen neuen Mann."

„Du hast das nicht für mich getan", korrigierte er sie. „Du

hast das für dich selbst getan. Ja, vielleicht geht es mit Emagine schief – aber bei dir weiß ich, was mich erwartet. Und genau das will ich nicht mehr. Dann lieber das Risiko."

Sie öffnete den Mund, um zu antworten, aber er fiel ihr ins Wort. „Ich bin fertig mit dir. Ich sehe dich als das, was du bist, und ich nenne dich bei deinem Namen. Du bist eine Ex. Du bist der Geist der Liebe. Du bist eine Sammlerin und Manipulatorin. Du wirst immer ein Teil meiner Vergangenheit sein, aber du hast keinen Platz in meiner Zukunft ... oder meiner Gegenwart."

„Liberty. Nicht!"

Er streckte die Hand aus, und sie starrte darauf, bevor sie sie ergriff.

Mit einem Lichtblitz war Cassandra verschwunden, und Liberty sank auf die Knie.

Ich konnte nicht sprechen. Ich konnte nicht einmal atmen. Das Rauschen der Fälle drang in mein Bewusstsein, und endlich sammelte ich den Mut, meinen Kopf zu bewegen. Die erste Person, die ich ansah, war Tanner. Er starrte zurück, und ich hatte das überwältigende Verlangen, zu ihm zu rennen, aber ich blieb stehen. Dafür würde später Zeit sein.

„Bist du okay?", fragte er.

Ich nickte.

Als ich zu Liberty zurückblickte, war der Dschinn verschwunden. Jetzt waren es nur noch wir sechs unter dem weiten Nachthimmel, die kühle Oktoberbrise wehte über uns hinweg.

„Ist sie weg?", fragte Landon heiser.

„Sieht so aus", sagte Eva.

Tanner stützte die Hände in die Hüften und musterte den Kreis aus verbranntem Gras und den Riss in der Erde. „Wir sollten das aufräumen. Und wenn jemand fragt, ist Cassandra aus der Stadt verschwunden. Das hier … ist einfach zu viel, um es zu erklären." Er hielt inne und holte tief Luft, bevor er sie mit einem Zischen ausstieß. Er streckte die Hände aus. „Wenn ihr jetzt so freundlich wärt."

Wir kamen wieder zusammen und fassten uns in der ursprünglichen Reihenfolge an den Händen. Erst da begegnete ich Donovans Blick. Er starrte direkt zurück, mit seiner üblichen Intensität, und als sich unsere Blicke trafen, breitete sich ein Lächeln auf seinem Gesicht aus, bevor er es unterdrückte.

Ich musste auch lächeln.

„Hab' ich was verpasst?", fragte Eva und sah zwischen uns hin und her.

Ich schüttelte den Kopf. „Der Zauber ist aufgehoben."

„Ja?", sagte Tanner etwas zu eifrig. „Du willst nicht … du weißt schon?"

„Nein", sagte ich. „Nicht einmal ein bisschen."

Okay, vielleicht nur ein kleines bisschen. Aber die normale Dosis. Und dieses kleine Verlangen würde vielleicht nie weggehen, aber ich konnte mich immer wieder entscheiden, es zu ignorieren.

Tanner gelang es, die Erde wieder zusammenzufügen und das Gras dort nachwachsen zu lassen, wo es verbrannt war, und als wir einander losließen, sagte er: „Es ist am besten, wenn wir das auch niemandem erzählen." Er deutete auf jeden von uns. „Der Rest von Eastwind muss nicht wissen, dass die Stadt ihren ersten vollständigen Zirkel seit hundert Jahren hat."

„Dreihundert", korrigierte Landon. „Und ich stimme zu."

Wir nickten der Reihe nach, und ich bemerkte, dass Donovan und Eva sich immer noch nicht losgelassen hatten. „Ich denke, es ist Zeit, dass wir schlafen gehen", sagte Donovan. „Also … man sieht sich."

Sobald sie gegangen waren, wandte sich Tanner mir zu. „Wir haben es geschafft", sagte er, und als er mich in seine Arme zog, war ich mehr als glücklich, mich von ihm auf meinen erschöpften Beinen halten zu lassen.

„Ich schätze, das haben wir."

Er beugte sich vor, und sein warmer Atem streifte meine Stirn. Ich blickte in seine Augen, und es fühlte sich an, als hätte sich ein Nebel gelichtet und ich könnte ihn endlich wieder sehen. Keine Gedanken an Donovan oder Roland. Der Dunst auf meinem Herzen hatte sich aufgelöst, und ich konnte endlich Tanner genießen.

Ich hatte jede Absicht, so viel davon zu tun, wie ich konnte.

Beginnend mit einem Kuss.

„Ähem." Als ich ein Räuspern hinter mir hörte, brach ich schnell ab.

„Oh, sorry, Landon."

„Von mir aus", sagte er, „macht weiter, aber könnt ihr mir nächstes Mal Bescheid geben, damit ich euch etwas Privatsphäre geben kann?"

„Ja, natürlich." Tanner und ich ließen voneinander ab und nickten.

Landon senkte den Kopf und wandte sich zum Gehen, aber Tanner rief ihn. „Landon!"

Der Nordwind hielt inne, sah aber nicht zurück. Tanner eilte hinüber und legte eine feste Hand auf seine Schulter. „Sie wird da sein."

Landon blickte vom Gras auf. „Was, wenn sie es nicht ist?"

„Dann wartest du. Der Zauber mag sie beeinflusst haben, sobald sie nach Eastwind zurückgekehrt ist, aber sie *hat* die Entscheidung getroffen, dich zu finden, bevor das passiert ist. Wenn sie gegangen ist, kommt sie zurück."

„Woher weißt du das?"

Tanner seufzte. „Das nennt man Glauben. Ich weiß es, weil ich mich entscheide, es zu wissen."

Es schien Landon aufzumuntern, oder zumindest erlaubte es ihm, den Kopf höher zu tragen, als er allein seine Heimreise antrat.

„Ich denke, ich gehe mit dem traurigen Jungen zurück", sagte Grim und ging an uns vorbei. *„Ich kann schon die Pheromone zwischen euch beiden riechen."* Er schüttelte missbilligend den Kopf und verschwand in die Schatten.

„Wo waren wir?", fragte Tanner und griff nach meiner Hand.

Ich blickte über den Wasserfall und atmete die frische Nachtluft ein. „Ich glaube, ich war kurz davor, dich zu küssen, als wärst du der einzige Mann auf der ganzen Welt."

Er schmunzelte, packte meine Arme und legte sie über seine Schultern und um seinen Hals. Ich genoss die Wärme, die von ihm ausging – von diesem Mann, den ich gerade erst wirklich kennenzulernen begann.

„Nora, ich weiß, deine Vergangenheit wird immer ein Teil von dir sein, genau wie meine. Und ich bin hier ehrlich: Ich bin nicht glücklich über alles, was passiert ist, aber weißt du was? Ich würde nichts ändern. Ich dachte, ich kannte mich selbst, und dann habe ich diesen neuen Job angefangen, und es ist wie … ich hatte keine Ahnung. Und es fühlt sich unglaublich an. Das will ich für dich. Ich will, dass du all deine Gaben erforschst. Es mag verrückt klingen, aber ich glaube wirklich, dass es einen Grund gab, warum du hierhergebracht wurdest, und ich will, dass du es herausfindest. Aber der einzige Weg, wie du das tun kannst, ist, wenn du dir keine Sorgen machst, Fehler zu machen, manchmal die falsche Wahl zu treffen. Ergibt das einen Sinn?"

„Ja", hauchte ich. „Wo ich herkomme, haben wir einen Ausdruck für das, was du sagst."

„Und der wäre?", fragte er.

„Wir sagen, ‚Du bist auch nur ein Mensch.' "

Ein schiefes Lächeln schlich sich auf seine Lippen. „Das gefällt mir." Und dann, endlich, küsste er mich, als wäre ich die einzige Frau auf der Welt.

Kapitel Sechsundzwanzig

Ich betrat mein Schlafzimmer in dieser Nacht vollkommen erschöpft, aber mit einer letzten Aufgabe, die ich erledigen musste.

Er wartete schon auf mich, wie ich es gewusst hatte.

„Du hast es geschafft", sagte Roland. „Ich sollte nicht überrascht sein, nachdem du hinter dieser schäbigen Taverne gezeigt hast, wie mächtig du bist."

„Ich war es nicht. Liberty hat es getan." Ich zog ein weites T-Shirt aus meiner Kommode.

„Liberty? Ist das der Dschinn?"

Ich nickte.

„Ah, das ergibt mehr Sinn."

Er beobachtete mich mit gebanntem Interesse vom Sessel in der Ecke aus, während ich das T-Shirt auf der Bettdecke ausbreitete und meine Stiefel auszog.

„Ich sehe, dass Tanner nicht hier ist", sagte er. „Bedeutet das, was ich denke?"

„Kommt drauf an. Denkst du, ich plane, dich in die physische Welt zu bringen?"

Er grinste. „Das würde es so viel einfacher machen, dich zu lieben, wenn du das tätest."

Ein Schauer lief mir den Rücken hinunter, und ich atmete tief ein, um ihn vergehen zu lassen. Eine solche Bemerkung wäre vielleicht das Aus gewesen, wenn der Zauber noch gewirkt hätte. „Da liegst du nicht falsch", sagte ich.

Ich ging zu ihm hinüber, und er stand sofort aus seinem Sessel auf. „Folge mir", sagte ich und bot ihm meine Hände, bevor ich die Augen schloss.

Er kannte den Ablauf mittlerweile gut. Er würde mich im Dazwischen treffen, wo wir auf gleichem Boden standen, uns berühren, fühlen, in jeder Hinsicht spüren konnten, das Schlupfloch in unserer Trennung. Wenn ich je in meine alte Welt zurückkehrte, könnte ich nie wieder Zilker Park besuchen, ohne an Roland zu denken.

Dorthin gingen wir jedoch nicht.

„Du erinnerst dich", sagte er und betrachtete den Horizont entzückt.

Wir standen am Rand der grünen Klippen, doch nicht derjenigen in Erin Park. Die Sonne ging hinter ihm unter und malte orangefarbene Flammen an den Himmel. „Ja", sagte ich, „ich erinnere mich. Und ich glaube nicht, dass ich das je vergessen werde."

Er lachte sanft. „Wie könntest du? Das war unser Ort. Hier haben wir als Kinder gespielt, hier haben wir unsere Schwüre geleistet. Welcher Ort wäre besser, um neu anzufangen, Diana?"

„Ich bin nicht Diana. Und ich werde nie wieder sie sein." Ich hielt inne. „Nun, es sei denn, Zeitreisen funktionieren, in dem Fall könnte ich wieder sie sein. Oder ... vielleicht bin ich in einer alternativen Realität immer noch sie und –" Ich brach ab, da ich offensichtlich vom Kurs abkam. „Ich bin jetzt Nora,

Roland. Und Nora hat keine Zukunft mit dir. Das löscht die Vergangenheit jedoch nicht aus.“

Seine Lippen öffneten sich sanft, und es lag ein Flehen in seinen Augen, als er einen Schritt auf mich zu machte. „Nora. Überlege es dir. Tu nicht –“

„Ich habe es mir überlegt, Roland. Es scheint, als galt jeder zweite Gedanke dir, seit dem Moment, in dem du mich gefunden hast. Was wir hatten, war echt, ich weiß das, ich kann das fühlen, aber es hat geendet, und es ist scheiße, dass es so ausgegangen ist, aber wir können die Vergangenheit nicht in der Gegenwart neu erschaffen. Es ist einfach … es ist unnatürlich.“

Er streckte die Hand aus, und in dem Moment, als seine Hand meinen Arm fand, spürte ich, wie mein Entschluss wankte. „Es tut mir leid“, sagte ich schnell. „Es tut mir leid, dass du so viel Zeit damit verbracht hast, nach mir zu suchen, nur um enttäuscht zu werden.“

„Du könntest mich nie enttäuschen, Liebste“, flüsterte er. „Aber bitte tu das nicht.“

„Du musst weiterziehen“, sagte ich. „Versuch ein neues Leben, sieh, ob du nicht etwas genauso Gutes, wenn nicht Besseres finden kannst. Du verdienst auch einen Neuanfang.“

„Wenn du willst, dass ich gehe, werde ich gehen. Aber ich werde nicht reinkarnieren. Ich bin dir so weit gefolgt. Ich kann dich wiederfinden. Und vielleicht bist du im nächsten Leben bereit.“

„Vielleicht. Oder vielleicht bin ich ein Mann.“

Ein Funkeln lag in seinem Auge. „Ich bin bereit, neue Dinge auszuprobieren.“

„Dann versuch, neu anzufangen. Bitte. Nicht nur für mich, sondern für dich.“ Ich biss meine Zähne zusammen und erlaubte mir einen letzten Blick auf den atemberaubenden Iren, bevor ich meine Hände ausstreckte. Und wieder nahm er sie. Ich vermutete, dass es nichts gab, was ich je sagen oder tun könnte, das ihn davon abhalten würde, meine Hände jedes Mal zu nehmen, wenn ich sie anbot.

Ich hielt sie fest in meinen, genoss das vertraute Gefühl ein letztes Mal.

Und dann, endlich, verbannte ich Roland.

Ich zog mein weites T-Shirt an und hielt inne, um die lästigen Tränen von meinen Wangen zu wischen. Es brachte nichts, jetzt darüber zu weinen. Es war zu spät. Und ich wollte nicht so gesehen werden. Ich hatte eine Entscheidung getroffen, und sie tat weh, aber es war die richtige Entscheidung, und es gab kein Zurück. Vielleicht würde ich in einem zukünftigen Leben rückfällig werden, aber das war jetzt nichts, worüber ich mir Sorgen machen musste. Es war erledigt. Und es war nicht so, als erwarteten mich nicht bessere Dinge in meiner Zukunft.

Ich trat aus meinem Schlafzimmer und machte mich auf den Weg die schmale Treppe hinunter zum Salon. Gerade als ich an Rubys Tür vorbeiging, sprang sie auf, was mich keuchen und einen Schritt zurückspringen ließ.

„Sorry, sorry", flüsterte Ezra Ares. Er schlich auf Zehenspitzen heraus und schloss die schwere Holztür leise hinter sich, während er einen grauen Fedora aufsetzte.

„Du schleichst dich nicht raus", flüsterte ich ihm zu.

„Nein, nein, nein", sagte er, meinem Blick ausweichend. „Ich, äh, muss nur den Laden aufmachen."

„Es ist ein Uhr morgens. Sirenengesang ..." Ich fluchte beim Ausatmen. „Na gut." Ich trat zur Seite und bot ihm mit einer Armbewegung an, an mir vorbeizugehen. „Ich will den Walk of Shame nicht aufhalten."

Er tippte an seinen Hut und ging.

Wäre Ruby enttäuscht, wenn sie aufwachte? Meine Vermutung war, wahrscheinlich nicht. Es schien ganz der Liebeszauber gewesen zu sein, der diese beiden wieder vereint hatte. Klar, sie flirteten immer schamlos in Ezras Laden, aber Flirten war noch lang kein nacktes Tête-à-Tête.

Es würde mehr Nachwirkungen in Eastwind geben, und ich fragte mich einen Moment lang, wie viele Leute sich in diesem Moment aus Schlafzimmern schlichen.

Die Haustür fiel ins Schloss, gerade als ich die Treppe hinunterkam. Grim schlief auf dem Rücken auf dem Teppich vor dem Kamin, und ich wusste, es war am besten, ihn hier unten zu lassen.

Kaum hatte Tanner mich von seinem Platz am Salontisch aus gesehen, sprang er auf. Er war immer noch in Uniform, mit Dienstgürtel und allem, aber das würde ich bald genug ändern.

„Okay", sagte ich, „du kannst jetzt nach oben kommen."

Epilog

Als ich vor Sonnenaufgang ins Medium Rare kam und Bryant wortlos bedeutete, Feierabend zu machen und nach Hause zu gehen, machte ich mich sofort daran, eine frische Kanne Kaffee zu kochen.

„Denkst du, ich könnte bald auf die Abendschichten wechseln?", fragte er.

Die Frage kam aus heiterem Himmel. „Warum?"

Er verzog das Gesicht. „Letzte Nacht war … ähm, ein bisschen seltsam. Ich meine, Nächte sind immer seltsam, aber diese war besonders seltsam. Außerdem weiß ich nicht wirklich, wo Cassandra hingegangen ist. Sie ist einfach verschwunden. Du solltest sie wahrscheinlich feuern."

Ich griff an ihm vorbei hinter die Theke, schnappte mir eine Kaffeetasse für mich und leerte den letzten Rest Kaffee aus einer der Kannen, während die andere brühte. „Habe ich schon. Ich behalte das im Kopf, aber es wird wahrscheinlich erst sein, wenn ich jemanden finde, der Cassandras Platz einnehmen kann."

Er nickte, dann fügte er hinzu: „Ich meine, es war seltsam, Nora.“

„Oh, ich weiß.“

„Weißt du das wirklich?“ Es lag ein Hauch von Verzweiflung in seiner Stimme. „Es war, als hätten wir ein ‚Fremdgeher-essen-kostenlos‘-Special. Sie waren fast dabei, einander zu besteigen. und dann haben sie einfach … aufgehört.“

„Verstehe.“

Er sah mich schief an. „Wenn du meinst.“

„Lies einfach die Zeitung. Ich bin sicher, da steht alles drin. Oder nein,“ – ich hob einen Finger – „lies die Zeitung nicht. Lies nie die Zeitung. Die Zeitung ist schrecklich.“ Ich schüttelte den Kopf und versuchte, klar zu denken. „Kurz gesagt, es gab einen Liebeszauber, aber er ist jetzt aufgehoben.“ Ich hob entschlossen eine Hand, um seine Nachfragen abzuwehren. „Geh einfach nach Hause, ich übernehme hier.“

Er nickte unsicher. „Was immer du sagst, Boss. Noch eine Sache.“

„Ja?“

„Als alle aufgehört haben, rumzumachen, haben sie irgendwie, ähm … na ja, sie haben etwa fünfzehn offene Rechnungen hinterlassen. Alle sind einfach abgehauen.“ Er setzte ein beschwichtigendes Lächeln auf. „Gute Schicht.“ Dann nahm er seine Schürze ab und eilte in die Küche.

Eva kam fünf Minuten zu spät, was in Ordnung war, wenn man bedachte, dass sie mir schon einen riesigen Gefallen tat, indem sie überhaupt da war.

„Du siehst aus, als hättest du genauso wenig geschlafen wie ich“, sagte ich, als sie mit schleppenden Schritten in den Gastraum kam und sich bemühte, ihre Schürze hinter ihrem Rücken zu binden. „Hier.“ Ich winkte sie herüber, und sie ließ mich mit der Schleife helfen.

„Wie viel Schlaf hast du bekommen?“, fragte sie.

„Keinen.“

Sie nickte. „Ich noch weniger.“

„Solange du Spaß hattest, ist das alles, was zählt.“

Sie stützte eine Hand in die Hüfte und biss kurz auf ihre Lippe, bevor sie sagte: „Hmm ... der erste Teil, wo ich helfen musste, einen Archetyp zu Fall zu erledigen, war nicht super toll, aber danach ... ja, das war es wert.“ Sie grinste.

„Dito.“ Ich hob die Hand, und wir schlugen ein. „Jetzt trink einen Kaffee, bevor Ted versehentlich kommt, um dich abzuholen.“

Stu schlurfte nur eine Stunde später herein, um vor seiner Schicht zu essen. „Morgen, Miss Ashcroft.“ Als er vorsichtig auf einen Hocker an der Theke kletterte, zuckte ich zurück, bevor ich mich aufhalten konnte. „Heiliges Gespenst, Deputy. Das ist ein ernsthaftes Veilchen, das Sie da haben.“

„Oh, das?“, fragte er und zeigte auf sein rechtes Auge, das zugeschwollen war. „Spüre ich kaum. Jemand sollte Fontaine beibringen, wie man zuschlägt.“

„Er ist nicht in Schwierigkeiten, oder?“, fragte ich.

„Nein. Bloom hat alle Beschwerden im Zusammenhang mit dem Zauber abgewiesen. Um ehrlich zu sein, ich glaube, sie will einfach vergessen, dass es je passiert ist.“

„Kann ich ihr nicht verdenken.“

Er richtete seinen Gürtel mit einem Grunzen. „Ihr Junge sagt, Sie haben es geschafft, uns von dem Ding zu befreien. Stimmt das?“

„Es war eine Gruppenleistung.“

Er kniff sein nicht geschwollenes Auge zusammen. „Nur aus Neugier, waren es zufällig fünf Hexen?“

Ich vergewisserte mich, dass niemand lauschte, dann sagte ich: „Wissen Sie was? Es ist irgendwie verrückt, aber ich habe nicht gezählt. Könnten fünf gewesen sein.“

Als ich eine Tasse Kaffee vor ihn stellte und ihm seinen

Kuchen geben wollte, stoppte er mich mit: „Heute nicht, Miss Ashcroft."

Ich neigte den Kopf zur Seite und musterte ihn. „Hat das Veilchen Ihnen den Appetit verdorben?"

„Nein, nein. Ich habe nur gedacht … nein, es ist nichts."

Ich stürzte mich wie ein Falke auf ihn. „Oh nein, nein, nein. Damit kommen Sie nicht durch. Ich spüre was Interessantes. Was haben Sie gedacht?"

Er verdrehte sein unverletztes Auge und seufzte. Während er Zucker in seine Tasse rührte, erklärte er: „Na ja, wissen Sie, vielleicht wird es Zeit, dass ich besser auf mich achte."

„Stimmt", sagte ich. „Weiter …"

„Und vielleicht habe ich diesen Job als Ausrede benutzt, um dem Desaster aus dem Weg zu gehen, das Romanzen nun einmal sind."

Ich bemühte mich, nicht zu lächeln. „Aha …"

„Sie und Culpepper kriegen das hin, also frage ich mich, ob ich das nicht auch schaffen könnte. Wissen Sie, jetzt, wo ich nicht mehr der einzige Deputy bin."

„Verdammt, Stu, sogar Bloom hat Zeit für ein bisschen Action gefunden."

Er schauderte und hob hilflos die Hände. „Bitte sagen Sie das nie wieder. Es erinnert mich nur daran, wie wenig ich Frauen verstehe."

„Na gut", sagte ich, nahm einen Lappen und wischte die Theke am leeren Platz neben ihm ab. „Was kann ich Ihnen dann bringen? Einen … Frühstückssalat?"

Sein Auge weitete sich. „Ist das ein neuer Trend?"

Ich lachte. „Nein, nicht wirklich."

Seine Erleichterung war offensichtlich, als er Luft durch die Nase einsog und nickte. „Okay. Wie wäre es, wenn wir mit Speck und Eiern anfangen?"

„Ich gebe Ihnen eine Beilage Tomatenscheiben aus, wie wäre das?"

Seine Augen wanderten sehnsüchtig zum Kirschkuchen in der Vitrine, und er seufzte wie ein sich leerender Ballon. „Ja, das ist gut."

Trotz der Anzahl offener Rechnungen von letzter Nacht, deren Kosten das Medium Rare tragen würde, eilte ich, als Ted das Diner betrat, zu seinem Tisch und versicherte ihm sofort, dass sein Essen aufs Haus ging.

„Das musst du nicht tun", sagte er.

„Ich weiß, ich weiß. Das Einzige, was ich je tun muss, ist sterben", sagte ich.

Er neigte den Kopf zur Seite. „Das ist morbid. Wahr, aber morbid. Ha!"

Als er drei Portionen Speck bestellte, wurde ich misstrauisch und beugte mich hinunter, um unter den Tisch zu spähen. Natürlich.

Ich richtete mich auf. „Ted, komm schon. Grim braucht nicht so viel Speck."

„Das sagst du!", brummte Grim telepathisch aus seinem Versteck in Teds schwarzem Gewand.

„Aber er ist einfach so ein guter Junge." Ted tätschelte Grims Kopf.

„Nicht nur, dass ich letzte Nacht dein Leben gerettet habe, ich musste dir und Deputy Hosenlos zuhören –"

„Ja, schon gut", sagte ich. „Du hast recht, Ted. Grim Goodboy macht seinem Namen wieder einmal alle Ehre." Und dann zu Grim: *„Kein Wort mehr von dir."*

„Ich nehme an, alles ist wieder normal?", fragte Ted.

„Ja, so ziemlich. Woher weißt du das? Warte, sind die Winde der Veränderung –"

„Wehen immer noch stark", sagte er. „Wie schon gesagt, du

kannst sie nicht aufhalten. Aber ich habe bemerkt, dass sie die Richtung geändert haben."

„Denkst du, was wir letzte Nacht getan haben, hat etwas damit zu tun?"

Grim schnaubte. *„Ganz schön überzeugt von deiner weiblichen Macht, was?"*

„Davon rede ich nicht, Grim. Ich spreche vom Kampf gegen den Archetyp."

„So nennen die Kinder das heutzutage?"

„Hmm ... sehr wahrscheinlich", sagte Ted, und ich musste überlegen, was er meinte. Richtig. Die Winde der Veränderung. „Es gibt Gerüchte über das, was passiert ist. Eine Menge Leute haben gesehen, wie du und drei andere Hexen den Pub verlassen habt, und dann *Puff!* – der Zauber war aufgehoben. Fürs Erste vermute ich, dass alle zu mitgenommen sind von den letzten Tagen, um zu begreifen, welche Hexen zusammen gegangen sind."

Ich nickte. „Hoffen wir, dass sie das ganz vergessen haben, wenn sich der mentale Nebel lüftet."

„Darauf würde ich nicht zählen. Wahrscheinlicher ist, dass jeder in dieser Stadt zu einem Amateurdetektiv wie du wird, bis sie herausgefunden haben, wer der Nordwind war. Du solltest darauf vorbereitet sein. Und sobald sie es herausfinden ..."

Er musste nicht sagen, was passieren würde. Ich wusste es schon. Niemand in Eastwind wäre begeistert zu wissen, dass ein vollständiger Hexenzirkel gebildet worden war. „Zur Kenntnis genommen." Ich musste wohl ein kleines Gespräch mit Liberty und den anderen führen. Solange niemand von Landon wusste, hatten wir vielleicht kein großes Problem. Wir hatten schon zugestimmt, es geheim zu halten, aber jetzt spürte ich das Bedürfnis, zu betonen, wie wichtig das war.

„Sie trauen dir sowieso schon nicht", sagte er. „Und wenn

sie herausfinden, dass es Cassandra war, werden sie den Hexen noch mehr misstrauen.“

„Aber sie war keine Hexe“, sagte ich und beugte mich vor, damit die Jabari-Brüder in der Nische neben Ted es nicht hörten. „Sie war ein Archetyp. Genau wie du gesagt hast.“

„Niemand wird das glauben.“

„Liberty kann es bezeugen.“

„Nein.“ Ted schüttelte entschieden den Kopf. „Ich denke, es ist am besten, wenn du ihn aus der Sache raushältst. Wenn die Leute herausfinden, dass er der Grund war, warum das alles passiert ist, wird das seinem Ruf schaden. Er muss sauber bleiben, weil ihr alle Verbündeten braucht, die ihr im Hohen Rat bekommen könnt.“

Ich hielt inne, richtete mich auf und sah Ted mit neuen Augen an. „Du bist viel berechnender, als ich dir zugetraut habe.“

Er zuckte die Achseln, und seine Knochen knackten unter seiner Robe. „Ich meine es nicht so. Ich sehe nur viel und weiß, wie diese Dinge ausgehen. So schlimm es für dich wird, wenn ein *Teil* der Wahrheit herauskommt, es wäre viel schlimmer, wenn die *ganze* Wahrheit rauskommt und ihr keine mächtigen Verbündeten habt.“

„Was ist mit Esperia? Sie scheint interessiert daran, die Hexen zu schützen ... so fehlgeleitet ihr Ansatz auch sein mag.“

„Sorry, aber da liegst du falsch. Die Bürgermeisterin will ihre Macht schützen, nicht die Hexen. Und wenn sie herausfindet, dass ihr ... na ja, ihr wisst schon. Wenn sie von dem erfährt, wird sie tun, was sie kann, um dem ein Ende zu setzen.“

„Toll“, sagte ich und spürte, wie die Wirkung meiner dritten Tasse Kaffee schnell nachließ. „Also, wenn die Einhornäpfel am Dampfen sind, auf wen können wir sonst im Hohen Rat zählen? Octavia?“

„Vielleicht", sagte Ted langsam. „Aber ich würde eher auf Sebastian setzen."

„Malavic?", fragte ich kichernd. Franklin Jabari hielt mitten im Satz inne, um mich anzugaffen. „Sorry", murmelte ich. „Noch Kaffee?" Ich hielt die Kanne hoch, aber er lehnte ab, also wandte ich mich wieder Ted zu. „Du denkst, Sebastian Malavic würde im Hohen Rat hinter uns stehen?"

„Ich weiß, dass er es tun würde."

Ich seufzte. „Du musst was wissen, das ich nicht weiß."

„Eine Menge."

„Also gut", sagte ich. „Eines Tages hoffe ich, was davon zu erfahren, aber ich sollte besser deine Bestellung aufgeben, bevor Grim anfängt, deine Zehen anzunagen."

Die Menge hatte sich fast verzogen, als Jane ankam. Sie war da, um vor ihrer Schicht zu essen, aber ich war so erledigt, dass ich nicht sicher war, ob ich eine Minute länger durchhalten könnte. „Stört es dich, wenn ich früher gehe?", fragte ich.

Sie musterte die Tische. „Ich weiß nicht ... würdest du mir mein Essen spendieren?"

„Könnte ich. Ich habe heute mehr Essen verschenkt als verkauft. Füg es zur Liste hinzu."

Sie nickte und setzte sich auf den Hocker, den Stu nur ein paar Stunden zuvor verlassen hatte. „Du siehst aus, als hättest du eine genauso raue Nacht hinter dir wie ich. Hast du dich mit Tanner angelegt?"

Ich räusperte mich. „Ähm ... irgendwie."

Sie seufzte. „Ja, Ansel ist nicht glücklich darüber, wie alles gelaufen ist."

„Ich glaube, niemand ist das."

„Ich habe versucht, ihm zu sagen, dass er einfach froh sein sollte, dass Sheriff Bloom alle damit verbundenen Zwischen-fälle als erledigt betrachtet, aber ..." Sie seufzte wieder.

„Was ist?"

„Er hat gehört, dass eine Hexe dahintersteckte. Der Idiot denkt, ich sollte hier kündigen und einen Job im Restaurant in Darius' Lodge auf Fluke Mountain annehmen."

Mein Kiefer klappte herunter. „Er denkt was?"

Sie winkte das ab. „Keine Sorge. Das habe ich nicht vor. Seine Wahnvorstellung, dass er mir sagen kann, was ich tun soll, wäre süß, wenn sie mir nicht so auf die Nerven ginge."

„Nein, zurück", sagte ich. „Warum will er nicht, dass du hier arbeitest? Meinetwegen? Weil eine Hexe die Besitzerin ist?"

Sie nickte schnell. „Dumm, ich weiß."

Ugh. Ich versuchte, nicht zu zeigen, wie sehr das schmerzte. „Aber Ansel kennt mich. Ich dachte, wir wären Freunde."

„Nimm's nicht persönlich. Es ist natürlich nicht persönlich. Es sind nur Vorurteile, die das Gegenteil von persönlich sind. Ich bin sicher, er wird bald seine Meinung ändern. Er ist nur immer noch in Rage. Ehrlich gesagt, ich vermute, dass es auch damit zu tun hat, dass das Stu Manchesters Lieblingsrestaurant ist. Er ist irrational und schlecht gelaunt, aber er wird sich schon einkriegen."

„Hoffentlich."

„Oh, und übrigens, ich soll dir von Greta sagen, dass sie kündigt."

Ich stöhnte. „Ist das dein Ernst?"

Jane nickte. „Ja. Aber tu mir einen Gefallen und stell sie wieder ein, wenn ihre Mutter aufhört, auf Ansel zu hören. Vielleicht in einer Woche oder so. Es ist nicht Gretas Schuld."

Ich nickte und versuchte, das zu verarbeiten. Ich hatte immer gewusst, dass ich in dieser Stadt nicht ganz dazu gehöre – aber dass Leute, von denen ich gedacht hatte, sie stünden zu mir, sich so abwandten ... das tat weh. Mehr, als ich erwartet hatte.

„Doppelter Sonnenaufgang-Burger mit Süßkartoffelpommes?", fragte ich.

„Jetzt reden wir."

Ich gab ihre Bestellung auf und machte mir einen Kaffee zum Mitnehmen. Jane saß immer noch an der Theke, und ich schob ihr eine frische Tasse zu. „Danke", sagte sie. „Wohin gehst du?"

„Ins Bett."

„Wessen?"

Ich warf ihr einen scharfen Blick zu. „Meins."

Sie verdrehte die Augen. „Weiß Tanner, wer dort auf dich wartet?"

„Ja", sagte ich. „Niemand."

Jetzt war sie interessiert. „So?"

„Ja, ich habe ihn verbannt."

„Wann?"

„Letzte Nacht."

Sie schüttelte langsam den Kopf. „Tut mir leid, Nora. Das kann nicht leicht gewesen sein."

„War es nicht. Aber du weißt genauso gut wie ich, dass –"

„Ich weiß. Du musst dich nicht rechtfertigen. Geh und schlaf in deinem eigenen Bett."

Grim folgte mir zur Tür hinaus, als ich nach Hause ging. Aber als ich den Fulcrum Park im Zentrum der Stadt erreichte, hielt ich inne.

„*Wohin gehst du?*", fragte Grim. „*Zuhause ist da drüben. Willst du nicht ein bisschen schlafen, bevor du dem nächsten Ärger hinterherjagst?*"

„*Ich jage keinen Ärger. Und ich muss nur was nachsehen.*"

Grim trottete hinter mir her. „*Das ist ein Euphemismus für ‚Ärger hinterherjagen', wenn ich je einen gehört habe.*"

Minuten später, als ich vor Landon Hawkers Türschwelle stand, den Atem anhielt und mich fragte, ob er öffnen würde, drehte sich der Türknauf, und da war er. Er wirkte überrascht, mich zu sehen.

„Ich muss mich bei dir entschuldigen", sagte ich.

Landon schüttelte den Kopf. „Musst du nicht."

„Doch, ich muss. Ich habe dich in eine schreckliche Lage gebracht, und jetzt könntest du in große Schwierigkeiten geraten, wenn rauskommt, was letzte Nacht passiert ist."

Zu meiner Verwunderung lachte der steife Bürokrat. „Wen interessiert's?"

„Wen interessiert's?" Dann dämmerte es mir. „Oh! Sie ist noch hier."

Er nickte, und ein jungenhaftes Grinsen erhellte sein Gesicht. „Ja. Sie ist noch hier."

„Natürlich ist sie das."

„Natürlich?"

„Na ja, wie Tanner gesagt hat. Wo war sie, als der Zauber gewirkt wurde?"

Er dachte darüber nach. „Wisconsin."

„Wisconsin?!" Ich presste eine Hand auf meinen Mund, um mich nach dem Ausbruch zu beruhigen.

Nach meinem begrenzten Wissen über dieses Reich war es ganz sicher kein Ort, an dem sich jemand ohne Wer-Gen aufhalten wollte. Aber andererseits war sie schwanger von einem Werwolf, also, wenn sie vermutete, dass das Baby nach seinem Vater schlagen könnte, wäre Wisconsin ein guter Ort, um neu anzufangen.

„Leise", sagte Landon.

„Sorry. Aber wenn sie in Wisconsin war, als der Zauber gewirkt wurde, ist sie aus eigenem Antrieb zurückgekommen."

Er verdrehte die Augen. „Ja, ja. Das hat sie mir auch gesagt. Ich habe ihr nur nicht geglaubt. Vielleicht wollte ich mir keine Hoffnungen machen. Aber ich hätte auf sie hören sollen."

„Absolut. Und noch eine Sache", sagte ich, „dann lasse ich

dich in Ruhe. Ich weiß, wir haben besprochen, nicht über den Zirkel zu reden, aber wenn jemand fragt, warst du letzte Nacht einfach nicht da, okay?"

„O-kay", sagte er zögerlich. „Wo war ich?"

„Irgendwo, wo du nicht warst. Es spielt keine Rolle. Alle haben gesehen, wie der Rest von uns zusammen gegangen ist, und sie werden annehmen, dass wir irgendwie unsere Kräfte kombiniert haben. Solange aber niemand beweisen kann, dass ein Nordwind im Spiel war, könnte uns eine Hexenjagd im wortwörtlichen Sinne erspart bleiben."

Er nickte und rieb gedankenverloren seine Hände. „Ja, die Bürgermeisterin und die Hohepriesterin wären darüber überhaupt nicht glücklich."

„Genau. Da ist der verschwörerische Verstand, den ich kenne und liebe." Ich zerzauste sein Haar, und er schlug meinen Arm weg. „Davon abgesehen, werden die Leute nach einem Nordwind suchen. Das ist so gut wie sicher. Und du wirst wahrscheinlich der Erste sein, da wir Freunde sind. Du wirst ein Alibi brauchen."

„Wie was? Alles, was ich an einem normalen Abend tue, ist, zu Hause bleiben."

Aber ich hatte auf dem Weg hierher schon an die Lösung gedacht. „Liberty. Er braucht auch ein Alibi. Wenn ihr zwei sagen könnt, ihr wart zusammen ... die Leute werden ihm glauben, und er hat genauso viel zu verlieren, wenn rauskommt, dass das Chaos seinem schrecklichen Frauengeschmack zu verdanken war."

„Stimmt", sagte Landon. „Okay, ich werde mit ihm darüber reden, und wir werden was Wasserdichtes ausarbeiten."

Ich trat auf ihn zu und zog ihn in eine Umarmung, bevor er sich wehren konnte. Als ich mich zurückzog, war die Farbe in seinen Wangen bis zu seinem Hals gewandert. „Ich sollte sie besser nicht warten lassen", sagte er.

Ich lachte. „Nein, das solltest du besser nicht.“

Ich stieß die Tür zu Rubys Haus auf, der To-Go-Becher Kaffee schon leer, und hielt im Türrahmen inne, als ich sah, dass wir einen Besucher hatten.

Tanner und Ruby saßen am Salontisch und unterhielten sich.

„Da ist sie ja“, sagte Ruby fröhlich. „Das Schlimmste, was Eastwind seit dreihundert Jahren passiert ist!“

„Da ist ja jemand gut gelaunt, wie ich sehe.“ Ich warf meine Tasse in den magischen Mülleimer, der nie voll wurde.

„Ja, nun, ich liebe einen guten Coup.“

Ich warf Tanner einen fragenden Blick zu, doch er zuckte nur mit den Schultern.

„Worum geht’s?“, fragte ich.

Ruby stand auf und nahm ihre Teetasse vom Tisch. Sie kicherte verschlagen, und ich fragte mich – nicht zum ersten Mal – ob sie mich gleich ermorden würde. „Oh, es ist einfach schön, ab und zu überrascht zu werden. Tu mir einen Gefallen, Liebes, und sorg dafür, dass ich dabei bin, wenn du Bürgermeisterin Esperia und der sogenannten Hohepriesterin erzählst, dass ihr offiziell den ersten vollständigen Zirkel in Eastwind seit dem Krieg gebildet habt.“

„Wie bitte?“

Ruby kicherte und schlug sich aufs Knie. „Oh, ich weiß. Ist das nicht toll? Die tun so, als würden sie die Hexengemeinschaft fördern, nur um dann festzustellen, dass es ausgerechnet ihre eigenen Schwestern sind, die ihnen den Untergang bringen.“

„Whoa, immer langsam“, sagte Tanner. „Wir haben nicht vor, das zu tun.“

„Noch nicht", sagte Ruby. „Aber keine Sorge. Ich habe Vertrauen, dass euch was einfallen wird."

„Du bist nicht traurig, oder?", fragte ich.

Sie kicherte. „Traurig worüber?"

Ich zögerte, dann ging ich darauf ein. „Ezra."

Ihr Ausdruck beruhigte sich. „Warum sollte ich deswegen traurig sein? Es waren ein paar gute Tage. Aber noch mehr davon, und du hättest Ted rufen müssen."

Ja. Das war es. Ich bereute, gefragt zu haben.

„Eins muss ich dir lassen, Nora", sagte Ruby, „ich hätte nie einen Archetyp vermutet, selbst wenn ich klar gedacht hätte."

„Wirklich?", fragte ich. „Du hättest das nicht vermutet?"

„Oh, na ja, ich bin sicher, ich wäre wahrscheinlich schon irgendwann darauf gekommen. Aber du warst schneller." Sie grinste. „Ich schätze, du lernst doch was in der ganzen Zeit, die du mit Oliver verbringst. Hm. Wer hätte das gedacht?" Sie stand vorsichtig auf und verzog das Gesicht, da sie scheinbar Muskelkater hatte. Als sie auf die Treppe zuging, pumpte sie eine Faust in die Luft und rief: „Viva la revolución!"

Ich sah ihr nach, dann wandte ich mich meinem Freund zu. „Warum glaubt sie, dass ich diejenige war, die auf die Idee gekommen ist, dass es ein Archetyp war?"

„Weil ich ihr gesagt habe, dass du es warst."

Ich verdrehte die Augen, aber sagte: „Danke. Aber wir führen keine Revolution an, oder?"

„Nicht in nächster Zeit."

„Puh. Gut. Könnte sonst wirklich meine Work-Life-Balance durcheinanderbringen." Ich nahm neben ihm am Tisch Platz.

„Klingt tatsächlich nach einer Menge Mühe. Und ich bin mir ziemlich sicher, dass es mich meinen Job kosten würde." Er hielt inne. „Müssen wir über das reden, was letzte Nacht passiert ist? Der Teil mit dem Zirkel, meine ich. Das andere ..." Er schmunzelte. „Ich denke, ich verstehe diesen Teil ganz gut."

„Falls du später entscheidest, dass du verwirrt bist, erkläre ich dir das gerne." Ich fand seinen Fuß unter dem Tisch mit meinem.

„Komm schon, Nora", jammerte er. „Jetzt lenkst du mich nur ab. Das ist wichtig. Wir haben letzte Nacht einen Zirkel gebildet, und das ist keine Kleinigkeit."

„Ich weiß."

„Es war ... Mann, es war mächtig."

„Ich weiß", wiederholte ich.

„Ich weiß nicht, ob du das weißt, aber wenn man einmal einen bildet, gibt es kein Zurück."

„Was meinst du?"

„Ein Verbindungsritual zwischen zwei Personen ist eine Sache, wie du schon weißt, aber die Auswirkungen davon verblassen mit der Zeit. Sobald du einen Zirkel bildest, kannst du diese Verbindung danach mit niemand anderem mehr eingehen."

„Oh." Er gab mir einen Moment, um es sacken zu lassen. „Ist es okay für dich, dass Donovan im Zirkel ist?"

Er beugte sich vor, griff nach meiner Hand auf meinem Schoß und hielt sie in seinen. „Das Einzige, was mich daran stören würde, wäre, wenn du nicht darin wärst. Alles andere sind Kleinigkeiten." Er drückte meine Hand. „Aber versprich mir eines."

„Ja?"

„Falls du, na ja, falls diese Gefühle jemals zurückkommen, würdest du mir Bescheid geben?"

„Natürlich."

Er nickte. „Denn ich hätte gerne eine faire Chance, dich daran zu erinnern, warum ich die weitaus bessere Wahl bin."

„Denkst du?"

„Was, glaubst du mir nicht?" Er seufzte dramatisch und zog mich mit sich hoch. „Also gut. Ich wollte das nicht tun müssen ..." Er ließ eine meiner Hände los und zog seinen Zauberstab. „Nora Ashcroft, du bist verhaftet."

Die leuchtenden Fesseln erschienen an meinen Handgelenken, und mein Mund blieb offen stehen. Er steckte seinen Zauberstab weg. „Ich fürchte, ich muss Sie mitnehmen, Ma'am."

Ich kämpfte gegen das Grinsen an. „Du kleiner ..."

Er hob mich hoch und rannte zur Treppe, dann fügte er hinzu: „Ich muss Sie bitten, sich nicht zu wehren, Miss Ashcroft."

Wir hatten beide einen ausgewachsenen Lachanfall, als er mich die Treppe hochtrug. Er musste sich allerdings keine Sorgen machen, denn ich hatte keine Lust mehr, mich gegen ihn zu wehren. ☾

Danksagung

Ein riesiges und längst überfälliges Dankeschön an mein Rezensionsteam, die *Eastwind Owls*, für eure harte Arbeit, Hilfe und den Zuspruch. Außerdem eine große Umarmung für all meine Nordwind-, Westwind-, Ostwind-, Südwind- und Fünfter-Wind-Hexen in der Cozy Coven Facebook-Gruppe. Es war ein echtes Geschenk, jede einzelne eurer unglaublichen Persönlichkeiten kennenzulernen.

-Nova

Danke!

Ich bin so dankbar, dass Sie Nora eine Chance gegeben haben! Wenn Ihnen das Buch gefallen hat, ist das Netteste, was Sie tun können, sich einen Moment Zeit zu nehmen, um eine Amazon-Rezension zu hinterlassen, damit auch andere es wagen könnten, es zu lesen.

Selbst ein einfaches „Ich werde diese Serie definitiv weiterlesen!" bewirkt viel.

<u>Klicken Sie hier, um eine Rezension zu hinterlassen</u>

Vielen Dank, und viel Spaß beim nächsten Buch!
    -Nova Nelson

Über die Autorin

Nova Nelson wuchs mit einer stetigen Diät aus Agatha-Christie-Romanen auf. Sie liebt die süße Herausforderung von Cozy-Krimis und webt, seit sie schreiben kann, paranormale Geschichten. Diese beiden Leidenschaften kommen in ihrer Eastwind-Hexen-Reihe zusammen, und es wurde auch Zeit, wenn sie das selbst so sagen darf.
Wenn sie nicht gerade schreibt, genießt sie lange Spaziergänge mit ihren eigensinnigen Hunden und isst Frühstück zum Abendessen.

Schauen Sie vorbei und sagen Sie Hallo:
nova@novanelson.com